Tuer dans les règles

Leslie Sharon

Edité par Leslie Sharon
Pau, France
Imprimé à la demande par Amazon
ISBN : 979-10-983426-0-8
Dépôt légal : janvier 2026

Prologue

Un courant électrique s'échappa d'un fil cassé, en une étincelle vive et imprévisible, comme si elle prenait vie. Le bourdonnement frétilla dans les oreilles de la personne qui les manipulait, mais dans son élan, elle reçut une décharge. La douleur lancinante lui fit lâcher un cri étouffé.

– Aïe, bordel... Kayron, apporte-moi le...

Son écho résonna dans le silence de la pièce, amplifiant son sentiment de solitude. Un pic d'angoisse transperça son cœur alors qu'elle balayait la pièce du regard pour constater qu'elle parlait seule.

Son premier réflexe fut de vérifier la chaise derrière, mais heureusement, la jeune femme y demeurait, somnolant, la tête penchée en avant, signe de son ennui qui montait en flèche. Au moins, sa voix stupide ne lui cassait pas les oreilles.

– Hé, toi !

Cette dernière sursauta avec violence, papillonnant des yeux, avant de se souvenir où elle se trouvait. Le regard sévère de son interlocuteur ne l'empêcha pas de prendre le temps d'étirer son cou dans un couinement, de bailler bruyamment, et de produire d'autres sons tous plus étranges les uns que les autres. Ses cheveux gras aux pointes crochues se balançaient sous ses mouvements, tels une pendule.

– Quoi ? Tu pouvais pas me réveiller en douceur, Shaybin ? Déjà que cette chaise est pas confortable...

Pour approuver ses propos, elle gigota, bien que gênée par un de ses bras emplâtré qui semblait lancer des éclairs dans tout son corps à chaque mauvais geste. Son visage pâle ne cessait de se crisper en une grimace.

— Qu'importe, tu sais où est Kayron ?

Shaybin commençait à perdre patience, sans que la femme ne s'en soucie. Au contraire, elle prenait plaisir à allonger les moments de silence, les lèvres pincées en canard.

— J'ai un nom, tu sais ?

— J'en ai rien à foutre. Où est Kayron ?

La jeune femme soupira, bien qu'habituée à ce manque de considération. Elle se redressa sur son siège pour soulager son dos. Ses yeux plissés d'un sourire malicieux et fier montrait que ce n'était que le début de sa vengeance pour tous ces traitements irrespectueux.

Chaque seconde qui passait énervait d'autant plus Shaybin qui ne supportait pas qu'on l'ignore. Surtout cette femme insignifiante.

Des pas résonnèrent dans l'escalier. Kayron revenait. Le soulagement détendit ses muscles. Tant mieux pour la survie de cette femme.

Ne pas gâcher l'expérience.

— Où est-ce que tu étais, bordel ?

Kayron pinça les lèvres, posant la caisse dans ses bras sur une table.

— Tu m'as demandé de t'apporter ça, tu te souviens ?

— Ah, oui. Merci.

Shaybin plongea la main dedans afin de récupérer le nécessaire pour la machine. Le métal froid apportait des frissons étonnament agréables, alors que le doux son des cliquetis emplissait la pièce. La poussière omniprésente, fine et malicieuse, se glissait dans ses narines pour lui causer quelques éternuements, démengeant son nez qui se fronçait avec disgrâce.

— C'est bon ! On peut enfin commencer !

Sa voix forte réveilla de nouveau leur cobaye, ce qui la fit grogner. Shaybin arbora un sourire, satisfait de la provoquer à son tour, l'index frottant son nez.

— C'est pas trop tôt, je commençais à en avoir marre d'attendre. Allez, grouille toi de me soigner, que je puisse me barrer.

Shaybin ravala son sourire, l'envie de la frapper s'intensifiait, mais se contint.

Ne pas gâcher l'expérience.

Une fois assuré que le prototype du casque était bien en place, il ne restait plus qu'à allumer la machine.

La femme, qui pensait à tord devoir se reposer pour le moment fatidique, plongeait peu à peu dans le sommeil. Ses yeux se perdaient dans le vague, ne trouvant plus ses partenaires. Ou peut-être que ces derniers se multipliaient face à elle, sans qu'elle n'eut la force de se demander si c'était normal.

Puis son menton reposa sur sa clavicule. Son corps leur appartenait.

— Ok, ça déjà, ça fonctionne... C'est bien.

Kayron se positionna derrière Shaybin qui approchait l'écran pour observer le cerveau de leur cobaye. Les fonctionnalités de la machine, à la vision précise, leur permettaient de mieux comprendre quelles parties toucher.

Ils zoomèrent sur la grosse boule dans son cerveau, leur objectif. Ils ne leur manquaient plus qu'à la retirer. Ils avaient étudié la théorie, mais la pratique était tout autre. Certains mouvements faisait tressaillir la jeune femme, qui parfois, gémissait pour diverses raisons, ce qui avait pour effet de faire apparaître des plis sur le front de Kayron, ou bien des rougeurs sur ses joues. Shaybin se concentrait trop sur l'écran pour le remarquer.

— Prends ton carnet de notes. Alors... si je me concentre sur cet aspect là, je devrais...

Kayron s'exécuta, avec le plus de précision possible, ajoutant même des schémas lorsque Shaybin lui laissait le temps.

Un cri suraigu déchirant traversa la pièce, imprégnant leur corps. Chaque fibre de leur être vibrait et ils stoppèrent tout mouvement, comme pour ne pas aggraver la situation, même s'il était déjà trop tard. Leurs tympans frétillèrent en une plainte. Shaybin se leva en un saut pour atteindre leur cobaye et constater les dégâts.

Sa tête lourde pendait en arrière, ses yeux grands ouverts fondaient sur ses joues, se mêlant à la traînée de sang coulant de sa bouche déformée par la douleur. Le casque avait explosé, des parties de ce dernier s'étaient plantées dans son crâne, dont le haut était carbonisé.

Kayron, pris d'un haut-le-cœur, se plia en deux, pour rendre son dernier repas. Shaybin affichait une mine de dégoût, mais parvenait à garder son sang froid. Aucun d'eux ne voulaient s'approcher de l'atrocité, mais Shaybin s'y obligea avant que la puanteur ne s'infiltre dans les murs.

— Merde... Où est-ce que j'ai fait une erreur ? Kayron, on reprend tes notes.

— On peut pas… une pause… s'il te plait…

Kayron parvenait à peine à bouger, continuant de vider ses tripes. Shaybin s'approcha, empreint de compassion, et s'accroupit à ses côtés, lui frottant le dos avec tendresse, soulevant ses cheveux, afin de l'alléger au mieux.

— Allez, va te débarbouiller pendant que je nettoie tout ça. On reprendra après.

Chapitre 1

Les courts cheveux bruns de Nanoki chatouillaient son visage, portés par le vent. L'incofort finit par la tirer de son sommeil, et elle chassa les mèches gênantes du revers de la main, d'un grognement.

Une douleur aiguë traversa son dos au moment où elle battait des paupières. Si puissant que son gémissement s'étouffa dans sa gorge. Pourquoi avait-elle aussi mal ? Sa tête la lançait, son cœur battait dans ses tempes, elle avait du mal à maintenir ses yeux ouverts.

Elle n'était pas dans son lit, ni même chez elle, ou dans un quelconque immeuble. Non, le paysage qui se présentait à sa vue brouillée était celui d'une forêt. La silhouette des arbres dansait devant elle, l'air moqueur. Cela expliquait la douleur qui affligeait son dos et ses fesses endoloris.

Est-ce qu'elle rêvait ? Avait elle bu ? Pourtant, elle ne consommait pas d'alcool, la discipline lui imposait d'attendre la majorité, et ce n'était pas une règle qu'elle souhaitait briser, loin de là.

L'aurait-on droguée à son insu ? Mais dans ce cas-là — et cela lui paraissait plutôt improbable — que faisait-elle dans une forêt, adossée contre un arbre ?

Une grimace déforma les traits fins de son visage quand elle se leva. Dans ses idées, elle s'attendait à découvrir des liens qui la bloqueraient, mais non. Seule la douleur accompagnait ses mouvements, et elle eut l'impression de ressembler à sa grand-mère pendant un instant.

Quelle était la dernière chose dont elle se souvenait ? Elle devait rejoindre sa meilleure amie dans leur café habituel, mais comme elle avait du temps, elle avait décidé de faire une petite sieste pour compenser ses heures de lecture de la veille. Avait-elle eu une nouvelle crise de somnambulisme ? Cela faisait longtemps, mais il ne fallait pas s'y fier.

Après tout, c'était possible. Elle s'était bien réveillée sur une scène de crime, une fois, et avait appris plus tard que le tueur la croyait possédée, et, poussé par la peur, voulut s'enfuir, mais dans la panique, sauta par la fenêtre, épargnant le reste de la famille qu'il comptait éliminer.

Alors pourquoi pas une forêt ?

Ses mains explorèrent les poches de sa combishort bleu, nettoyant la terre dessus en même temps. Cependant, pas de téléphone. Comment pourrait-elle appeler son oncle ? Ou même comprendre où elle se trouvait pour savoir comment rentrer chez elle ?

Elle se rendit soudain compte qu'elle portait des vêtements et se détailla. Chaussures habituelles, deux chaussettes identiques, pas d'accessoire en plus pour casser l'uniformité de sa tenue.

Les seules fois où elle s'était habillée lors d'une crise, elle ressemblait à un clown avec une chaussette bleu dans une claquette, un pied nu dans une bottine noir, un pantalon dans une seule jambe, l'autre partie découpée, une serviette de bain enroulée autour de la poitrine, un collier sur le nombril, et cerise sur le chapeau, sa deuxième chaussette en bandeau autour de la tête.

Ce jour-là, de nombreuses personnes l'avaient prise en photo pour vérifier auprès de l'asile du coin si elle ne s'en était pas échappée. Quelques-uns imaginaient qu'il s'agissait d'un spectacle de rue.

Dans ce cas, était-elle vraiment arrivée ici suite à une crise ? Ou bien elle s'était assoupie sans se dévêtir ?

Toutes ses interrogations commençaient à lui donner mal à la tête. Ses souvenirs lui échappaient à chaque effort.

— Qu'importe, je vais juste sortir d'ici...

Tournant sur elle même pour observer les environs afin de déterminer le chemin à prendre, elle croisa le regard d'une jeune femme qui se cachait derrière un arbre, bien que peu discrète.

Nanoki se figea. Depuis combien de temps l'observait-elle ? D'autant plus que cette dernière lui lançait un regard si noir qu'il aurait pu la tuer sur place si c'était possible. Cela dit, après réflexion, elle se collait à son arbre-bouclier, sur la défensive, comme si c'était Nanoki qui risquait de l'attaquer. Avait-elle fait quelque chose de particulier dans son sommeil ?

— Euh... bonjour ? Je m'appelle Nanoki. Je ne sais pas trop comment j'ai atterri ici, tu pourrais m'indiquer la sortie ?

La concernée plissa les yeux, s'effaçant un peu plus derrière son arbre, comme si elle espérait ne pas avoir été remarquée.

— Je t'ai vu, tu sais ? Tu peux te montrer. Et comme je te l'ai déjà dit, j'aimerais bien savoir par où sortir de cette forêt. Je suis somnambule, alors j'ai dû marcher jusqu'ici pendant mon sommeil, donc, si tu acceptais de m'aider... ce serait agréable de ta part.

Nanoki tenta un sourire, sans convaincre la jeune femme pour autant. Mais au moins, elle se dévoila, il s'agissait déjà d'un premier pas.

— Je sais pas où on est. Tu crois que je serais pas déjà partie au lieu de t'observer, sinon ?

— Euh... Je ne te connais pas, donc ça aurait été difficile de le savoir...

Elle lui jeta un regard mauvais, avant de reculer d'un pas pour garder de la distance.

— Daphné.

— Pardon ?

— Je m'appelle Daphné.

— Ah... d'accord.

Nanoki déglutit, gênée de la situation, et surtout, confuse.

— Excuse moi, Daphné... Tu as bien dit que tu ne savais pas où on étais ? C'est-à-dire ? Tu ne connais pas le nom du lieu, où tu ne sais plus par où tu es arrivée ? Tu t'es perdu, en fait, c'est ça ?

Daphné parut vexée par la supposition et croisa les bras, serrant ses ongles sur les manches de sa robe. A bien la regarder, elle était fort bien vêtue, avec sa belle, bien que pleine de terre, robe rose qui la faisait ressembler à une princesse. Ce n'était pas la tenue que Nanoki aurait pris pour une balade en forêt. Sa ceinture à la taille, eraflée par les branches, ainsi que son collier à perles en train de se décrocher en étaient la preuve.

— Je me suis réveillée ici. C'est tout ce que je sais.

— Ah... tu es somnambule toi aussi ?

Nanoki en doutait, mais l'idée que ce ne soit pas le cas, et donc, qu'il soit probable que sa propre présence n'en soit pas due, était vraiment effrayant. Sinon, que faisait-elle ici ?

— Non, arrête avec tes questions bizarres.

Les dents serrées, Nanoki s'approcha de Daphné qui, dès qu'elle le remarqua, se mit en position de défense. Il était évident qu'elle ne savait pas se battre. Tout son poids était dans sa jambe arrière, appuyé par son corps légèrement penché. Sa posture était si peu stable que si elle tentait de reculer, elle perdrait tout équilibre et tomberait à la renverse.

Cette constatation détendit Nanoki. Elle aurait le dessus en cas de problème, bien qu'elle voulait l'éviter. Si elle se fiait à son expérience, avec ce genre de profil, si cette dernière se braquait trop, il serait impossible d'en tirer quelconque informations.

— Mes questions te paraissent peut-être bizarres, mais j'essaie juste de comprendre.

Daphné se détendit à son tour, bien que de nouveau vexée. Sans doute pensait-elle à la même chose que Nanoki, mais n'avait répondu cela que dans la panique.

Ce qui voulait dire qu'elle ne pouvait compter que sur elle-même.

Elle s'écarta de Daphné afin de s'aventurer sur un chemin. Au loin, les arbres semblaient moins envahissants, il y avait peut-être une route, ou un grand espace où elle pourrait trouver des gens à questionner.

— Hé ! Tu vas où ?

— Je me balade dans cette magnifique forêt, bien sûr.

L'ironie dans sa voix ressortit plus cinglante qu'elle ne l'aurait voulu. Mais ce n'était pas de sa faute si Daphné lui avait, pour le coup, posé une question idiote.

— Très drôle. Bon, allons-y.

Nanoki ralentit, se demandant si le bruit de ses bras n'avait pas couvert la réponse et qu'elle avait, de ce fait, interprêter des mots qui n'étaient pas les siens. Mais non, car Daphné la suivit.

Au vu de son comportement, elle ne s'y attendait pas. Et pour être honnête, elle aurait préféré être seule, ou du moins, pas avec Daphné.

Elles avancèrent donc ensemble, Nanoki en tête, son accompagnatrice quelques pas derrière. Seuls le bruit de leur pas et des quelques branches brisées ou feuilles mortes sous leur semelles couvrait le silence.

Nanoki tendit l'oreille. C'était si calme. Trop pour être naturelle. Ses connaissances en matière de forêt étaient limitées, mais il lui sembla que celle-ci était vide. Pas d'animaux, ni d'insectes.

Dans le doute, elle s'accroupit, souleva un buisson. Pas de fourmis ou d'araignée, ou quoi que ce soit d'autre. Elle continua d'observer durant sa marche, mais hormis la végétation, il n'y avait aucune vie.

Un sentiment étrange se forma en elle, telle une boule qui remontait le long de sa gorge. Elle en oubliait presque le regard perçant de Daphné dans son dos, qui devait sûrement se demandait si elle n'était pas folle.

Au fil des mètres traversés, la route se dégagea, s'élargit, dévoilant une multitude de chemins. Si la forêt paraissait naturelle, une fois sortie de son épaisseur boisée, même sans revêtement de goudron, la perfection des traits du sol trahissait le passage de l'homme. Les coutours nets et précis indiquaient un travail récent, où la nature n'avait pas encore reprit ses droits.

Au loin se dessinaient des bouts de bâtiment, bien qu'à cette distance, elle ne pouvait dire si c'était habité, abandonné, ou même en construction. Bien que l'idée lui paraissait absurde. Les arbres créeaient un cercle autour de l'espace, alors pourquoi faire ça dans une forêt perdue au milieu de nul part ?

Nanoki s'engagea sur un sentier qu'elle jugeait plus court que les autres. Son raisonnement fut bon, car quelques mètres seulement les séparaient d'une cour, près d'un grand bâtiment. Elle s'y serait attardé plus longuement, si son regard ne fut pas attiré par deux personne dans la cour.

Ces dernières étaient accroupies, l'air de chercher quelque chose entre les cailloux et les brins d'herbe. Une jeune femme aux longs cheveux roux ondulés portant une robe rose victorienne, dentelées au niveau des manches, un col claudine également dentelé, des volants épaississant son jupon. Ainsi qu'un jeune homme blond vêtu d'une simple chemise et d'un pantalon. Il s'effaçait aisément avec la tenue de la rousse.

Et si plus tôt, Nanoki trouvait la tenue de Daphné inadaptée, c'était encore pire pour celle qu'elle découvrait ici. Elle semblait sortir d'un film historique ; le tissu d'une qualité incroyable, son aisance à se mouvoir, à se tenir si près du sol sans laisser traîner ses froufrous était impressionnant. Elle devait avoir fait cela toute sa vie.

Comparé au jeune homme qui se mettait à plat ventre sans se soucier de tâcher sa chemise d'un blanc à en exploser la rétine. Enfin, blanc sur les zones encore propres.

Nanoki et Daphné ouvrirent le petit portail. Des cailloux roulèrent, le blond se releva, interloqué par le bruit, contrairement à la rousse. Soit elle était extrêmement forte pour rester impassible, soit elle avait des problèmes d'ouïs.

— Qui êtes vous ? demanda-t-il d'une voix posée et calculée.

Il ressemblait à un enquêteur, les bras croisés, légèrement appuyé sur sa jambe arrière, les dévisageant d'un air curieux.

— Nanoki.

— Et toi t'es qui ? Q'est-ce que vous faites là tous les deux ? Et comment vous êtes arrivés ici ?

Daphné l'assailla de question, le regard pleins de reproches, s'avançant à chacune d'elles. Elle voulait se montrer confiante, comme si elle se ferait écraser dans le cas contraire. Ce fut un échec ; un simple mouvement du jeune homme suffit à lui faire perdre ses airs et se cacher derrière Nanoki.

— Je suis Gaël, et elle c'est Noémie. On n'a aucune idée de comment ni pourquoi on est ici. Je me suis réveillé par terre, et elle, elle dormait encore sur un banc. J'essaie d'observer le sol pour trouver des explications, mais pour le moment, rien de concluant.

Nanoki ne prit pas la peine de dire que rien de plus normal de ne rien trouver sur des cailloux. Surtout qu'elle était bien trop préoccupée par ce qu'il disait juste avant. Eux non plus ne savaient pas. Et ça commençait à devenir vraiment bizarre.

Qu'est-ce qui pouvait expliquer qu'un groupe de personnes se réveille en pleine nature ?

— Hum... On va... voir si on trouve d'autres personnes qui pourraient nous apprendre quelque chose.

Nanoki rejoignit Daphné, déjà sortit de la cour, dessinant des traits invisibles sur le sol du bout de son pied.

— Moi, je reste ici. Je vais bien finir par comprendre... fit Gaël alors qu'il retrouva sa position accroupie.

Son raisonnement lui échappait, mais elle ne s'y attarda pas et se dirigea vers le bâtiment juste à côté.

— Si ça t'ennuie tant d'attendre, pourquoi tu pars pas toute seule ? Rien ne t'oblige à rester avec moi.

Il fallait avouer qu'elle posait la question dans l'espoir de provoquer une séparation, ne suportant son comportement que de justesse.

— Pas moyen que je reste seule...

— Donc, tu as peur ?

Daphné se stoppa et la dévisagea, comme s'il s'agissait de la question la plus stupide possible, comme dire "Bah ? Tu pleures ?" à quelqu'un dont les joues ruissellent de larmes.

— Ne me dis pas que tu n'as pas peur alors que tu t'es réveillée dans un lieu inconnu sans savoir comment ni pourquoi ? A moins que tu ne caches quelque chose ?

Elle se contenta de hausser les épaules, sous le regard noir de Daphné, qui devait maintenant être persuadée que Nanoki avait un rapport derrière tout cela.

— Comme je te l'ai dit, je suis somnambule. J'ai l'habitude de me réveiller n'importe où. Une fois, par exemple, j'ai volé des menottes à un policier pour...

— Ne raconte pas ta vie, s'il te plait. Attends, comment ça t'as volé des menottes à un policier ?

Nanoki ne put retenir un sourire satisfait. C'était généralement l'effet qu'elle produisait avec cette anecdote. Donc même si elle s'était retrouvée en garde à vue suite à cela, elle aimait bien ce souvenir.

— Alors comme ça ma vie t'intéresse ?

— Je n'ai pas dit ça. Tu t'attendais à quoi avec ton truc débile. Que je réponde "Oh, tu fais tes trucs chelou, dis donc, haha, tout s'explique alors !" ?

— Et bien... pourquoi pas ?

La réaction décrite était loin d'être illogique comparé aux remarques qu'on avait pu lui faire. Nanoki ne comprenait pas trop son raisonnement, et Daphné se demandait sûrement pourquoi elle s'était retrouvé avec une folle pareil.

— Soit honnête, t'es pas vraiment somnambule ? T'es une aventurière ? Ou une lectrice ? Exploratrice ? Ecrivaine peut-être ?

Il lui fallut une bonne seconde pour comprendre le sens de sa question. On lui avait attribué de nombreuses capacités, mais lectrice ou écrivaine ? Jamais. Et elle ne voyait d'ailleurs pas le rapport.

— En fait, je suis karatéka. J'aime bien lire avant de dormir, certes, mais... Pourquoi tu penses à ça ?

Daphné pouffa, l'air de penser qu'elle détenait la vérité absolue, et recommença à avancer.

— Ça m'étonne pas, alors. Vous êtes tous bizarres, les lecteurs.

— Hé !

Elle voulut répliquer, mais se stoppa. Inutile de débattre avec ce genre de fille. Surtout avec des propos aussi débiles et illogiques.

— Tiens ? Je suis sûr d'avoir déjà vu ses gravures...

Daphné colla presque son front contre la porte du bâtiment pour en observer les motifs.

Comme il s'agissait d'une double porte, Nanoki put passer.

Enfin on est séparé...

Méfiante, je veux bien, mais méprisante... Un peu de respect, bordel.

Elle se trouvait dans une salle à manger, avec une table imposante au centre, ainsi que trois petites, étalées dans la pièce. Et sur l'une d'elle, affalée, une blonde aux mèches roses y dormait, tête dans ses bras.

Ah, non, elle ne dort pas.

Cela s'y confondait, mais en s'approchant, elle pouvait remarquer ses épaules prisent de soubresauts, ainsi que ses reniflements.

Nanoki hésita à tenter de la questionner. Elle venait à peine de se débarrasser de Daphné, elle ne voulait pas se rajouter une autre au comportement enfantin sur les bras. Pourtant, elle était plus patiente habituellement. Était-ce liée à cette situation étrange ?

Mais, il y avait une chance que cette femme sache quelque chose. Peut-être avaient-ils été enlevés et que c'était la raison de ses pleurs ? Même si Nanoki voyait mal comment quiconque pourrait réussir à ne serait-ce que l'approcher sans finir avec trois côtes cassées. Il ne fallait pas lui en vouloir pour ses réflexes.

Elle posa une main sur son épaule et prit sa voix la plus douce, se présentant en premier lieu. La blonde leva la tête. Ses yeux bleu emplis de larmes, ses joues humides, la morve qui coulait abondamment sur ses lèvres rosées, elle jeta un regard incertain à son interlocutrice.

— Je... Je veux revoir ma maman... articula-t-elle entre deux sanglots.

Génial, ça va être simple...

— Elle est ici ? Tu l'as perdu de vue ?

Sa question accentua sa panique et elle se mit à sangloter plus fort.

Nanoki ne ressentait que de la pitié jusque-là, mais cette vision lui rappela des souvenirs, serrant son cœur, et par réflexe, elle la serra dans ses bras dans l'espoir de lui apporter du réconfort. Cette dernière tressaillit, avant de se coller encore plus à elle, comme si elles se connaissaient depuis toujours.

Nanoki n'avait pas réfléchi, et à présent, elle ne savait pas comment se sortir de cette situation.

Elle poursuivit la conversation, malgré ses propos flous, sûrement incohérents, et qu'elle oubliait à l'instant où ils franchissaient la barrière de ses lèvres.

Cela lui arrivait pendant ses crises les plus violentes de somnambulisme. Elle psalmodiait mot après mot, sans lien les uns aux autres. Les mots étaient mélangés, puis se furent les lettres, donnant l'impression de parler une autre langue.

Une vidéo tournait d'elle sur une scène, après en avoir chassé le comédien en lui roulant dessus — non pas avec une voiture, mais bien son corps — en train de jouer elle ne savait quoi dans ce langage. Les spectateurs pensaient que cela faisait partie du spectacle et riaient, accentuée par son incompréhension à son réveil.

Après un temps qui ne fut pas si long grâce à ce souvenir qui refaisait surface, elle parvint à l'apaiser un petit peu, c'est à dire, la faire retrouver son état initial – même si à présent, elle recouvrait sa tête de son poncho déboutonné –, et obtenir son prénom ; Jessica.

Nanoki put enfin s'intéresser plus précisément au reste, et surtout, aller dans cette autre pièce au fond qui l'attirait, à cause du bruit qui s'en dégageait depuis un moment. Dans son élan, elle manqua de se cogner contre une jeune femme dans l'encadrement. Elles eurent toutes deux un mouvement de recul.

Il y avait plus de personnes que Nanoki s'attendait à trouver dans une forêt, et elle se questionnait d'autant plus sur tout cela. Mais au moins, elle se sentait de moins en moins seule, et c'était rassurant. Quelle que soit la réponse à tout cela, ce ne pouvait pas être aussi effrayant que le pensait Daphné. Ou bien ils étaient tombés sur un démensane. Ce dont elle doutait ; à leur époque, la police les repérait facilement.

– Désolée, je pensais bien avoir entendu quelqu'un parler, mais je ne pensais pas que je te rentrerais presque dedans. Je suis Lou, et toi ?

– Nanoki. Qu'est-ce qu'il y a là dedans ?

Sur ces mots, elle pencha la tête le côté pour le voir d'elle-même. Il s'agissait d'une cuisine. Et plutôt imposante d'ailleurs ; un immense ilôt qui servait de plan de travail au centre, remplis de bac de fruit et de légumes frais, le frigo ressemblait plus à une chambre froide, diverses machines afin de cuisiner toutes sortes de plats, de nombreux placard ornaient les murs, certains avec une vitre, dévoilant de la vaisselle, d'autre avec du bois, ou du moins, quelque chose qui y ressemblait dû à la peinture.

Cela ressemblait à une cuisine sortant d'un magasin de meubles, tellement tout était soigneusement préparé.

Les mots lui échappaient. Et à nouveau, elle se demandait "qu'est-ce que ça fait dans une forêt ?".

— Au vu de ta tête, tu n'en sais pas plus. Dommage...

— Ah, tu connais pas l'endroit non plus ? tenta tout de même Nanoki.

Lou secoua la tête d'un air désolé.

Daphné était peut être effrayée, mais en ce qui concernait Nanoki, à cet instant, elle était juste perplexe. Tout cela devenait tellement étrange qu'elle n'arrivait même pas à avoir peur.

Chapitre 2

Au fond de la cuisine, une porte aux tons pâles se mêlait à la tapisserie. Il n'en fallut pas plus pour intriguer Nanoki. Ce n'était certes pas un passage secret, mais si on ne s'y attardait pas, difficile de le remarquer. Il devait y avoir une volonté, même infime, de dissimuler quelque chose.

— Hé ! Tu essaies de t'échapper ?

Nanoki soupira à l'entente de cette voix familière. Daphné. Elle l'avait presque oublié.

Pourquoi cette dernière s'obstinait-elle à la suivre ? Au début, elle ne souhaitait pas être seule, compréhensible, mais maintenant, elle s'était bien rendu compte qu'elle avait du choix en termes de compagnie.

— Je n'allais pas te déranger dans ta contemplation de la porte.

Sans saisir l'ironie, Daphné répliqua.

— Les gravures, j'en ai rien à faire de la porte. En plus, j'ai même pas trouvé d'où je les connaissais...

Elle croisa les bras dans un grognement, la moue capricieuse.

Etonnament, elle se montrait beaucoup plus détendue que quelques minutes plus tôt. Ces fameuses gravures devaient l'avoir calmé. Ou bien elle se sentait plus en sécurité maintenant qu'elle savait qu'ils étaient six.

Nanoki ouvrit la porte. Un vent frais s'engouffra dans la cuisine. Derrière, des escaliers en colimaçon, éclairés d'une lumière d'abord faible, mais qui s'intensifiait, ou s'aténuait au fil des secondes en fonction de si elle bougeait ou non.

— Je déteste les escaliers en colimaçon... Surtout ceux en fer. On va pas monter, hein ?

La karatéka retint son rire de justesse. Après l'avoir tant jugé par un comportement jugé étrange, elle dévoilait sa peur, plus étrange encore, des escaliers.

— C'est particulier, mais pourquoi pas. Moi, j'y vais, mais si tu veux pas, tu peux rester ici et je te dirais ce qu'il y a en haut. Tu peux en profiter pour retourner à tes chères gravures.

Daphné tiqua à la dernière phrase, mais s'obstint de réagir, malgré son envie visible, comme un bouton au milieu de la figure. Cependant, elle se montrait moins agressive qu'avant. Peut-être parce qu'elle connaissait sa capacité.

C'était souvent le cas, à moins que la personne en face ne détienne une capacité de sport de combat. Nanoki ne pouvait pas se mettre à leur place au vu de son passif, mais depuis qu'elle lisait des romans, elle tentait de se mettre dans la peau des protagonistes, et elle parvenait plus ou moins à comprendre leurs sentiments. Ils ne voulaient pas risquer de se faire battre à cause d'une remarque déplacée.

D'un côté, cela arrangeait Nanoki, mais en même temps, savoir qu'elle procurait cela chez autrui la mettait mal à l'aise. Sauf quand c'était des connards.

Daphné hésitait toujours, alors Nanoki trancha, et monta les premières marches. L'écho du talon de ses baskets contre le fer fit tressaillir Daphné.

— A-attends ! Je viens !

La karatéka espérait avoir mal compris, se retourna pour s'en assurer. Sauf que Daphné la suivait bel et bien, agrippée à la rampe comme si tout risquait de s'écrouler au moindre faux mouvement. De ce fait, elle tapotait chacune des marches afin d'être sûre que ces dernières ne se dissoudraient pas sous ses pieds, en oubliant le fait que Nanoki venait d'y passer.

Elle se serait bien passé de son accompagnement. Il lui suffirait d'accélérer le rythme pour résoudre le problème. Malheureusement pour elle, sa patience semblait être revenue ; la culpabilité grimpait en flèche à la simple idée de l'abandonner à un état si misérable.

— Tu vas trop vite, tu vas tout casser...

— Tu n'étais *vraiment* pas obligée de me suivre si tu as peur... Et un escalier ne se casse pas comme ça. D'autant plus qu'il a l'air plutôt solide.

— Je... je n'ai pas peur, je prends juste mes précautions pour ne pas mourir. D'ailleurs, qu'est-ce que tu connais sur les escaliers ? En plus de la lecture, tu t'intéresses à l'architecture ? Ou la maçonnerie ?

— Non. Toi par contre, tu es parano.

Daphné rumina, mettant fin à leur conversation.

Nanoki tenta de s'adapter à son rythme, bien que cela voulait dire monter quelques marches, s'arrêter, attendre que son accompagnatrice arrive à son niveau, puis recommencer.

Le temps était long. Avec pour seuls bruits, leur pas contre le fer, ses soupirs, ainsi que les grognements et jurons de Daphné.

Pourquoi est-ce qu'elle m'a suivi, au juste ?

Pour rendre la montée moins pénible, elle chercha un sujet de conversation. Mais comme elle n'avait pas d'idée, elle posa la question la plus banale possible.

— Donc... tu as découvert ta capacité ?

Au moins, en général, cela débridait n'importe qui. Après tout, qui n'aimait pas se vanter de ses talents, d'autant plus quand c'était reconnu. Chacun prenait plaisir à conter maintes et maintes fois comment ils avaient découvert ce don naturel, ce petit plus qui les faisait sortir de la compétition, qui les faisait entrer dans le monde réel.

Elle n'y avait pas échappé. Une partie d'elle s'inquiétait tant de perdre, que lorsque les cinq heures de combats qui prouvaient qu'elle faisait partie des leurs furent écoulés, bien qu'évanouis à cause de la fatigue, elle en parla dans son sommeil, puis à son réveil.

— Oui, je suis une rêveuse.

— Une rêveuse ?

— Oui, c'est ce que je viens de dire. Je suis capable de me rappeler de chacun de mes rêves dans les moindres détails, et faire des rêves lucides tout aussi précis. Pour moi, c'est aussi simple que de cligner des yeux. Ma mémoire est encore plus performante que pour des souvenirs de quand je suis éveillée. J'ai même tendance à oublier facilement mon quotidien, donc pour l'éviter, je fais un rêve lucide où je reproduis ma journée, ou au moins les événements import... merde !

Concentrée dans son monologue, Daphné trébucha et s'étala de tout son long, les yeux exorbités, comme si elle voyait déjà sa vie défiler devant ses yeux. Nanoki se jeta sur elle pour la rattraper avant qu'elle ne dégringole et finisse en bas. Le teint bronzé de Daphné devint aussi pâle qu'un cadavre. Même si au vu de sa chute, elle se serait tout au plus foulé une cheville ou un poignet, elle semblait persuadée d'avoir échappé de justesse au trépas.

Ce réflexe impressionna assez la rêveuse pour qu'elle abandonne la barrière pour s'agripper à sa sauveuse de toute ses forces, telle une enfant apeurée. Elle refusa de bouger pendant plusieurs minutes, le temps de calmer le tremblement de ses jambes, la tête reposant sur le haut de la poitrine de Nanoki. Cette dernière avait l'impression d'avoir un ventilateur dans les bras tant elle respirait fort.

Une fois le chemin reprit, c'est encore pire qu'avant, car elle y mettait tout son poids, encore plus que si elle se faisait porter. Nanoki devait se concentrer pour ne pas basculer en arrière.

— Bon, tant qu'à faire, tu veux pas monter sur mon dos ? Ce sera plus pratique au moins.

— Pas moyen, tu tiendras pas jusqu'en haut et tu vas me faire tomber.

— Je suis plus forte que j'en ai l'air.

— Et moi plus lourde que j'en ai l'air.

Nanoki soupira, cherchant ses mots pour se faire comprendre. Sinon, elle avancerait aussi lentement que Daphné, si ce n'était pire. Car à présent, elle aussi aurait peur de rater une marche ou de tomber à la renverse.

— En fait, tu es plus lourde pour moi maintenant que si je te portais, donc on a plus de risque de faire un câlin au sol si on ne change pas.

L'argument fut efficace, car Daphné se crispa avant d'enrouler ses bras autour d'elle, ainsi que ses jambes, la tête collée contre son dos, pour ne pas voir ce qui se passait.

Cette dernière n'était pas si lourde qu'elle le laissait penser. En tout cas, pas pour Nanoki. Son corps était peut-être fin, mais le karaté l'avait tout de même bien musclé.

Au moins, la montée fut un peu plus rapide, même si Daphné l'étranglait presque quand elle trouvait que c'était trop mouvementé.

Et enfin, elles atteignirent le haut des marches, après ce qui parut être une éternité. Daphné posa pied à terre avec précaution, dans un soupir de soulagement. Nanoki, ne parvint pas à s'en réjouir, elle ne pouvait qu'apréhender à la descente.

— Encore une porte ? Le démensane qui a crée cette endroit a un putain de problème.

— Qu'est-ce que tu vas faire, le frapper dans tes rêves ?

— C'est toi que je vais frapper, oui.

— Essaie. Mais vu ton état après, tu ne seras même pas capable de descendre les escaliers.

— Je rigolais...

Daphné s'écarta d'elle, contrariée. La karatéka ne put réprimer son agacement. Elle ne souhaitait certes pas recevoir de grandes éloges, mais avec l'aide apportée, elle s'attendait à autre chose. Cependant, cette dernière ne l'avait même pas remerciée, que ce soit pour l'avoir rattrapé, ou porté.

Sans plus tarder, la karatéka s'empara de la poignée pour ouvrir la porte. Elle s'interrogeait sur ce qu'il pouvait y avoir derrière. Que pouvait on découvrir en haut des escaliers venant d'une cuisine ?

Un toit.

C'était décevant.

Ce sentiment semblait être partagé avec Daphné.

Cependant, Nanoki persistait à espérer — à quoi elle ne le savait pas — et avança. Mais à peine fit-elle un pas, son cœur accéléra drastiquement, et sans avoir le temps de comprendre ce qui se passait, elle pivota, le bras en l'air, attrapant le poignet d'une personne qui tentait de la frapper.

La jeune femme face à elle fronça les sourcils. Mille pensées traversèrent son regard. Elle voulut se dégager, mais Nanoki, plus forte, le lui prouva en serrant davantage sa prise.

Celle-ci changea de stratégie, elle ôta son chapeau pour lui couvrir la vue, mais Nanoki l'anticipa et lui tordit le bras pour lui faire perdre résitance sous la douleur, et ainsi la faire basculer pour la plaquer au sol. Elle lâcha un gémissement de douleur et de surprise.

— Laisse-moi, enfoirée !

— Tu es mal placé pour dire ça alors que tu m'a attaqué la première, répliqua-t-elle en s'assurant de bloquer ses mouvements.

— Anaïs ! S'il vous plaît, ne lui faites pas de mal ! Prenez moi à sa place !

Surprise, Nanoki dessera la pression une fraction de seconde avant de se reprendre. Elle n'avait pas vu ce jeune homme, qui ressemblait comme deux gouttes d'eau à son attaquante. A la différence qu'il se montrait moins confiant, malgré ses paroles. Sans compter son style particulier avec sa cape sortit d'un jeu vidéo qui le recouvrait et sa grosse capuche ; sa crédibilité disparaissait.

Mais ce qui la troubla le plus furent ses mots. Pourquoi agissait-il comme si c'était elle la méchante dans l'histoire ? N'avait-il pas vu que c'était sa jumelle — car il était évident que c'était le cas — qui voulut la frapper en premier ?

— Je ne lui ferais du mal que si elle ne se calme pas. Je ne sais pas qui vous êtes, mais vous allez répondre à mes questions. Pourquoi as-tu essayé de m'attaquer ? Que faites-vous ici ? Toi, ne fais pas un pas. je suis complètement capable de maîtriser deux personnes en même temps.

Ce dernier écarquilla les yeux, l'air choqué d'avoir été pris en flagrant délit, mais recula d'un pas en signe de soumission. Nanoki n'avait jamais vu de personne si expressive. Elle pouvait presque sentir l'angoisse qui émanait de lui, et cela la perturbait d'autant plus.

— Qu'est-ce que tu racontes, bordel ! C'est clairement toi qui nous a enlevé ! Si j'avais un doute avant, vu comment tu n'hésites pas à blesser, j'en suis sûre maintenant. Et laisse mon frère en dehors de tout ça sinon je vais...

— Tu vas faire quoi ? Tu n'es même pas capable de te défendre toi-même. Alors arrête de raconter des conneries et réponds à mes questions.

— Je dis la vérité ! Pourquoi tu joues encore l'innocente ? Mon frère et moi étions dans un bar, et j'ai aucun souvenir de la suite, c'est sûrement toi qui nous a drogué pour nous emmener ici. Alors dis le maintenant, qu'est-ce que tu nous veux ?

A présent, Nanoki saisit le malentendu, aussi idiot le trouvait-elle. Pourquoi partir tout de suite sur le principe qu'elle était responsable et l'attaquer ?

Cependant, cela ne l'aidait pas à résoudre le problème. Lâcher cette Anaïs pouvait tout aussi bien la ramener à la raison que la pousser à attaquer de nouveau. Ce dont la karatéka n'avait pas peur, mais, dans le deuxième cas, combien de temps passeraient-elles ainsi, alors qu'elle avait d'autres priorités ?

— Je ne vous ai pas enlevé. Moi aussi je me suis réveillée ici. Dans la forêt précisément. Si je t'ai mis au sol, c'est simplement parce que tu as essayé de m'attaquer, donc je me suis défendu. A quoi tu t'attendais exactement ? Que je te laisse me frapper jusqu'à ce que tu te dises que tu ne risques rien et que ça ne pouvait pas être moi ? Même si c'est un raisonnement de merde. C'est pas parce que je suis plus forte que je suis le maître du jeu. Moi aussi j'ai envie de comprendre ce qui se passe, pourquoi on est, pour ce que j'ai découvert maintenant, au total de huit dans cette forêt paumée. Alors calme toi, ce n'est pas comme ça qu'on s'en sortira.

Son cœur battait la chamade. C'était un miracle qu'elle n'ait pas bafouillé pendant son discours. Elle était une professionnelle en combat, mais raisonner la personne en face n'était pas son point fort. Après tout, elle ne s'était jamais retrouvée dans une telle situation. Même les fois où elles se battaient en dehors du cadre capacitaire, la seule possibilité de Nanoki était de mettre son adversaire hors d'état de nuire.

Le regard d'Anaïs vacilla, empli de doute. Sa mâchoire se contractait, elle scrutait les alentours à la recherche d'une échappatoire. Il ne manquait que l'argument de choc pour la convaincre totalement, mais la karatéka ne le possédait pas. Et le doute laissa place à la colère.

— Comme si j'allais te croire, espèce de...

— Anaïs ! Je t'en prie, écoute la. Je suis sûr qu'elle dit la vérité, alors reprends toi !

Sa rage s'adoucit à ses mots et, croisant ses yeux humides, elle détendit ses muscles en signe de résignation.

Nanoki patienta encore quelques minutes, puis elle la relâcha lentement, afin de la maîtriser à nouveau si elle feintait.

Son frère n'en attendit pas plus pour oublier l'ordre de Nanoki et se jeter sur sa jumelle. Ses larmes de soulagement humidifiaient sa veste jaune moutarde.

— Je suis désolé, tout ça c'est à cause de ma malchance...

Un malchanceux ? C'était une capacité assez rare, dont elle ne connaissait pas grand-chose. Était-il vraiment possible qu'il puissent entraîner les autres et être — indirectement — responsable de ce qui leur arrivait ?

La karatéka jeta un regard vers la porte. Daphné y était toujours, tapis dans l'ombre de peur de se faire à son tour embarquer dans les idées d'Anaïs. Pensée partagée ; maintenant que ce problème était réglé, elle profita du fait que les jumeaux ne la regardaient pas pour s'éclipser.

La scène qui venait de se dérouler chamboulait tant Daphné, qui devait avoir eu peur pour sa vie en voyant cette agressivité, qu'elle ne pipa mot dura la descente, tenant fermement la main de Nanoki, comme une enfant qui, l'espace de quelques minutes, avait perdu de vue ses parents et se croyait abandonné.

Elles laissèrent Jessica seule au réfectoire, jetèrent un regard intrigué vers Gaël et Noémie — rejoints par Lou — dans l'espoir qu'entre-temps, ils aient découvert quelque chose. Cependant, leurs expressions trahissaient l'inquiétude qui les gagnaient tous peu à peu, telle une étincelle qui s'enflammait pour les consumer. Sur ce point là, Nanoki se demandait combien de temps Daphné tiendrait avant de devenir cendres. Et encore, elle n'osait pas imaginer ce qu'il en était pour les jumeaux.

L'immensité du lieu la faisait se sentir si petite, qu'elle en étouffait. Il y avait tant de chemin dessinés sur le sol, les appelants, hypnotiques, et elle avait peur de s'y perdre. Non pas physiquement, elle ne craignait pas de prendre du temps, rebrousser chemin, même un millier de fois. Mais mentalement, avec sa curiosité première, à laquelle s'ajoutait cette inquiétude... ne risquaient-elles pas de s'échapper, là laissant errer, sans plus savoir ce qu'elle cherchait ?

Néanmoins, il était encore un peu tôt pour se laisser aller à ses sombres pensées. Du moins, elle l'espérait.

Nanoki traina Daphné, toujours dans un état semi léthargique, le teint livide, semblable à un cadavre, sur un sentier qui menait à une multitude de petits bâtiments.

Deux rangées de huits maisonnettes se faisaient face. Au-dessus de chaque porte d'entrée, un nom était inscrit.

Une goutte de sueur glissa le long de son dos, mais, peut-être par masochisme, elle avança le long de l'allée, jusqu'à trouver ce qu'elle redoutait. Son nom.

Elle cligna plusieurs fois des yeux, les frotta à s'en abîmer les globes oculaires, mais rien n'y changea. Nanoki Taima demeurait parmi les autres. Qu'est-ce que cela voulait dire ?

Et puis, cela confirmait leur grand nombre. Pourquoi ? Tout cela semblait si bien préparé. Pourquoi eux en particulier ? Y avait-il une raison ? Ou bien, avaient-ils pris aléatoirement seize personnes, puis accroché leur nom ? Mais à quoi tout cela rimait-il ? Sans compter la question qui lui trottait le plus dans la tête ; comment ce, ou ces démensanes s'y étaient pris ?

Avaient ils été drogués, comme le soupçonnait Anaïs, selon son témoignage ? Dans ce cas là, qui avait bien pu la droguer ? D'autant plus que son dernier souvenir, elle était en train d'aller se reposer en vue de sa sortie. Elle ne se souvenait d'aucune liqueur suspecte. Les seules moments où elle buvait en extérieur, étaient avec les membres de son club, son oncle, ou sa meilleure amie. Et elle ne remettait aucunement en question sa confiance envers eux.

C'était réellement cela qui l'inquiétait le plus. Non pas l'instant présent, mais le processus pour les emmener ici. Car cela voulait dire qu'elle n'avait pas pu se défendre. Chose qu'elle ne parvenait pas à s'imaginer.

— Si tu t'es arrêté ici, j'imagine que tu t'appelle Nanoki ! C'est vraiment flippant que nos noms soient marqués là, pas vrai ?

Nanoki sursauta, et se tourna vers la source de la voix. Elle ne s'était pas rendue compte d'à quel point elle était plongée dans ses pensées et souvenirs.

Au moins, le jeune homme face à elle ne présentait aucun signe d'une volonté d'attaquer ou d'animosité quelconque. Au contraire, son visage s'illuminait d'un sourire, appuyé par ses cheveux bleus — dont les racines brunes commençaient à pousser — qui le faisait d'autant plus rayonner.

A cet instant, Nanoki comprenait ce que pouvait ressentir Daphné vis à vis d'elle. Son comportement était si inattendu dans une telle situation. Surtout au vu de sa remarque. Il ne paraissait pas du tout atteint, et souriait même devant ces plaquettes.

— Oh ! Je ne me suis pas présenté ! s'exclama-t-il avant de se racler la gorge d'un air formel. Tu as affaire au couturier le plus impressionnant de l'histoire, Eden Cardo ! En toute modestie, évidemment.

— Euh… Enchantée, j'imagine… Je suppose que tu ne sais pas ce qui se passe ?

— Nope ! Mais je suis sûr qu'on va bien s'amuser ! Ça doit être une sorte d'*escape game* immense et super bien travaillé. J'ai hâte d'avoir l'énoncé de l'histoire, pas vous ?

Il plaça ses mains derrière sa tête en riant.

C'était plutôt rassurant d'entendre de nouvelles hypothèses. Peut-être avaient-ils étaient sélectionnés par l'État pour tester un escape game pour s'assurer de la difficulté des énigmes pour les prisons qui ne pouvaient pas ou pas assez se procurer du cortexane.

Cela expliquerait comment ils avaient pu emmener une karatéka. Peut-être même étaient-ils volontaires mais qu'ils avaient utilisé du cortexane qui avait pour effet secondaire de supprimer les souvenirs des dernières heures avant ingestion, afin de rendre l'expérience optimal.

Elle s'apprêtait à ajouter quelque chose, lorsqu'un cri la fit sursauter. Eden et elle se dirigèrent vers la provenance de la voix juste derrière une des rangées de maisonnettes. C'était Daphné qui avait crié.

Cette dernière pointait du doigt une personne familière, son teint encore plus pâle, l'air sur le point de s'évanouir. Nanoki lui tapota l'épaule, afin de la sortir de sa transe, avant de se concentrer sur celle au sol. Elle mit quelques secondes à la reconnaître, trop peu concentrée, mais il n'y avait aucun doute, il s'agissait de Clarisse Larako, l'une de ses chanteuses préférées.

Elle se figea face à ce visage endormi, trop choquée, ne s'attendant pas à se retrouver avec une célébrité. Ou du moins, une célébrité qu'elle connaissait, car d'après la présentation d'Eden, lui aussi semblait avoir un nom.

Clarisse était l'une des seules chanteuses dont elle ne se lassait pas.

C'était en cela que Nanoki trouvait les capacités artistiques fascinantes ; bien qu'on ne pouvait nier leur talent, les goûts personnels persistaient.

Et l'âme que Clarisse mettait dans ses chansons, la façon dont elle se diversifiait, ou même pouvait faire tout un album sur le même sujet, tout en rendant chacune de ses chansons unique, ne pouvait que l'impressionnner. Alors même si objectivement, tous les capacitaires étaient égaux, elle se permettait, dans son cœur qui frémissait, de la mettre sur un pied d'éstale.

Bien que le fait qu'elle n'écoutait quasiment que des passionnés, parce qu'elle aimait trop Clarisse pour prendre le risque de se rendre compte qu'elle n'était pas si supérieur, devait jouer.

La concernée fronça les sourcils avant d'ouvrir les yeux. Elle se crispa aussitôt, constatant les trois peronnes au-dessus d'elle, l'étudiant, sans se rendre compte pour certains, qu'ils la mettait mal à l'aise. La méfiance pour Daphné, la curiosité pour Eden, et une admiration qu'elle ne parvenait pas à dissimuler pour Nanoki.

— Où... où est-ce que je suis ?

Nanoki s'approcha doucement d'elle afin de ne pas la brusquer plus que cela, et lui tendit la main. Clarisse la dévisagea d'un air hésitant, mais la saisit tout de même pour se lever.

La karatéka oubliait à présent tout le reste, focalisée sur le fait qu'elle venait de toucher une des personnes qu'elle admirait le plus en ce monde, si ce n'était la seule.

Son maître en faisait bien partie à ses débuts d'apprentissage, cependant, depuis qu'elle se savait capacitaire dans ce domaine, difficile d'être impressionnée par ce qu'elle savait faire, potentiellement en mieux. D'autant plus qu'elle ne savait pas quelle était sa capacité, car lui-même refusait de faire le test, par peur de la vérité, raison pour laquelle il ne combattait pas avec des karatékas.

Elle se souvint de la question posée, et lui résuma le peu de chose qu'elle savait.

— C'est pas possible ! J'ai un concert de prévu ! Bon, Nanoki, c'est ça ? Comme t'es mignonne, je te signerai un autographe quand j'aurais de quoi écrire. Je ne fais pas ça en dehors des concerts normalement, sinon je n'aurais plus de vie, donc si vous autres vous en voulez... Arh.. Je me suis cassé un ongle ! C'est catastrophique, comment je vais pouvoir être un minimum présentable face à mes fans... Est-ce que quelqu'un a l'heure ? J'espère ne pas être en retard, ce concert était spécial, les places super chères, alors pas moyen que je décoive ceux qui ont payé pour me voir.

Un morceau du puzzle se glissait mollement dans le cadre. Nanoki se souvenait d'un autre détail ; ce n'était pas un simple rendez-vous avec sa meilleure amie comme elles en avaient l'habitude. Après avoir bu un café, elles comptaient se préparer ensemble pour aller à ce concert. Elle économisait depuis un moment, enchaînant les représentations du mieux qu'elle pouvait, car ils n'étaient pas très populaires dans sa ville, donc elle devait utiliser une partie de l'argent pour voyager vers des villes plus grandes, plus connues pour diverses représentations.

Ce n'était en l'état, peut-être pas grand chose, mais tout détails restaient bon à prendre.

C'était pour rester en forme lors de cette soirée unique, qu'elle avait décidé de faire une sieste. Elle était tellement impatiente, mais à la fois, un peu angoissée de ne pas réussir à trouver l'endroit, ou qu'il y ait quoi que ce soit qui puisse l'empêcher d'assister à ce concert tant rêvé.

Elle pouvait avoir fait une crise de somnambulisme à cause de ce trop plein d'émotions, et, de fil en aiguilles, se mettre dans des situations, qui l'avaient menée jusqu'ici.

— Moi je te connais pas, par contre ! lança Eden.

— Tu ne sais pas ce que tu rates.

Elle croisa les bras et lui tourna le dos, afin d'observer les environs.

— Sérieusement, j'ai connu mieux comme caméra cachée. Me faire dormir par terre ? Alors que je porte ma tenue de scène ? Elle est complètement fichue maintenant, je n'aurais jamais le temps de me changer ! A condition que j'arrive déjà à sortir d'ici sans trop tarder.

— Une caméra cachée ? répéta Nanoki.

— Bien sûr ! Je ne vois pas d'autres explications de pourquoi je serais là, sinon ! Ce n'est pas la première fois que ça m'arrive. Même si d'habitude je ne me réveille pas dans un lieu paumé sans me souvenir de comment je suis arrivée là...

Le visage de Daphné s'illumina sous l'idée qui devait la rassurer. En revanche, Nanoki se questionnait. Autant la théorie d'Eden lui paraissait crédible, autant celle-ci, elle en doutait.

L'état avait de gros moyens pour les expérimentations, et cela expliquait le fait que leur nom soit affiché. Mais une caméra cachée... C'était un peu trop. Pourquoi préparer tout cela. Et elle ? Serait-elle une sorte de figurante ? Ou étaient-ils tous concernés, un peu comme une télé réalité avec une organisation qui laissait à désirer ?

Car il ne fallait pas oublier le point le plus important ; aucun d'eux ne se souvenait de comment ils étaient arrivés là. Et tant qu'ils ne résoudraient pas ce mystère, le reste ne pouvait qu'être la cible de leur imagination.

Daphné la fixa avec insistance. Le peu de temps passé avec elle lui permettait de la déchiffrer un peu mieux. Et ce regard signifiait qu'elle avait quelque chose à dire, et que maintenant qu'elle savait ce qu'il y avait ici, elle voulait s'en aller. Nanoki s'approcha donc.

— Caméra cachée ou pas, cet endroit me met mal à l'aise...

La karatéka ne put s'empêcher d'être surprise. Vraisemblablement, le sentiment causé par l'idée de Clarisse, n'avait fait son effet que pendant quelques secondes.

— Ouais, allons-y.

Nanoki signala leur départ, précisant que si elles découvraient quoi que ce soit, elles le leur communiqueraient. Clarisse voulut ajouter quelque chose, mais une blague d'Eden détourna son attention, et les deux jeunes femmes étaient déjà loin.

A quelques mètres se trouvait un petit bâtiment, si petit que de l'extérieur, on devinait facilement qu'il ne se constituait que d'une pièce.

Deux voix fortes s'en dégageaient.

— Encore un duo ? souffla Daphné.

— Il faut croire...

Ce détail précis rendait tout encore plus étrange. Pourquoi les séparer en petit groupe ? Pourquoi ne pas les laisser tous ensemble ? Ils n'étaient que dix huit, donc ce ne pouvait être un problème de place.

— T'en qu'à faire, ils auraient pu nous installer dans ces chambres, s'il y a bien un lit dedans. Au moins, je n'aurais pas mal à dos d'être restée si longtemps allongée sur des racines d'arbre.

— Plus confortable, je n'en doute pas, mais tu crois pas que tu aurais encore plus paniqué de te réveiller dans un lit ?

Daphné ne répondit pas, mais son expression confirmait ses propos. Et en même temps, elle la comprenait. Aussi étrange la situation pouvait bien être, un réveil en pleine forêt restait moins flippant.

Nanoki ouvrit la porte, qui grinça, alertant les deux jeunes hommes dans la pièce. Ils se tournèrent vers elles, l'expression sévère. Ils ressemblaient à deux professeurs évaluant leurs élèves.

Le plus grand des deux était métisse et possédait de courts cheveux bruns parfaitement coiffés. Il se tenait droit comme une allumette, si droit qu'il semblait gagner des centimètres à chaque seconde. Cependant, ce n'était qu'un effet de l'aura écrasante qu'il dégageait.

Le plus petit, lui, avait des cheveux mi long, qui devaient à la base être un chignon, mais si mal attaché qu'il se défaisait lentement pour venir chatouiller ses épaules à travers son pull en cachemire. Le menton relevé, il les dévisageait, l'air de connaître tous leurs secrets.

Nanoki frissonna. Un mauvais pressentiment lui montait le long de la gorge.

Le premier fit un pas vers eux.

— Je vous ordonne de vous présenter.

Sa voix forte et sec pénétra son corps et sa langue se délia d'elle-même, obéissante. La seconde d'après, elle plaque sa main contre sa bouche. Que venait-il de se passer ? L'espace de cette présentation, elle ne se contrôlait plus. Tout comme Daphné, qui avait parlé en même temps qu'elle.

Il s'agissait d'un leader.

Merde...

Elle les détestait. Et il venait de confirmer ce ressentiment.

Chapitre 3

— Toi, tu es une karatéka, et toi une rêveuse, affirma le second.

— Quoi ? Comment tu sais ça ? s'enquit Daphné, toujours sous le choc de ce qui venait de se passer.

— Je vous ai analysées, bien sûr.

Il dévisagea Daphné, comme s'il s'agissait d'un être ignare qui ne savait pas faire des déductions simples.

— Je suis Aaron, enchanté.

— Ne t'abaisse pas à des présentations, mon ami. Si ces êtres misérables ne te reconnaissent pas, ne prends pas le temps de converser comme s'ils étaient à notre niveau.

Nanoki serra les poings, avec une envie grimpante de le lui faire manger, mais se retint pour ne pas lui donner raison.

Trop tard.

— Typique des insectes dans votre genre. Incapables de reconnaître votre place. Et bien, laissez-moi vous apprendre une chose, si votre cerveau en est capable. Si vous êtes si peu importants qu'on ne vous reconnaît pas, n'ouvrez pas la bouche à moins qu'on vous le demande. Entre petits insectes, si vous n'avez rien de mieux à faire, mais pas face à un Altava ou un Dirton.

Daphné haussa un sourcil, mais Nanoki les reconnut aussitôt leur nom prononcé. Ils n'étaient pas les plus connus dans leur genre, individuellement, mais en tant que duo, beaucoup plus. C'était eux qui avaient rendu populaire l'association d'un leader avec un analyste.

— Bah ... bah alors si t'es si intelligent dans ton analyse, dis-nous pourquoi on est là ?

Un rire jaune traversa ses dents serrées, puis un air moqueur anima ses traits. Il fallait dire que le ton de la rêveuse n'était pas très convaincant. Avec ces types - là, parler signifiait s'enterrer tout seul, et donc, être stupide.

Nanoki n'osait pas imaginer la façon dont Léo Altava voyait Daphné.

— Et si tu allais déguster ce qu'il y a au fond, ça te ferait du bien.

Les deux filles se dévisagèrent, et profitèrent de l'ouverture pour s'éloigner.

La seule chose présente dans cette pièce était une étagère remplie de diverses fioles, ainsi que des bureaux pour des expériences scientifiques. La karatéka se pencha contre la vitre pour lire les étiquettes.

Opium, cyanure d'hydrogène, arsenic, ciguë, colchique, datura stramonium.

Daphné devint blême, les lèvres pincées, tremblantes. Pas besoin de s'attarder sur les indications pour comprendre avec quelques noms qu'il s'agissait de poisons.

— Tu... c'est une incitation au suicide ?

Sa voix faible flotta dans la pièce, jusqu'à caresser le sourire sur les lèvres de Léo. Ce dernier leur tourna le dos, fit un geste à Aaron pour qu'ils partent ensemble.

— Comme si je m'intéressais réellement à ton sort.

Puis ils sortirent.

Daphné continua de fixer la porte fermée, l'air trop choqué pour réagir. Et quand elle sembla reprendre le contrôle de ses membres, elle perdit ses forces et s'effondra, la main couvrant sa bouche.

— Hé, Daphné ! Est-ce que ça va ?

Nanoki s'agenouilla à ses côtés, alarmée. Que lui arrivait-il tout à coup ? Pourquoi pleurait-elle ?

Plus la rêveuse se montrait vulnérable, moins Nanoki la comprenait, et moins elle savait comment réagir. Qu'était-elle supposée dire dans une telle situation ?

— Hé... Si c'est à cause de ce qui vient de se passer... t'inquiète pas, ok ? Il disait pas ça sérieusement, sinon, Aaron te l'aurait ordonné pour que sûr que tu...

Elle se stoppa, se rendant compte que ses mots n'étaient absolument pas rassurants, et prit quelques secondes supplémentaires pour bien préparer ses mots.

— Ce que je veux dire, c'est que c'était pas vraiment une incitation. C'est juste un gars stupide et imbu de lui même, mais à partir du moment où il se fiche de quelqu'un, il se soucie pas de... ça... tu vois... A mon avis, il a juste voulu cacher le fait qu'il ne pouvait pas répondre à ta question parce qu'il sait pas ce qu'on fait ici, et, du coup, il a voulu détourner notre attention.

Nanoki observait les réactions de Daphné, pour s'assurer de ne pas dire trop de bêtise. Et, que cela ait un rapport ou non avec son discours, cette dernière finit par se calmer, respirer un bon coup, les yeux fermés.

— C'est pas juste ça... C'est... Pourquoi... pourquoi il y a des putains de poisons ici ! C'est juste... pas normal ! Ça ressemble à une salle de chimie mais c'est une salle de poisons...

Elle se prit la tête dans les mains, à la limite de s'arracher les cheveux.

Merde… c'est vrai…

La karatéka était si distraite par Daphné que le plus important lui échappait. Il n'y avait absolument rien de normal dans la présence de cette étagère. Dans quel genre d'endroit avaient-ils atterri ? Pourquoi tout ça ? Qu'attendait-on d'eux ? Que devaient-ils faire ici ? De toutes ces informations ? Pourquoi ne leur donnait-on pas des réponses ?

— Sors-moi d'ici… s'il te plaît.

La voix brisée de Daphné lui donna presque envie de pleurer, sans qu'elle ne comprenne pourquoi. Alors elle l'aida à se lever, puis à marcher jusqu'à l'extérieur, où seulement, ses jambes redevinrent obéissantes.

L'impression d'étouffer s'envola avec la bouffée d'air frais qui emplit leurs poumons.

— Dire que j'aurais pu me réveiller avec lui…

Daphné passa la main le long de son visage, finissant par agripper son collier et d'en arracher les dernières perles. Ses yeux les suivirent rouler sur le sol, sans expression. Cela ne dura que quelques secondes, mais Nanoki ne pouvait s'empêcher de se demander ce qui lui traversait l'esprit.

Elles revinrent sur leurs pas, cependant, Eden et Clarisse avaient déserté l'endroit.

— Regarde, il y a un petit chemin là, indiqua Daphné, d'une voix toujours un peu vide.

Nanoki suivit son doigt du regard, et, effectivement, elle le trouva. Il était plus discret que les autres, plus naturel. Ou plus ancien. Ce qui demeurait étrange, étant donné que tout semblait récent ici.

Il y avait un risque qu'il s'agisse d'une fausse piste, mais elles devaient bien tout explorer pour ne pas manquer *l'élément* utile.

Au bout de ce chemin, les attendait un genre de cabanon entouré de colonnes de pierre. Une voix forte retentit de derrière la construction. Surprises, Daphné laissa échapper un cri, alors que Nanoki n'eut qu'un geste mécanique de porter sa main à sa poitrine où son cœur battait de façon régulière.

Le silence prit soudain place, rompu par des pas claquant contre le sol. Un jeune homme de petite taille courut à leur niveau, le visage lumineux.

— Coucou ! Vous êtes qui ? Vous avez vu ces colonnes ? Elles ont nos noms marqués dessus, comme les maisonnettes. C'est super flippant, non ? Les gens qui nous ont emmené ici cherchent à nous faire comprendre qu'il nous connaissent ?

Une fois son flot de paroles débitées, il éclata de rire. Il lui faisait penser à Eden, tout en paraissant différent. Sans compter que physiquement, il ne lui ressemblait pas avec sa peau métisse, ses cheveux blonds ébouriffés et sa longue veste grise foncée. Contrairement à Eden et ses couleurs vives, notamment avec sa tenue rouge pétant, lui n'avait que ses yeux brillants pour contrebalançer à son style.

Et encore, il ne fallait regarder que ses iris bleus. Sa cicatrice à l'œil droit, ainsi que sur le côté gauche de la commissure de ses lèvres, sans compter le pansement qui recouvrait sa joue lui donnait un tout autre air encore.

En fait, à le regarder, il lui sembla presque qu'il regroupait plusieurs personnalités.

Une jeune femme les rejoignit, les poings serrés.

— Je vous prie d'écouter le message apporté par... Euh, non attends... Célia était en train de te parler !

Finalement, c'était plutôt elle qui semblait regrouper plusieurs personnalités. En une seconde, elle était passée d'une dame noble à une attitude beaucoup plus virulente. Sans compter sa façon étrange de parler d'elle à la troisième personne.

Plus elle pensait à tous ces caractères si différents, moins elle comprenait pourquoi ils avaient été emmenés ici. Ou encore qui pouvait bien le vouloir.

—Ah, au fait, je m'appelle Soen !

— Arrête d'ignorer Célia petit con ! Et arrête de rire en disant des trucs du genre "si ça se trouve, une personne compte nous séquestrer et nous torturer" il n'y a strictement rien de drôle là dedans, et tu sais que tu mets Célia très en colère !

Daphné lança un regard de détresse à Nanoki ; le moment de leur départ s'imposait. Pendant que Célia criait sur Soen qui riait, Daphné et Nanoki en profitèrent pour s'éclipser. La rêveuse lâcha un profond soupir.

— J'en ai marre de tout ça, de ces gens tous plus bizarres les uns que les autres. Et dans tout ça, on n'a toujours pas compris ce qui se passait, ou au moins trouvé une sortie !

— Il ne nous reste qu'à nous enfoncer dans la forêt je suppose.

— Mais... ça fait peur la forêt. On va juste se perdre...

— Tu as une meilleure idée ? On a dû faire le tour d'ici, donc la sortie est forcément là bas.

Daphné se mordit la lèvre, mais n'ajouta rien de plus, résignée. Nanoki espérait qu'elles n'allaient pas trop se perdre, parce qu'elle regrettait sa courte nuit. Tant pis pour sa curiosité, elle pourrait bien trouver des réponses une fois chez elle, bien installée dans son lit, en cherchant sur internet.

Elles firent quelques pas, puis une vibration sur leur poignet les stoppa. Sans comprendre, elles levèrent leur main à leur visage afin d'inspecter un bracelet. La karatéka pouvait le jurer sur sa vie, mais cet accessoire n'était pas là avant. Elle ne portait jamais de bracelet, donc elle l'aurait remarqué avant. Surtout un qui la serrait avec tant d'inconfort.

Après quelques secondes, la vibration cessa et une voix retentit de l'objet étrange.

— J'en ai marre d'attendre ! Vous êtes trop long ! Allez tous dans le gymnase, c'est le seul bâtiment que vous n'avez pas visité, donc vous devriez le trouver rapidement. Nous vous donnerons toutes les informations dont vous aurez besoin, alors ne tardez pas !

La voix cessa pour de nouveau laisser place au calme. Nanoki ne savait pas quoi penser de cela. C'était trop étrange, peut-être l'avait-elle rêvé ? Elle continua de fixer le bracelet, comme s'il lui apporterait une illumination. Daphné devint blême.

— Ils sont tous complètement tarés… marmonna-t-elle. Pas moyen que j'aille là-bas… Nanoki, on part, je n'en peux plus, c'est trop… flippant.

Sans attendre de réponse de sa part, elle lui saisit la manche pour la traîner derrière elle. Mais elle s'arrêta bien vite, pliée en deux, le visage déformé par la douleur. Nanoki voulut lui demander ce qui lui prenait, cependant, la sensation d'une lame s'enfonçant dans sa chair la stoppa à son tour.

Elle serra son bras, la mâchoire contractée, le souffle coupé. C’était ce bracelet qui leur causait cela. Mais comment ? Quel était cet objet maudit apparu comme par magie pour les faire souffrir ?

Une force invisible lui broyait le poignet. Elle n’avait jamais connu de mal si intense. Et pourtant, elle se sentait vide, comme dans un rêve. C’était inexplicable. Elle en perdait la tête.

Le gymnase.

— Ils veulent qu’on aille au gymnase... On n'a pas le choix, je crois.

Daphné leva des yeux brillants vers elle, en proie à des sanglots. Ses ongles pourtant petits formaient des traces profondes dans son bras.

— Ils... ils vont nous l’enlever, pas vrai ?

— On va bientôt le savoir, articula-t-elle avec difficulté.

Chapitre 4

La douleur s'atténuait alors qu'elles approchaient du bâtiment. Le bras ballant, sans aucune force, il ne leur restait qu'à entrer dans l'imposant gymnase.

La porte grinça, et toutes les têtes se tournèrent vers elles, pensant voir apparaître la personne qui les avait convoquées de force. Constatant qu'il s'agissait de visages familiers, ils se reconcentrèrent sur quelque chose au sol, autour duquel ils formaient un cercle.

Deux jeunes hommes endormis.

— J'ordonne que tout le monde s'éloigne ! Il ne faudrait pas les brusquer à leur réveil !

Aussitôt les mots sortis de la bouche d'Aaron, ils obéirent. Dans la précipitation, Timéo et Jessica s'emmêlèrent les pieds et trébuchèrent.

Le vacarme fit émerger les deux inconnus. Un, aux piercings aux oreilles ainsi qu'à la lèvre supérieure demeura immobile, intimidé par toutes ces présences.

L'autre, dont le tablier était à moitié détaché, sauta sur ses pieds. Il le regretta, perdant l'équilibre à cause de vertiges.

— Qu'est-ce que... Je suis où là ? Vous êtes qui ? Si c'est vous qui m'avez enlevé, vous allez le regretter, je vous assure ! C'est pas parce que vous m'avez collé un tablier à la con, que je sais même pas ce que c'est tellement ça doit être un truc de nul, que je sais pas me battre, au contraire !

Un léger rire moqueur échappa aux lèvres de Léo dans le silence. Cela eut pour effet immédiat d'énerver le jeune homme, qui voulut s'élancer sur lui. Cependant, une main lui retint le bras avec une force à laquelle il ne devait pas s'attendre, à en juger par son expression.

— Calme-toi, fit Noémie. On est aussi perdus que toi, mais on nous a fait venir ici pour nous donner des réponses.

Perplexe, il ouvrit la bouche pour répliquer, mais se figea, sûrement traversé par le même frisson que Nanoki.

Par réflexe, elle couvrit ses bras de ses mains. Ce n'était pas un frisson de froid. C'était quelque chose de plus profond, qui sortait de ses tripes, lui donnait la nausée.

Sa vue était normale, pourtant, tout se brouillait. Comme si la réalité elle-même se distordait, exerçait une pression à l'intérieur de son corps.

Face à eux, deux silhouettes se formèrent, d'abord de façon vague, comme mêlées au décor, puis s'en détachèrent.

Un vertige lui fit perdre l'équilibre. Elle passa la main sur son visage transpirant.

Tout redevint normal.

A l'exception des deux robots face à eux.

Qu'est-ce que...

Nanoki avait presque envie de rire, tant la situation n'avait aucun sens. Elle devait être en train de rêver. Ce n'était pas possible que deux robots apparaissent devant eux de la sorte.

Non. Elle ne se souvenait que trop bien de la douleur et de toutes les sensations ressenties jusque-là.

La seule possibilité était que tout était bel et bien une expérience de l'État. Pourquoi, elle ne le saisirait pas aussi bien que Léo — s'il était réel — mais elle en était persuadée, à présent. Ce devaient être des tests pour un nouveau médicament qui plongeait les gens dans une sorte de transe, ou elle ne savait quoi.

Donc, il n'y avait pas à se poser de questions ou à paniquer comme Daphné et d'autres. Tout était calculé.

Elle leva la tête vers les robots, attendant la suite.

Le premier à être apparu, dont les couleurs claires illuminaient la pièce, hormis ses yeux noirs, seuls éléments de son physique possibles à regarder sans s'aveugler, avait l'apparence d'un garçon. L'autre était son vrai contraire ; une apparence féminine, des teintes sombres qui faisaient ressortir ses yeux d'une blancheur extrême.

Opposés aussi dans l'attitude, si on pouvait utiliser ce terme pour des robots. Le premier dévisageait chacun d'entre eux, avec un sourire... glaçant. Sûrement une erreur de construction. Et la deuxième se cachait, comme une enfant derrière les jambes de ses parents, intimidée par des inconnus.

— Bien, par quoi on commence Kuro ? demanda le premier.

— Par les bases, Shiro... j'imagine...

Shiro trépignait d'impatience. Il se mordait la lèvre pour s'empêcher de parler trop vite, et de s'emmêler dans la précipitation. On ne pouvait être qu'admiratif devant le travail de l'État. Elle en avait vu des robots réalistes faits par des ingénieurs, et ils la faisaient frissonner tant c'était bien fait. Mais là, elle était incapable d'exprimer ses sentiments. Ils avaient l'air d'humains maquillés pour ressembler à des robots.

— Évidemment ! Vous êtes enfermés dans cette forêt ! Une barrière invisible vous empêche de quitter l'endroit. En gros, vous finirez votre vie ici ! Trop bien, non ? Une véritable communauté de gens qui s'entendent si bien ! Bon, pas encore, mais je sens l'alchimie d'une belle amitié future pour vous, gens si purs...

— Tu déconnes ?

Cette phrase échappa des lèvres de quelqu'un. Qui ? Un peu tout le monde sûrement. Cette pensée les traversait tous. Peut-être que les mots n'étaient pas vraiment sortis, piégés dans la tête de Nanoki. Puis ils s'en évadèrent.

Elle se transforma en un rire. D'abord timide, nerveux, n'osant pas s'affranchir. Pour devenir franc, explosif.

Nanoki se pencha en avant, les mains sur son ventre noué, incapable de se retenir. Les larmes lui montèrent le long de la gorge, et elle finit par tousser.

Quand elle reprit plus ou moins ses esprits, elle était à genoux, à bout de force, haletante. Devant elle se trouvait Shiro, et son grand sourire, exalté, comme si tout se passait encore mieux que tout ce qu'il aurait pu imaginer dans ses rêves.

Ce dernier se pencha vers elle. Son instinct qui, d'habitude, la poussait à frapper ou neutraliser ceux qui s'approchaient trop, semblait endormi.

— Néanmoins... si vous tenez tant à rentrer chez vous, il se pourrait qu'il reste une dernière option.

Sourcils froncés, toujours dans la même position, Nanoki le dévisageait, les yeux mouvants d'une pupille à l'autre du robot. Mais ce dernier n'était pas prêt à donner sa réponse. Il voulait laisser le suspense, l'incompréhension.

Il se redressa lentement, fit quelques pas pour revenir au centre du groupe. Nanoki se releva, les jambes encore flageolantes. Elle ne comprenait pas ce qui lui arrivait. Jamais elle ne s'était sentie comme ça, et elle détestait ça. Mais surtout, un vide immense trônait dans son cœur, comme si une partie d'elle s'était enfuie en même temps que sa crise de fou rire.

— Bah vas-y ! Qu'est-ce que t'attends ! cria celui au tablier d'une voix légèrement tremblante.

Shiro gloussa. Sa voix rauque imprégna la pièce, résonna dans leurs corps, leurs esprits.

On est en danger...

Et pourtant, Nanoki demeurait incapable du moindre mouvement.

— Shiro... murmura Kuro d'un air suppliant.

Le concerné se tourna vers elle, avant de rouler des yeux dans un soupir.

— Oui, bon, ça va... On ne peut même plus s'amuser, pff... Bref, si vous voulez tant sortir que ça, il vous suffit de commettre le meurtre parfait.

Nanoki cligna plusieurs fois des yeux, peu sûre d'elle. Un meurtre ? Le même mot qui voulait dire tuer quelqu'un ?

Elle avait dû mal entendre. La nonchalance avec laquelle le robot l'avait prononcé en était la preuve. Personne ne disait cela avec un tel ennui, une telle indifférence.

Ou alors, c'était la théorie de Clarisse qui était vraie et tout n'était qu'une caméra cachée. Ce n'était qu'une question de temps avant que quelqu'un ne sorte de sa cachette en criant "C'est dans la boîte", et les raccompagne jusqu'à la sortie en rigolant avec eux de cette blague absolument pas drôle, mais dont ils riraient tout de même.

Et puis, une barrière invisible ? Il fallait être crédule pour y croire. Si les ingénieurs le pouvaient réellement, on ne s'embêterait pas à dépenser de l'argent pour des médicaments qui droguent les criminels pour les empêcher de réfléchir à s'échapper, ou de se fatiguer à réfléchir à des énigmes si on ne pouvait pas s'en procurer.

— Dites, dites ! Comment on tue quelqu'un ? Vous allez nous donner des armes, comme dans un jeu vidéo, ou un truc dans le genre ?

— Oh non non non ! Vous devrez être un peu plus créatifs que ça ! Bien sûr, vous pouvez utiliser un bon vieux couteau de cuisine, mais absolument tout ici peut servir d'arme ! Réfléchis un peu, mon petit Soen. Si vous avez tous une arme assignée, comment comptez-vous vous innocenter ? Ne vous inquiétez pas...

Un cri de rage le stoppa dans sa phrase. C'était celui au tablier. Il se jeta sur lui pour le saisir par la gorge, et le souleva sans mal, sans résistance de la part de Shiro. Au contraire, ce dernier subissait une pluie d'insultes avec un sourire malicieux, l'air de s'amuser de la situation.

Mais quand le jeune homme leva le poing, le robot laissa échapper un soupir las.

— Eh bien, Randy, tu ne me laisses pas le choix...

Le concerné se stoppa dans son geste ainsi que dans son flot d'injures, perplexe.

La seconde d'après, Randy lâcha Shiro. Tout son corps se mit à trembler, avant d'être pris de spasmes violents.

Ses jambes tremblantes ne le tinrent plus et il s'effondra. Une grimace de douleur lui déformait le visage, alors qu'il toussait et crachait du sang. Il plaqua sa main contre sa bouche, mais cela ne changea rien, et le liquide carmin coula le long de sa paume jusqu'à former une petite flaque sur le sol.

La scène ne dura qu'une minute, pourtant cela parut être une éternité. Sans même avoir une idée du type de douleur qu'il subissait, Nanoki eut l'impression de la sentir dans chacun de ses membres.

Randy s'écroula sur le côté, haletant. Du sang continuait de s'accumuler sur sa langue, mais il n'avait plus la force de bouger. Shiro le souleva alors par les cheveux pour l'obliger à recracher.

— Qu'est-ce que... vous m'avez fait ?

Un petit sourire faussement bienveillant se dessina sur les lèvres de Shiro, puis il balança sa tête qui cogna contre le sol.

— Oh, trois fois rien ! Juste un petit poison inoffensif pour te donner une leçon. Considérez tout ceci comme un avertissement, mais sachez que la prochaine fois que vous enfreindrez une règle, ce sera létal.

Nanoki déglutit, le regard figé sur Randy, toujours au sol, peinant à réaliser qu'il aurait pu mourir.

Ce n'est vraiment pas une caméra cachée ?

Non. Ceux qui les avaient emmenés ici étaient de véritables tarés. Et ils allaient tous mourir.

— Quel imbécile, c'était évident que cela allait mal tourner, se moqua Léo.

Nanoki tourna la tête vers lui, tel un automatisme. Que venait-il de dire ? Comment se permettait-il cela ? Être analyste et se penser au-dessus des autres était une chose, mais il pouvait garder ce genre de pensées infâmes dans sa tête.

Shiro se racla la gorge pour attirer l'attention sur lui.

— Vous allez devoir tuer dans les règles que nous vous imposons. Commettre un meurtre ne suffit pas, en fait, le plus important c'est de survivre au procès. Ne vous inquiétez pas, tout ce que vous devez savoir est inscrit dans votre tablette. Vous voyez le petit écran sur votre bracelet ? C'est votre tablette.

Sur ces mots, Nanoki amena son poignet à son visage pour constater qu'il disait la vérité. Il fallait dire qu'elle ne s'y était pas attardée.

— Pour la consulter, il faut déjà la récupérer, ce qui est très simple car elle s'enlève comme une pile. Ensuite, appuyez sur le bouton qui s'affichera à l'écran et la tablette s'agrandira. Voilà, la suite est très intuitive, vous saurez vous débrouiller. Nous, on s'en va ! Entretuez-vous bien !

Il éclata de rire comme un enfant excité, avant de disparaître de la même façon énigmatique que son entrée.

Kuro, elle, resta, l'air de vouloir ajouter quelque chose. Son regard hésitant parcourut l'assemblée, se verrouillant sur chacun d'eux.

— Avant de faire quoi que ce soit, lisez le règlement. Vraiment. Maintenant que vous savez qu'il existe, mon frère ne pardonnera plus. Et je crois que ça l'arrangerait d'ailleurs. Donc, voilà...

Sans attendre plus, elle s'empressa de suivre Shiro.

Nanoki ne comprenait rien. Toute cette situation était insensée. Ils étaient enfermés dans une forêt par deux robots tellement humains que l'une semblait presque triste pour eux, comme si elle souhaitait réellement qu'ils s'en sortent.

Elle eut envie d'éclater de rire à nouveau, mais seul un son inaudible franchit la barrière de ses lèvres.

— Je suis désolé ! C'est de ma faute si vous êtes là !

Ces mots eurent pour effet d'attirer l'attention de tous. Mais il ne s'agissait que du malchanceux, persuadé qu'il les avait contaminés.

— Une capacité n'est pas contagieuse, rappela Noémie.

Malgré sa voix douce, cette dernière avait une expression qui glaçait le sang de la karatéka. Vide. Une marionnette qui se mouvait trop habilement. Et si elle faisait partie des robots ? Elle serait le premier essai de l'instigateur, ce qui expliquerait son manque de vie. Et les deux robots en étaient tant remplis qu'on pouvait se dire qu'ils n'avaient aucun lien. Mais tout cela pouvait être calculé.

— Qui sait ? On ne connaît rien sur les malchanceux ! Sans être directement contagieux, il a pu nous emporter avec lui ! On va tous mourir... On va tous mourir, hahaha... Calme-toi Kaïs... Si on le tue, peut-être que sa malchance ne fera plus effet et on pourra tous sortir.

Sa voix déraillée transmettait toute la folie du désespoir qui l'envahissait. Sa façon de parler si aisément de la mort de quelqu'un après ce qu'ils venaient d'apprendre était terrifiante. En était-il réellement capable ? De sang-froid qui plus est ?

Elle préféra s'éloigner de lui. Cependant, elle manqua de foncer dans Jessica qui, semblant en proie à une crise d'angoisse, ne regardait pas ce qu'il se passait autour d'elle, yeux fermés, dans l'espoir de se calmer. Cette dernière finit par percuter Randy, toujours au sol. Il jura et la poussa, avant de saisir la main que lui tendait Célia.

— Rien ne nous assure qu'il n'y a pas une ou plusieurs sorties secrètes. Vérifions cette fameuse barrière ! lança Aaron, peu convaincu par cette histoire de meurtre, ou bien confiant de s'en sortir.

Léo approuva, non sans un regard de mépris vers eux, l'air de penser que le duo aurait beaucoup de travail avec des boulets.

— Attendez ! intervint Lou. Comme ils l'ont dit, on doit d'abord lire les règles avant de faire quoi que ce soit. On ne sait jamais ce qu'ils ont pu inventer, et si ces bracelets peuvent nous empoisonner aussi simplement, c'est trop risqué. Il l'a dit lui-même, la prochaine fois qu'on les enfreint, il ne sera pas aussi indulgent.

Elle faisait bien de le préciser, ou Nanoki l'aurait oublié. Son cerveau fonctionnait si lentement depuis l'apparition des robots. Elle se sentait dans le vague, dans une transe. À la fois loin de son corps et de cette situation, et en même temps si ancrée qu'elle en avait le souffle coupé.

— T'appelles ça indulgent ? Ça faisait super mal, j'ai vraiment cru que j'allais mourir, putain !

Malgré son ton qui se voulait dur, il ne parvint pas à cacher les trémolos dans sa voix.

— Ce que Hohenberg essaie de t'expliquer, c'est qu'il faut utiliser les deux pauvres neurones dans le petit pois qui te sert de cerveau et te souvenir de ce qu'on nous a dit il y a tout juste une minute. Il semblerait que nous pourrions avoir besoin de vous, si nous parvenons à vous trouver une utilité malgré tout, et il serait préférable que, pour l'instant, vous viviez. Quoique, se libérer des plus stupides ne serait pas si mal... Fais comme si je n'avais rien dit et continue d'être débile, finalement.

— Répète un peu ce que tu viens de dire, salopard ? T'es qui pour te comporter comme si tu nous étais supérieur ? Je vais te foutre mon poing dans ta gueule, on va voir si tu te la ramènes, après !

Randy fulminait, prêt à mettre ses paroles à exécution, sous le rictus satisfait de Léo. Cependant, ce petit jeu le lassa vite, et l'analyste sortit sa tablette du bracelet, comme si rien ne s'était passé.

Cela eut pour effet d'accentuer la colère de Randy, qui perdit patience. Mais avant de pouvoir faire le moindre pas, Aaron lui ordonna de se calmer, et il n'eut d'autre choix que d'obéir.

Pour la première fois, Nanoki appréciait cette capacité. Dans leur situation, il valait mieux éviter ce genre de bagarre inutile, parce que cela se terminerait forcément un jour par une mort. La pensée la traversa en même temps qu'un frisson d'effroi. Ils ne devaient pas entrer dans le jeu des robots.

Règle n°1 : Interdiction de tuer plus de deux personnes ou vous serez sanctionné.

Règle n°2 : Interdiction d'entrer dans le réfectoire pendant la période de nuit ou vous serez sanctionné. Il s'agit de la pièce de Kuro et Shiro.

Règle n°3 : La période de nuit est entre 22 heures et 7 heures.

Règle n°4 : Pour sortir de la forêt, il faut commettre le meurtre parfait.

Règle n°5 : Après que trois personnes aient découvert le corps, un temps limité sera donné pour enquêter.

Règle n°6 : Suite à l'enquête, les survivants devront obligatoirement participer à un procès où vous débattrez pour trouver le coupable.

Règle n°7 : À la fin du procès, vous devrez tous voter pour le coupable via votre tablette. Si la majorité se trompe, tout le monde excepté le coupable sera sanctionné. Dans le cas contraire, seul le coupable sera sanctionné.

Règle n°8 : La nourriture et les matériaux seront redistribués en cas de besoin.

Règle n°9 : Kuro et Shiro ne peuvent ni commettre ni interférer avec un meurtre. Ils sont impartiaux, ils n'aideront ni le coupable, ni les innocents.

Règle n°10 : La violence contre Kuro et Shiro est interdite.

Règle n°11 : Ce qui vous retient ici est votre bracelet, il est incassable et waterproof, il vous sera enlevé si vous survivez au procès.

Règle n°12 : Enfreindre une règle est passible d'une sanction.

Règle n°13 : Sanction = exécution.

Au fur et à mesure de la lecture des règles, Nanoki blêmissait, puis se sentit de plus en plus loin de son corps. Ses yeux voyaient mais elle ne regardait pas, comme si elle n'y était plus connectée.

C'était absurde. Tout aussi absurde que ces deux robots et leurs discours.

Plus on lui apportait des informations, moins elle croyait en leur situation. Ce n'était juste pas possible, insensé.

Elle tenta de se concentrer pour relire encore, une dizaine de fois, peut-être plus. Cependant, ce n'était pas suffisant. Elle devait continuer jusqu'à découvrir, entre les lignes, un message codé qui prouverait qu'il s'agissait d'une blague pas drôle et trop poussée à laquelle elle rirait, non seulement pour ne pas vexer les organisateurs, mais surtout car la pression redescendrait.

Chapitre 5

Si Daphné n'avait pas posé sa main sur l'épaule de Nanoki, elle serait restée des heures, les yeux fixés sur l'écran, à attendre. Attendre quoi ? L'espoir ? Elle n'y croyait plus. C'était comme si plus rien n'avait d'importance. Elle aurait pu demeurer ainsi, dans le vague, le cœur vide, pour l'éternité.

Mais elle reprit contact avec la réalité. La plupart étaient dans le même état qu'elle, excepté Aaron et Léo qui discutaient déjà de la suite, puis Soen et Eden qui fixaient un des paniers de basket d'un air rêveur, comme si rien ne les atteignait.

Quant à Daphné, ce n'était pas par force mentale qu'elle s'était réveillée pour interpeller Nanoki. Au contraire, son regard la suppliait de lui avouer que tout n'était qu'une vaste blague et qu'elle allait lui montrer la sortie. Si seulement.

— Il suffit ! Nous n'allons pas rester à nous apitoyer sur notre sort ! Ce n'est pas comme cela que nous quitterons ces lieux. Alors je propose que nous... Vous tous ! Je vous ordonne de m'écouter !

Son ordre fit frétiller leurs oreilles, et les derniers encore sur leur tablette levèrent de grands yeux vers lui, comme s'il venait de les frapper.

— Je disais donc... La première chose à faire est d'aller vérifier cette fameuse barrière.

Sans attendre de réponse, ni même guetter leur réaction, il monta les escaliers. Léo jeta un regard méprisant à l'assemblée, avant de suivre le leader.

Ils les imitèrent, non seulement parce que s'ils ne bougeaient pas, Aaron le leur ordonnerait, mais surtout, parce qu'il avait raison.

Nanoki n'y aurait pas pensé d'elle-même. Pas aussi tôt, du moins. Après quelques heures, le temps de digérer l'information, peut-être qu'une idée de génie similaire à la sienne lui serait apparue. Ou bien elle se serait frappé la tête contre un mur jusqu'à se rendre inconsciente, en espérant se réveiller dans son lit.

Dans le silence rompu par le bruit de leurs semelles sur les feuilles, ils avancèrent à travers les bois. Petit à petit, la karatéka perdit la notion du temps, incapable de dire s'ils venaient de sortir, ou si cela faisait déjà des heures.

Personne ne pipait mot, et elle n'avait pas non plus envie de converser avec eux. Marcher, un acte pourtant si simple, lui demandait une énergie bien trop importante.

Elle apporta son poignet à son visage, comme si cette partie de son corps ne lui appartenait plus. Le bracelet y trônait toujours, la tablette à sa place d'origine, bien qu'elle ne se souvînt pas l'avoir rangée. Comment cet objet pouvait-il la retenir prisonnière dans une forêt ? Cela n'avait pas de sens.

Aaron, qui ouvrait la marche, se stoppa soudain. Il leva le bras d'un geste brusque pour leur faire signe de s'arrêter.

Ils étaient devant la barrière. Cette dernière ne se voyait pas, tout comme ce qui se trouvait derrière. Un épais brouillard les entourait, bloquait leur vue. Il pouvait tout aussi bien y avoir des arbres qu'un gouffre ; Nanoki préférait ne pas tenter de sortir par ici.

Soen et Eden s'assirent dos à la barrière, l'air épuisés. Ils ne traversèrent pas. Pas même un bout d'ongle. Comment un bracelet pouvait-il bloquer tout leur corps ?

— On a fait tout ça pour rien ! se plaignit Soen.

— Tu vas voir, je vais pas laisser ce truc barrer mon chemin !

Pour prouver ses dires, Randy serra son poing et se lança de toutes ses forces pour frapper la barrière. Cependant, il ne fit que s'effondrer sur cette dernière, lâchant un cri de douleur atroce.

Il venait de se déboîter l'épaule. Il n'osait plus bouger, la joue plaquée contre le vide.

Sans attendre, Aaron fit signe à tout le monde de reculer pour ne rien aggraver.

— Ok, Randy, je vais t'aider, donc tout va bien se passer d'accord ? Dans l'idéal, j'aimerais ne pas avoir à te donner d'ordres, parce que tu risquerais de faire des mouvements trop brusques, donc tu vas gentiment suivre mes instructions, d'accord ?

Le regard de Randy traduisait sa détresse, mais l'air calme et sûr de lui d'Aaron lui redonna confiance, car il se détendit un peu, en signe de soumission.

Nanoki suivait d'un air impressionné Aaron expliquer d'une voix douce mais forte les gestes à exécuter, manipuler son bras avec soin et délicatesse, tout en l'allongeant. Cela n'empêcha pas Randy de gémir de douleur entre ses dents serrées et les larmes de perler au coin de ses yeux, mais il n'opposa aucune résistance, conscient que c'était nécessaire.

Puis le cloc. Aussitôt, Randy s'affala par terre, dans un soupir de soulagement, pouvant enfin calmer sa respiration haletante et essuyer son front suant.

— Ne bouge pas, je n'ai pas fini.

Malgré le fait qu'il ne s'agissait pas d'un ordre, ce dernier obéit, raide, par peur de se redéboîter l'épaule.

Aaron s'éloigna un peu dans la forêt, cherchant quelque chose, puis revint avec un bâton solide. Il déchira un morceau de sa chemise pour en faire une attelle improvisée.

— Maintenant, tu ne fais plus aucun geste brusque. Aucun. Tu m'as bien compris ? C'est tout ce que je peux faire pour toi, il faut juste espérer sortir vite pour que tu voies un médecin. En attendant, Léo, tu peux l'analyser, s'il te plaît ? Quels sont les futurs possibles ?

— Sérieusement ? Tu me demandes de m'intéresser à un idiot ?

— Léo Altava, c'est un ordre.

Ce dernier soupira, agacé, et prit quelques secondes pour détailler Randy de haut en bas, bien qu'il semblât déjà connaître la réponse.

— Si cet idiot respecte ce que tu lui as dit, d'ici une semaine, il pourra enlever son attelle. À condition que même après, il continue de faire attention à son épaule droite. Même si je prévois déjà les idioties que cet insecte pourrait faire parce qu'il n'apprend pas de ses erreurs.

— Ce n'est pas vrai !

Cependant, Randy se leva d'un bond, avant de se rendre compte de son erreur et de se tenir le bras dans une grimace, donnant raison à Léo.

— Toutefois, même en prenant en compte le manque de neurones dans son cerveau, je suis confiant dans le fait qu'il ne se redéboîtera pas l'épaule. Pas celle-là en tout cas.

— On peut donc conclure que la barrière ne peut pas être brisée, les recentra Noémie.

Nanoki finit par s'en approcher, la touchant du bout de l'index, comme si une révélation l'envahirait alors. Randy y était allé de toutes ses forces, et pourtant, il aurait pu la regarder que l'effet serait le même.

— Peut-être qu'il a juste pas de force ? se moqua Soen.

Randy se retint tant bien que mal de réagir, ce qui le fit d'autant plus rire.

Anaïs fronça les sourcils en sa direction. Il était véritablement le seul à n'en avoir rien à faire, ce qui, d'une certaine façon, le rendait terrifiant.

— Peut-être qu'on peut appeler de l'aide, suggéra Anaïs.

Afin de vérifier sa théorie, elle hurla à s'en casser la voix diverses formulations qui pourrait interpeller autrui. Seul son écho lui répondit. Ils attendirent, oreilles tendues. Toujours rien.

Eden trifouilla l'une des poches de son veston rouge et en sortit une petite boîte contenant un mini kit de couture, qu'il semblait toujours garder sur lui au cas où un de ses vêtements se trouerait. Il prit une des aiguilles et la pointa sur la barrière. Cela n'eut aucun effet car il tenta de forcer un peu. Il finit par soupirer.

Daphné le lui arracha des mains pour le jeter. L'aiguille disparut. Avait-elle traversé la barrière ? L'objet était si petit et si fin qu'elle ne parvenait pas à se rendre compte.

Son cœur devint soudainement lourd, la nausée remonta le long de sa gorge.

Kuro venait d'apparaître.

Cette dernière s'accroupit et sa main traversa la barrière sans problème. Elle récupéra l'aiguille qu'elle tendit à Eden avant de disparaître sans avoir prononcé un seul mot.

Ils se dévisagèrent les uns les autres, les yeux plein de questions.

— On peut donc... vraiment dire que c'est à cause de notre bracelet qu'on ne peut pas sortir ? souffla Jessica.

— Alors on a vraiment fait ça pour rien, acheva Eden.

— C'est encore trop tôt pour abandonner. Cette barrière ne peut pas être parfaite, il doit y avoir des failles... Nous allons nous séparer et faire le tour à en la touchant. Nous finirons bien par trouver un espace que l'on pourra traverser.

Soen et Eden soupirèrent. Aaron leur lança un regard de reproche. Ils se levèrent sans attendre son ordre.

— Dans ce cas, débuta Léo, nous allons nous séparer en deux groupes. Un partira à droite, l'autre à gauche.

Ils acquiescèrent. Ainsi, Nanoki faisait partie du même groupe que Soen, Eden, Timéo, Anaïs, Daphné, Gaël, ainsi que Kaïs.

Ce fut le commencement d'une éternelle marche qui fit regretter les escaliers à la karatéka.

La main collée à la barrière, leur progression stagnait. Les plus petits, Soen et Timéo, avançaient accroupis afin de toucher le bas. Les plus grands, Gaël, Kaïs et Nanoki gardait la main contre la partie haute. À chaque pas qu'ils faisaient, ils essayaient de sauter le plus haut possible.

De ce fait, cela rendait pour les cinq l'avancée plus rude et fatigante. Nanoki, pourtant endurante, perdit vite son énergie. Ce fut pourquoi, après un tant, ils se posèrent, haletant pour certains, gémissant en étirant leurs jambes pour d'autres.

— On ne va jamais s'en sortir… geignit Kaïs d'une voix suraigu.

— Ne dis pas ça. L'instigateur a forcément laissé une possibilité de sortie, que ce soit par erreur d'inattention ou autre, le rassurant Gaël.

Accompagnant le geste à la parole, il posa sa main sur son épaule. Ce dernier tressaillit vivement, mais après un regard furtif en sa direction, il se détendit.

Après cinq minutes de pause passée dans le silence, sans compter les sanglots de Timéo ou les murmures de Kaïs, ils reprirent contenance.

Au total, ils durent faire une dizaine de pauses, de plus en plus longues, de moins en moins efficaces.

Nanoki haletait, les poumons en feu, alors que ses jambes ne supportaient son poids que de justesse. Lorsqu'ils retrouvèrent l'autre groupe, la lune les éclairait de sa lumière.

Nanoki manqua de s'effondrer, heureusement, semblant avoir la même idée, Daphné s'approcha d'elle afin qu'elles se soutiennent mutuellement.

— Nous n'avons… rien trouvé… et vous ? articula Aaron.

Il tentait tant bien que mal de dissimuler son souffle court, sans grand succès.

Anaïs secoua la tête en guise de réponse. Nanoki ne se souvenait pas quand ils avaient décidé qu'elle serait leur porte-parole, mais étant celle qui faisait le moins d'exercice en marchant normalement, elle possédait encore de l'énergie, contrairement aux autres. De toute façon, la karatéka n'avait plus la force de réfléchir.

Alors, n'ayant pas d'autres choix, ils rejoignirent les maisonnettes, sans commentaire sur le sujet. Pourtant, à leur arrivée, il aurait été impensable de jouer le jeu des robots en acceptant de dormir dans les chambres qu'ils leur avaient préparées. Mais leur esprit trop brouillé effaçait cette pensée.

Nanoki rentra dans sa chambre, eut l'intelligence miraculeuse au vu de son état de récupérer la clé pour verrouiller la porte, tomba sur son lit, dans les ténèbres.

Chapitre 6

Un poids tomba sur Nanoki. Tout son corps se figea jusqu'à son sang. Un long frisson lui parcourut l'échine. Elle ouvrit grand les yeux.

Au dessus d'elle se tenait Aaron.

— Je t'ordonne de...

Son hurlement de terreur jaillit de sa gorge alors qu'elle l'ejectait de son lit. Il chuta dans un bruit sourd qui résonna à ses oreilles.

Sans attendre, elle sauta sur ses pieds afin de se jeter sur la porte. Verrouillée. Mais comment était-il entré ?

Ses yeux s'agitèrent dans tous les sens à la recherche de la clé. Aaron se relevait déjà. Elle n'avait plus le temps. Elle projetta son épaule contre la porte qui s'ouvrit du premier coup malgré son manque d'élan.

Surprise par la facilité, elle s'étala de sous son long. Des ombres dansaient au-dessus d'elle, et elle n'eut pas besoin de lever la tête pour comprendre que les autres participants de cette tuerie formaient un cercle autour d'elle. Leurs yeux étaient sans vie, comme s'il s'agissait de cadavres manipulés tels des marionnettes.

Mais surtout, un objet brillait dans leur main. Un couteau. Un immense couteau qui traverserait tout son corps.

Ses pas claquaient derrière elle. Des flash d'image de son réveil lui revenait en mémoire. Aaron ne possédait pas de couteau. Ce dernier se jeta sur elle, prêt à l'immobiliser mais elle esquiva, l'agrippa par la nuque et le poussa sur ses assaillants. Grâce à la surprise générale, elle s'enfuit.

Elle courait aussi vite que ses capacités lui permettaient, bientôt poursuivis par les autres. Des larmes coulaient le long de ses joues, qu'elle s'empressa de chasser pour ne pas obstruer sa vue.

Pourquoi l'avaient-ils ciblé ? Pourquoi ? Elle ne pourrait pas leur échapper indéfiniment. Etait-ce ainsi que sa vie allait s'achever ?

Elle se permit un coup d'oeil par dessus son épaule, dans l'espoir de se rassurer. Malheureusement, ils étaient encore plus près que ce qu'elle imaginait.

La forêt se rapprochait de plus en plus. A l'intérieur, elle pourrait les semer entre les arbres. Ils seraient obligés de se séparer et elle aurait plus de chance.

Au loin, Shiro s'adossait contre un tronc. Il la fixait, les yeux plissés, un grand sourire aux lèvres. Il ne fit rien, ne dit rien. Seulement attendre qu'elle arrive à son niveau. Et lorsque ce fut le cas, ses lèvres se mouvèrent alors.

— Il est 7 heures, la période de nuit est terminée. Le réfectoire est de nouveau accessible.

— Quoi ?

Elle trébucha, mais ne toucha pas le sol.

Un sursaut secoua son corps. Elle ouvrit grand les yeux, haletante et trempée de sueur.

Elle se trouvait dans la chambre à son nom. Seule. Pas d'Aaron pour la tuer.

Sa respiration se calma peu à peu. Elle se laissa tomber sur son lit, bien qu'elle ne se souvenait pas s'être assise.

Juste un cauchemar. Rien de plus qu'un cauchemar.

Et si c'était un rêve prémonitoire ? Ou un mauvais présage ? Et si on m'attend devant la porte ?

Elle ne croyait pas à ce genre de chose, cependant, sa situation demeurait la même. Alors elle ne pouvait être sûre de rien.

Avec a violence d'un coup de la foudre, elle se souvint du contexte actuel. Et elle pleura. Silencieusement, par peur de se faire entendre, qu'on la croit faible, qu'on la prenne pour cible.

Elle était une karatéka, certes, et possédait de très bons réflexes, néanmoins, cela suffirait-il pour survivre à une tentative de meurtre ?

Un frisson mêlé à un sanglot la secoua. Son rêve la hantait toujours. Pourtant, elle savait que cela ne pouvait pas se produire. Elle av ait lu les règles tant de fois qu'elle les connaissait par cœur. Alors elle savait qu'ils ne tenteraient pas une alliance, et qu'en compagnie de plusieurs personnes, elle ne risquait rien.

D'ailleurs, elle ne craignait pas de sortir de cette chambre. Elle craignait de se retrouver seule à un moment, de ne pas être assez concentrée, de se laisser surprendre par une attaque, de mourir.

Sans grande conviction, elle se leva de son lit pour la salle de bain. Elle avait tellement sué que ses vêtements lui collaient à la peau.

Le miroir refléta son visage, avec les dégâts de sa fameuse nuit. Ou bien il s'agissait d'un portrait d'un zombie.

Avec un soupir, elle se déshabilla et glissa sous la douche, ouvrit le robinet. L'eau froide fondit sur elle, suivit d'un cri de surprise. Elle émit un geste pour changer la température, mais se stoppa. Ce n'était pas si désagréable finalement.

Une fois propre et sèche, elle mit de nouveaux vêtements. Enfin, seulement d'une certaine manière. Le placard de cette chambre contenait un nombre élevé de copies de sa combishort bleu. Le tiroir à chaussures, ses basquets blanches. Même les chaussettes étaient toutes aussi grises que celles qu'elle portait la veille.

Ce fut donc ainsi qu'elle quitta sa chambre pour rejoindre le réfectoire. Elle supposait que c'était là que les autres se trouvaient. Et elle ne se trompait pas, la moitié d'entre eux étaient déjà présents.

Nanoki s'affala sur une chaise d'une des petites tables dans un coin, ce qui lui permettait d'avoir une vision d'ensemble sur la pièce. Mais elle enfuit sa tête dans ses bras.

Avec son cauchemar, elle ne se sentait pas du tout reposée, et elle devait avouer qu'elle pourrait sans problème sombrer dans les bras de Morphée à cet instant. Même si elle était entourée. A vrai dire, elle se sentait en sécurité. Personne n'aurait l'idée stupide de la tuer devant tout le monde. Sur ces pensées macabres, elle s'endormit.

Une main se posa sur son épaule et la secoua. Nanoki grogna, agacée de se faire réveillée. Cependant, elle se rappela aussitôt de leur situation et se redressa, sur le qui vive. Daphné retira sa main dans un sursaut. Cette dernière s'assit à ses côtés et rit nerveusement.

— C'est la nuit qu'il faut dormir, tu sais ? Je sais que le sommeil est important, et moi même j'adore dormir, mais quand même.

— Je sais… C'est juste que j'ai fait un cauchemar cette nuit…

Daphné se mit à glousser, ce qui fit hausser un sourcil à la karatéka qui s'étonnait de sa réaction.

— Je ne me moquais pas de toi. Enfin, pas vraiment… C'est juste qu'hier, tu étais toute excitée, alors… je trouvais ça plutôt ironique.

Nanoki croisa les bras, mal à l'aise et inquiète de l'image qu'elle montrait. Certes, Daphné n'avait pas complètement tort, mais ce sentiment s'était évanoui avec l'apparition des robots.

Par ailleurs, elle se questionnait sur son comportement, qu'elle imaginait pire que le sien. Elle s'apprêtait à répliquer, mais la rêveuse la devança.

— Ah, le petit déjeuner arrive !

Elle suivit son regard vers la porte de la cuisine, d'où sortaient Gaël, Lou, ainsi qu'Eden, des plats dans les mains.

— Le petit déjeuner aussi, c'est important. Ça aurait été bête de le manquer !

Afin d'accentuer ses paroles, la rêveuse se lécha les lèvres.

Est-ce que je suis toujours en train de rêver ?

La brune s'approcha de la grande table et constata qu'il y avait pas mal de choix. Des croissants, des cookies, des fruits, du bacon, des oeufs brouillants et au plat, des tartines accompagnées de confitures… Elle attrapa simplement des cookies et retourna à la petite table. Comparé à Daphné qui se servit autant de salé que de sucré comme si elle n'avait pas mangé depuis des jours.

Nanoki garda un moment son regard figé sur la part de la rêveuse qui prenait à peine un peu moins de la moitié de la table. Le simple fait de regarder toute cette quantité rendait l'idée de manger peu attirante. Elle ne savait pas si elle avait faim ou envie de vomir, mais une étrange sensation perdurait dans son estomac.

Elle attrapa nonchalamment un cookie qu'elle croqua d'une micro bouchée alors que son regard se perdait sur l'horloge murale. Il n'était que 7h10. Comment avaient ils préparé tout cela en si peu de temps ?

— T'as remarqué que c'st fait maison ? On a trouvé tout ça sur le plan de travail dans la cuisine. Il y avait aussi un petit mot qui disait <<Cadeau de bienvenue de la part de Kuro et Shiro>>. On a débattu un moment pour savoir si on le mangeait ou non, tu sais, dans le doute où ce serait empoisonné. Mais à un moment, ils sont apparus et nous ont rappelé la règle numéro neuf.

— Celle qui stipule qu'ils ne peuvent ni commettre ni intérférer avec un meurtre ?

— Exact. Et ils ont rajouté qu'on doit mourir en s'entretuant, et qu'ils n'auraient aucun intérêt à nous tuer tant qu'on respecte le règlement.

Un cadeau de bienvenue... Comme c'est aimable...

La pensée que cela venait d'eux lui coupa d'autant plus l'appétit.

— Et ça a suffit à tous vous convaincre ?

— Non, en fait je fais partie des seuls. Je pars sur le principe que s'ils veulent nous empoisonner, ils trafiqueraient toute la nourriture, sans compter qu'on a bien vu qu'ils pouvaient le faire par notre bracelet. Dans ce cas, on fait quoi ? On ne mange pas et on ne boit pas ?

On mourra aussi. Donc je préfère prendre le risque de manger plutôt que me laisser pourrir.

— Certes... ça se tient... Mais je n'ai plus faim, tu peux prendre ma part si tu veux.

Nanoki n'eut pas besoin de le répéter, Daphné s'empara de ses cookies pour les engloutir. Le simple fait de regarder cette dernière suffisait à lui remplir le ventre.

Peu de temps après, Léo se plaça au milieu de la pièce, attirant l'attention de tous.

— Bon, il est temps de passer aux choses sérieuses. Hier, nous avons pu vérifier que la barrière nous empêche bel et bien de sortir. Néanmoins, cela ne veut pas dire qu'il n'y a pas d'autres solutions. Je propose que nous nous séparons afin d'examiner les lieux dans les moindres recoins. Il y a forcément une sortie cachée quelque part.

Suite à ses mots, il ne chercha pas à observer leur réaction et partit. Niveau communication, il avait au moins fait la moitié des choses, mais il aurait pu les attendre pour qu'ils se séparent de façon méthodique.

— C'est forcément un piège ! Le petit prétentieux va profiter qu'on soit concentré dans notre enquête pour nous attaquer par surprise, cracha Kaïs.

Ce dernier dévisagea un par un chacun d'eux, son dos collé contre un mur, comme pour s'assurer qu'aucune menace ne viendrait de derrière lui.

— Si cela peut vous rassurer, nous pouvons faire des groupes de trois. Mais rester ici ne va pas nous être plus utile. La sortie ne viendra pas à nous parce que nous l'attendons. Je vais rejoindre Léo, qui m'accompagne ? demanda Noémie.

Noémie, autant par sa voix que son visage, était inexpressive. Et son style vestimentaire datant des années 1800 lui donnait l'allure d'une morte revenue à la vie, mais seulement physiquement.

Elle secoua la tête pour se recentrer. Peu importe à quel point elle était effrayante, elle avait raison. En revanche, l'idée de se retrouver avec Léo ne l'enchantait pas, loin de là. Et au vu de l'expression des autres, c'était réciproque.

— Et bien, la maturité ne semble pas être une de vos qualités. Je viens, annonça Aaron.

Noémie lui adressa un hochement de tête, avant de se diriger vers la sortie, suivi du leader.

Petit à petit, les groupes se formèrent et Nanoki comptait parmi Daphné ainsi que Gaël.

Ils sortirent du réfectoire, analysant où se dirigeaient les autres. A vue d'oeil, ils se déplaçaient vers les bâtiments.

— Je suppose qu'on va devoir dehors, conclut Nanoki.

— Et bien, dehors c'est tout de même vaste. Tu as pu voir la longueur de la forêt. La journée ne nous suffira pas, fit remarquer Gaël.

— Tu veux faire quoi alors ? Poiroter là pendant que tout le monde enquête ? lâcha Daphné.

— Non, certainement pas. Mais dire <<dehors>> reste vaste. On a besoin de plus de détail, une zone définie.

Nanoki soupira. Certes, elle était d'accord avec lui, mais elle trouvait qu'ils chipotaient.

— On a cas dire qu'on s'occupe de la lisière de la forêt et on fera le tour ? elle proposa.

Les deux acquiescèrent et ils se mirent au travail.

Des heures passèrent durant lesquelles ils rampèrent sur la terre, appuyant ou tentant de déplacer chaque parcelle du sol dans l'espoir d'activer un passage secret. Ils firent de même avec les arbres, et tentèrent même, à l'aide d'un bâton ou d'un caillou, de dessiner des mots ou des dessins sur la terre. Fantasistes ou pas, toutes les idées qui leur passaient par la tête finissaient exécutées.

Malgré l'absence de résultat, ils ne perdaient pas espoir, même quand la nuit tomba.

Chapitre 7

— Les lampadaires éclairent bien quand même, on pourrait continuer encore, non ? proposa Daphné.

— On ne voit pas aussi bien qu'en plein jour. Même si j'ai une excellente vue, cela nous prendra deux fois plus de temps que la normale. Et on a plus de risque de rater quelque chose, fit Gaël.

Nanoki jeta un coup d'oeil à son bracelet. Elle effleura l'écran du bout de son index. Lorsque ce dernier s'alluma, l'intensité de la lumière blanche l'aveugla quelques secondes. Sous cette forme, elle ne ressemblait qu'à une simple montre qui donnait l'heure. Heure qu'ils ne pouvaient que croire, vraie ou non. De toute façon, cela correspondait à l'évolution du soleil au cours de la journée.

21h38

— On devrait profiter du temps qu'il nous reste avant l'horaire de nuit pour manger. Je dois dire que je suis épuisée et je ne pense pas être plus productive.

— Mais...

— Mais rien, je suis d'accord avec elle, même sans question de lumière, on doit prendre du repos pour être productif.

— J'allais juste lui demandais comment elle sait que c'est bientôt l'horaire de nuit...

Daphné croisa les bras, sourcils froncés. Pensait elle Nanoki capable de deviner l'heure à la simple vue de la lune ou quelque chose du genre ? En guise de réponse, elle tourna son poignet luminaire vers elle qui ouvrit de grands yeux.

— Pff, je savais que ça donnait l'heure, mais je pensais que toi tu ne savais pas, c'est tout... bafouilla-t-elle.

Gaël secoua doucement la tête dans un soupir, avant de se diriger en premier vers le réfectoire, rapidement suivis par ses deux coéquipières. L'estomac de Nanoki grognait, mécontent de ses repas manqués. Entre le matin qui lui avait coupé l'appétit, et la concentration dans ses recherches qui lui avait fait oublié. C'était à peine si elle avait fait des pauses toilettes. Et encore, sa gorge sèche ne lui nécessitait pas d'y aller souvent.

Au réfectoire, ils constatèrent être les derniers à arriver. Le regard de Nanoki se perdit sur la grande table pleine de nourriture qui la fit saliver.

— Célia a cuisiné avec Lou et Eden, on a fait plusieurs plats différents parce qu'on ne savait pas ce que vous aimez.

Nanoki adressa aux trois un hochement de tête de remerciement. Sans cela, au vu du temps qu'il lui restait, elle se serait préparé un sandwich à la va vite qu'elle aurait sûrement dû emporter dans sa chambre.

Durant le repas, ils parlèrent de sujets plus léger pour se changer les idées et se donner un semblant de normalité dans cette situation folle.

— Tu sais, la première fois que j'ai fais un rêve lucide, j'étais tellement contente que je me suis réveillée.

— C'est possible ça ? elle lui demanda, la bouche pleine.

En vérité, elle s'en fichait pas mal, mais la politesse et le besoin de divertissement lui faisaient poser des questions pour entretenir la conversation.

Elle aurait aimé que quelqu'un d'autre mange avec eux pour diversifier le sujet, parce qu'elle commençait à croire qu'à part les rêves, dormir et manger, Daphné ne s'intéressait à rien. Néanmoins, elle n'imaginait personne à part Gaël, et ce dernier tenait compagnie à Kaïs qui le jaugeait sans se cacher.

Ainsi donc, c'était à elle de se coltiner l'étonnante bavarde que se révélait Daphné.

Quand ils commencèrent à manger leur dessert, pour ceux qui en prenaient, ce fut le moment choisi pour leurs rapports. Nanoki serra son poing sur sa cuisse. Elle savait que ces rapports n'étaient qu'un mot vain pour conclure que personne n'avait rien trouvé. Evidemment, sinon, ils seraient déjà loin d'ici.

L'espoir de trouver un indice, aussi minime soit il, persistait. Plutôt faible, mais assez pour la convaincre d'écouter les autres avec attention. Cependant, rien. Et elle n'avait rien de plus à leur apporter.

— A voir l'état de vos vêtements, j'ai bien fait de ne pas enquêter dehors. C'est carrément du gâchis, lança Clarisse.

Ces mots s'accompagnaient des sons de gratouilles de son ongle sur le col pailleté de sa robe, ce qui attirait des regards désapprobateurs.

— On s'en fout que nos vêtements soient propres ou sales ! On est en train de chercher une putain de sortie pour pas crever ici ! C'est quoi tes priorités, sérieux ? s'égosilla Randy.

— Au vu de ton style vestimentaire, ça m'étonne pas que tu ne te préoccupes pas de salir ton petit tablier.

Le concerné tiqua, son visage vira au rouge alors qu'il serrait les poings, avant de se calmer en regardant son attelle.

— Tu n'as pas l'air d'être inquiète, Clarisse, constata Anaïs.

Clarisse arborait une expression tranquille, comparé à Anaïs qui triturait son collier ornée d'une petite pierre, qu'elle grattait ou faisait tourner entre ses doigts, parfois la mordillant.

— Bah, pourquoi je serais inquiète ? Je ne sais pas pour tout le monde, mais j'ai mon nom, et je vous rappelle que j'étais censé me produire hier, et ce n'est jamais arrivé que je rate un concert, jamais. Alors forcément, tout le monde doit s'inquiéter, et ce n'est qu'une question de temps avant que la police me trouve. Je ne vais pas commencer à me ronger les ongles et à abîmer mon vernis comme Kaïs.

A l'entente de son nom, ce dernier se redressa, sur le qui-vive, juste au moment où Clarisse lui saisit la main.

— Non mais t'as vu l'état de ton vernis ! Il est complètement fichu ! Je te jure que si je trouve du vernis, je te refais ta manucure parce que là, c'est une horreur pour les yeux !

Kaïs fut dépourvu de mots, seulement capable de papillonner des yeux comme si elle venait de parler dans une autre langue. Gaël le libéra de sa situation en posant une main sur celle de la chanteuse qui haussa un sourcil avant de revenir à sa place et reprendre son yaourt.

Nanoki devait faire la même tête que Kaïs. Elle ne pouvait qu'être d'accord avec Randy ; elle avait des priorités étranges... Peut-être parce qu'elle n'était pas aussi connue, mais elle ne pouvait pas se fier à la police. Comment pourraient ils les trouver ici ? Et même, que pourraient ils faire ? Pourraient ils traverser la barrière ou était elle inaccessible de l'extérieur pour des raisons mystérieuses ? Et surtout, le problème restait le même, leurs bracelets.

Ses proches devaient être partis à sa recherche. Elle rêvait de les retrouver, mais elle craignait que les deux robots finissent par impliquer ceux qui parviendraient par miracle à entrer dans cette forêt. C'était la dernière chose qu'elle voulait. Mais elle voulait tant les revoir... Cela ne faisait qu'un jour et ils lui manquaient déjà atrocement.

Elle secoua la tête. Si elle y pensait trop...

Serais-je capable de tuer quelqu'un ?

Ne pense pas à ça.

C'est plus qu'un meurtre. C'est toute une stratégie. Et l'échec...

La mort.

Aaron tapa sa cuillère contre son verre.

— Cessez vos enfantillages ! Laissez moi vous dire une chose. Clarisse, tu es pitoyable. Tu ne dois pas miser ta vie sur les autres, mais chercher un moyen de sortir par toi même si tu souhaite réellement survivre !

Sa voix forte résonna dans la pièce maintenant silencieuse. Clarisse laissa presque tomber son yaourt, abasourdie. Elle ouvrit la bouche pour répliquer, mais aucun son n'en sortit.

— Vous autres, je vous ai entendu pleurnicher et vous dire que c'était la fin, détrompez-vous ! Ne n'avons analysé qu'une infime partie de la forêt, nous camperons la nuit au milieu des arbres afin d'enquêter sans perdre de temps s'il le faut !

— Mais ça va nous prendre tellement de temps… et si on ne trouve rien ? gémit Timéo.

— Peut-être. Mais nous agirons méthodiquement. Léo et moi en avons parlé, nous allons d'ici demain vous préparer un plan afin que chacun sache ce qu'il doit faire. Avant tout, nous aimerions connaître votre capacité afin de vous répartir correctement.

Léo ricana comme s'il s'agissait d'une blague pas drôle. Aaron arqua un sourcil.

— Pourquoi diable perds-tu ton temps précieux alors que je les ai déjà tous analysés ?

— Certes. Parle donc, Léo.

Après un nouveau ricanement, il se dirigea vers la porte, non sans leur adresser un regard hautain.

— Je te dirais tout ce que je sais quand nous ferons les plans. Je suis écoeuré d'avoir passé tant de temps avec de tels minables. Je pars devant. Ne les laisse pas pourrir ton cerveau.

Sur ces mots, il partit. Nanoki le fusilla du regard même lorsque la porte se referma derrière lui. Ce qui l'énervait le plus était que sa capacité d'analyse leur serait bien trop utile, mais son caractère en revanche, il lui donnait envie de lui coller un uppercut.

Aaron se racla la gorge.

— Soit, ne perdons pas plus de temps.

Il tourna le dos à l'assemblée et suivit l'analyste. Dès lors, Nanoki soupira, se laissant glisser contre le dossier de sa chaise.

— Je vous le dis tout de suite, moi, j'ai pas encore découvert ma capacité, donc j'espère que l'autre con va pas sortir de la merde pour me ridiculer, cracha Randy.

— Est-ce que d'autres personnes n'ont pas découvert leur capacité ?

Lou sortit un calepin de sa poche ainsi qu'un stylo, prête à noter toutes les informations qu'elle pourrait dénicher.

Leurs yeux se baladèrent d'un visage à un autre, dans l'attente que quelqu'un prenne la parole, mais cela n'arriva pas.

— Bien, je suppose que c'est une bonne chose.

— Qu'est-ce que t'insinue, connasse ?

Randy se leva d'un coup, sa chaise s'écrasa dans un fracas. Ses phalanges blanchirent contre la table, de légers spasmes voulant les inciter à embrasser ses paumes et qu'un des poings se jette sur le visage de la chercheuse.

— Dydy est pas content ! lança Soen. Dis, dis ! T'es sûr de ne pas avoir découvert ta capacité ? C'est étrange que tu sois le seul à ne pas la connaître...

Soen se planta devant Randy, un sourire malicieux aux lèvres. Le concerné se redressa pour le regarder de haut — littéralement, il faisait une vingtaine de centimètres de plus que lui.

— Y'a quoi de bizarre que je la connaisse pas, minus ? C'est qu'un putain de hasard que je sois le seul ! Et m'appelle pas Dydy, sinon je te refais le portrait !

Il leva le poing, prêt à frapper, ce qui n'eut comme effet que de faire glousser Soen.

— Si tu le dis, Dydy, mais tu sais, en tant que menteur, il n'y a pas que dans mes propres mensonges que je suis doué...

Son sourire s'agrandit, avant qu'il ne reparte d'un air innocent, les mains derrière la tête pour retourner à sa conversation avec Eden.

Le visage de Randy vira au rouge. Il s'apprêtait à céder à sa colère, mais une main sur son épaule le ramena à la raison. Il s'agissait de Célia.

— Célia pense que Soen veut juste te provoquer et qu'il vaudrait mieux de pas lui accorder d'importance. Il semblerait que la force...

Sur sa dernière phrase sa voix changea, mais elle secoua la tête et se reprit.

— Célia veut dire, Célia a bien vu que c'était ce qu'il cherchait.

Randy se calma. Un peu. Surtout perturbé par les changements soudain de Célia. Il se contenta d'un regard noir vers Soen avant de quitter le bâtiment d'une marche rapide.

Nanoki laissa échapper un long souffle. C'était tendu... si tendu... La violence qui ne manquait que de peu d'exploser lui rappelait la seule solution donnée pour quitter cet endroit.

Vous devez commettre un meurtre. Vous devez commettre un meurtre. Vous devez commettre un meurtre.

Si certains d'entre eux tentaient de discuter plus ou moins normalement, d'autre ne feignait même pas de bien s'entendre. Ils se disputaient, à la limite fine de passer aux attaques physiques. Le moindre poings serré tendait Nanoki, envahit de question qu'elle chaissait en vain.

Est-ce qu'ils vont vraiment se frapper ? Qui va donner le premier coup ? Est-ce que l'un d'eux va mourir ?

Ses tentatives pour éloigner ses pensées s'affaiblissaient à leurs charges.

Randy est trop impulsif, il va finir par tuer quelqu'un ou se faire tuer.

Arrête d'y penser Nanoki, tu vas devenir folle.

Elle secoua la tête.

Arrête d'y penser, arrête d'y penser, arrête d'y penser.

Les phrases et les images tournaient dans son esprit, comme une vérité, une prédiction qu'elle ne voulait pas accepter.

Qui va mourir ?

Chapitre 8

— Ce n'était pas sympa de l'accuser de mentir, Soen, fit remarquer Nanoki.

Ce dernier se leva de sa chaise avec de grands yeux, une main posé contre son coeur.

— Je ne l'ai pas accusé de mentir, il *a* menti.

— C'est toi qui ment ici, cracha Daphné.

— Pas faux !

Il éclata de rire comme s'il s'agissait d'une blague hilarante en s'approchant de Daphné pour lui tapoter l'épaule ignorant son air abasourdie.

Un menteur. Il assumait sa capacité et en était fier. Mais cela aussi, était-ce un mensonge ? Maintenant que Nanoki connaissait sa capacité, elle ne pourrait que douter à chacune de ses paroles. Elle, elle ne savait pas déceler la vérité du mensonge, alors comment savoir ce qu'il pensait vraiment ?

Comment savoir s'il ment quand il se proclamera innocent lors d'un procès ?

A cette pensée, ses yeux tremblant le transperçaient, comme s'il était coupable d'une centaine de meurtres. Puis soudain, elle réalisa. Elle ne connaissait personne ici. Et si l'un d'eux dissimulaient des antécédents criminels ? Elle ne possédait aucun moyen de le savoir. Ce n'était pas comme si elle pouvait simplement leur demander et recevoir une réponse sincère. Peut-être que l'un d'eux avait déjà *tué* quelqu'un ? Dans ce cas...

Nanoki déglutit.

L'horaire de nuit ne tardait plus. Ce n'était qu'une question de minutes. Alors elle irait dans sa chambre, seule avec ses pensées macabres pour lui offrir de doux cauchemars. Et le lendemain, elle collaborerait avec les autres comme s'ils se faisaient tous confiance.

Sauf que ce n'était pas le cas. Et ce, peu importe à quel point ils tentaient d'y croire. Seule la méfiance pouvait régner pour le bien de leur survie.

Pourtant, elle ne voulait pas rejoindre sa chambre. La nuit précédente, elle était épuisée après toute cette marche, donc elle ne se souciait pas de se retrouver seule dans une chambre qui, paraissait-il, était la sienne, dans un lieu inconnu où elle pouvait se réveiller avec un cadavre devant sa porte.

La vérité, c'était qu'elle se sentait plus rassurée au milieu des autres. Son cauchemar de la veille était irrationnel, elle savait qu'on ne pouvait pas la tuer devant tout le monde, et ils ne pouvaient pas non plus s'allier. Les règles étaient claires. Alrs elle ne risquait rien.

En théorie, enfermée dans sa chambre, sa vie n'était pas en jeu. La différence c'était qu'elle y était seule. Avec ses pensées. Avec ses peurs. Avec ses appréhensions.

La solitude, autrefois sa meilleure amie, formait ici ses pires angoisses.

Alors quand l'annonce de l'horaire de nuit s'apprêtait à retentir, elle se leva, au même rythme que les dernières personnes qui restaient dans la pièce et quitta le réfectoire, le pas lent, lourd.

Jessica partit devant. Son air frêle ne l'empêchait pas de courir à une vitesse impressionnante, ses jambes se révélant musclées. Le simple bruit de ses pas suffit à Timéo pour se réfugier dans les bras de sa soeur.

— On dort ensemble, hein ?

— Evidemment.

Une part de Nanoki les enviait. Ils ne ressentiraient pas la solitude. Leur lien était puissance, ils se soutenaient, pouvaient se faire confiance.

Nanoki était fille unique, alors elle ne savait pas ce que cela faisait d'avoir un frère ou une soeur. Comment se sentirait elle si sa meilleure amie figurait parmi eux ?

Non, ce n'était pas une bonne idée. Elle serait terrifiée à l'idée que cette dernière finisse tuée. Elle ne le supporterait pas. Elle devait vivre, quitte à la laisser dans la solitude. Et pourtant, son coeur se serrait, les larmes menaçaient de mouiller ses joues.

N'y pense pas trop, Nanoki, sinon tu vas faire une bêtise...

Son dos redevint droit, son souffle et son coeur calmes.

La porte de sa chambre était devant elle. Elle se retint de jurer.

Les autres rentraient déjà dans leur chambre. Il ne restait que Nanoki qui fixait la couleur fraichement peinte sans esquisser un mouvement pour l'ouvrir. Mais lorsqu'un entité inconnue toucha sa nuque, elle s'empressa de s'engouffrer dans sa chambre, saisir sa clé afin de l'enfoncer dans la serrure d'une main tremblante.

Une fois que le clic lui assurait qu'elle était en sécurité, elle posa son front contre la porte, la respiration saccadée et le coeur battant la chamade. Ses genoux cognèrent le sol sans résistance.

Une feuille tomba entre ses jambes.

Espèce d'idiote...

Un rire nerveux sortit des tréfonds de sa gorge, lui serrant les adbos.

Si un jour on lui avait dit qu'elle aurait peur d'une feuille...

Son rire s'évanouit. Nanoki se leva pour se trainer à son lit et poser ses fesses sur la couverture lisse.

Lisse ?

Elle bondit presque en arrière sous la surprise. Le matin même, la couverture pendait et un des oreillers était tombé par terre. Pourtant, tout était si propres, comme si personne n'avait dormit ici.

Une pression dans l'air se forma derrière elle. Son corps se figea aussitôt à l'idée qu'ils pouvaient apparaitre également dans leurs chambres. Ses pieds s'emmêlèrent en tentant de se retourner. Son dos s'écrasa contre le lit, la laissant dans une position vulnérable. Alors elle balança son pied vers l'ennemi.

Puis elle se rappela. Ce qui lui arriverait si elle frappait un des robots. Trop tard, sa jambe était déjà lancée.

Kuro attrapa sa cheville avant d'être atteinte. Sa main mécanique était froide, presque gelée contre sa peau. Si bien qu'elle en oublia d'essayer de se dégager. Ou bien était-ce parce que cette prise était douce malgré tout ?

– Je ne voulais pas te faire peur. Essaie de contrôler tes réflexes, Shiro serait prêt à te laisser faire exprès pour pouvoir te tuer après pour avoir enfreint les règles.

Kuro lâcha sa cheville, permettant à Nanoki de poser le pied au sol, son coeur battant toujours aussi fort. Ce dernier en était douloureux après autant d'émotion en seulement peu de temps.

– J'ai vu que tu te posais des questions vis à vis de ton lit fait, alors je suis venue t'expliquer.

La karatéka ne pipa mots, elle attendait la suite.

– C'est moi qui l'ai fait quand tu es partie. Je fais les lits de tout le monde, et je m'assure que votre chambre soit en ordre. Je suppose que ce n'est pas votre première préoccupation, toutefois, je me suis dit que vous vous sentiriez mieux dans une chambre propre.

— Vous... vous pouvez vraiment entrer dans nos chambres ? Comme ça ? Parce que vous le voulez ?

— Oui. Mais ne t'en fais pas, on ne vous fera rien si vous respectez le règlement. Même si mon frère peut laisser penser le contraire, il ne tirera aucune satisfaction s'il vous tue sans raison. Et on ne compte pas entrer << comme on veut >> dans vos chambre. Seulement si vous avez des questions, ou moi le matin, mais j'attends que vous la quittez.

Nanoki ne sut quoi penser. Elle doutait de sa pseudo gentillesse. A la voir ainsi, elle semblait presque être de leur côté. Mais pourquoi ? Etait-ce un piège du responsable ? Pourquoi l'avoir créé ainsi ?

— Tu... tu as dit que tu m'avais vu... vous avez installé des caméras ?

En même temps qu'elle prononça ses mots, ses yeux tournèrent dans la pièce, sans rien trouver.

— On... peut dire ça, je suppose... C'est nécessaire de tout voir pour connaitre l'identité du coupable en cas de meurtres. Mais pas dans toutes les pièces, je te rassure. Les vestiaires et les salles de bains sont équipés de détecteur de cadavres et trace automatiquement le coupable. Et si vous vous dénudez dans votre chambre, la caméra s'éteint pour devenir un simple détecteur. Notre but n'est pas de violer votre intimité.

— Vous espérez de nous qu'on tue quelqu'un, comment je peux croire que vous n'êtes pas des détraqués sexuels en plus de ça ?

— Certes, je peux entendre ta peur, et je suppose que je ne pourrais jamais complètement te convaincre, mais en tout cas, je te donne ma parole.

Nanoki dévisagea Kuro. Elle n'avait aucun moyen de déceler la vérité dans les dires du robot. Peut-être que tout était vrai. Peut-être que tout était faux. Peut-être un mélange des deux.

Elle décida de la croire. Pas par confiance, mais pour elle-même. Peu importait si c'était stupide, c'était rassurant.

Rassurant de se dire qu'elle en serait pas tuée — au moins pas par eux — si elle respectait leurs règles. Rassurant de se dire qu'elle pouvait se doucher sans être espionnée. Rassurant de se dire que leurs bourreaux devaient eux aussi respecter les règles concernant.

Rassurant, mais pas suffisant.

Elle les regarderait avec la même méfiance. Elle ne serait jamais rassurée en leur présence. Elle appréhenderait toujours le moment de retourner dans sa chambre, elle ferait toujours des cauchemars irrationnels qui la hanteront même en plein jour.

Elle aurait toujours peur de mourir. Elle aurait toujours peur de tuer.

— Encore désolée pour la frayeur, je vais te laisser dormir maintenant. Si jamais tu as une question, tu peux m'appeler.

Sur ces mots, Kuro disparut. Première fois que Nanoki appréciait d'être seule.

Il lui fallut un moment pour se reprendre, mais elle finit par passer une main sur son visage et d'essayer de penser à autre chose.

Ses yeux se posèrent sur la bibliothèque murale juste à côté de son lit. Du temps où elle était encore libre, elle avait pour habitude, avant de dormir, de prendre un livre qui lui faisait envie afin de le lire, bien installé sous les couvertures. Souvent, le livre était si fascinant qu'elle le finissait en une nuit, ce qui la faisait se coucher très tard, ou très tôt le matin.

Elle prit un titre qu'elle connaissait avant de s'installer. Son moment perdait de sa saveur avec ce contexte, mais c'était toujours mieux que rien.

D'habitude, quand elle tourna la tête vers la droite, la lune se montrait, placée pile devant sa fenêtre, comme un rendez vous quotidien.

Sa meilleure amie faisait de même, car elle souffrait d'insomnie. Et cette dernière redoutait la nuit. L'obscurité, la difficulté de voir à cause de sa lampe défaillante, les films d'horreur qui ne l'aidaient pas ; persuadée qu'une créature difforme vivait sous son lit et attendait le bon moment pour la manger vivante. Alors elle se cachait sous les couvertures comme s'il s'agissait d'un bouclier impénétrable. Ou elle se couchait plus tôt pour ne pas affronter la nuit.

Nanoki, elle, aimait la nuit. Être seule dans sa chambre, lire sans que personne ne vienne la déranger. Un moment de pur bonheur à savourer, à attendre.

Cependant, ici, pour la première fois de sa vie, elle attendait le lever du soleil. Elle voudrait dormir pour accélérer le temps, mais le cauchemar de la veille la décourageait.

Les créatures de la nuit qu'elle s'amusait à imiter quand elle était petite venait la hanter, s'accorhcant à son esprit, tournant, riant, la chatouillant.

La nuit est une créature indomptable, peu importe à quel point on essaie. Moi, je pensais y être parvenu.

Mais la réalité la rattrapa.

Chapitre 9

L'annonce de la fin de l'horaire de nuit fut accueillit par Nanoki comme un miracle. Elle avait réussit à s'endormir, certes, mais même sans cauchemar, cela lui paraissait long, éternel. Même si cela la plongeait dans un cauchemar éveillé.

— Courage Nanoki. Je suis sûre qu'on va trouver une sortie d'ici peu ! Ne perds pas espoir !

En vérité, elle n'y croyait pas. Après tout, la ou les personnes responsables ne les laisseraient pas s'enfuir aussi faiclement. Rien ne semblait être fait au hasard. La forêt, les bâtiments, les maisons, les socles à leur nom... Ils devaient avoir mit du temps pour tout préparer. Dans ce cas, les failles devaient être impossibles à trouver ou inexistances.

Son ventre lui intima de lui donner de la nourriture, donc elle se hâta au réfectoire pour manger quelque chose. Ses gargouillis ne devaient pas la déranger dans ses recherches.

— Il reste un problème, non ? demanda Daphné.

Nanoki fut intriguée par la conversation qui se déroulait et entra dans la cuisine.

— Comment on va transoprer l'eau et la nourriture ?

— Tu penses vraiment qu'à manger, toi, souffla Clarisse.

— Célia pense que tu es insouciante. Célia et d'accord que c'est important de s'intéresser à ça vu qu'on va en avoir pour plusieurs jours. Célia se souvient que Léo a parlé de camper dans la forêt.

— Evidemment que je le sais ! Je suis pas débile !

Léo poussa Nanoki pour entrer dans la cuisine, des tissus empilés sur son épaule. Un simple raclement de gorge suffit à faire tourner les têtes.

— C'est quoi ces trucs ? s'enquit Kaïs. Tu veux nous buter avec ça ? Tu comptes nous étouffer ou quoi ?

Le concerné arqua un sourcil, avant de lever le menton.

— Es-tu aussi idiot que tu en as l'air ? Vos neurones ne semblent pas très présents, alors laissez moi vous éduquer. Vous avez évidemment remarqué qu'il n'y a aucun sac ni poche pour transporter des vivres. Alors j'ai demandé au couturier du groupe de créer des sacs à base de t-shirt, comme nous n'en manquons de toute façon pas.

— Demandé... ça ressemblait plus à un ordre ou une menace... soupira Eden.

— Je les ai tout de même vérifiés, et je ne doute pas de leur solidité.

Il posa la pile sur un comptoir, excepté un qu'il garda, et laissa les autres se servir. Ses sourcils se froncent quand il constata qu'il manquait deux personnes ; Anaïs et Timéo.

— Si dans deux minutes, ils ne sont pas là, tant pis pour eux. Ils ne seront pas d'une grande perte, surtout le malchanceux.

— Célia trouve que c'est vraiment pas sympa !

— Est-ce que j'ai l'air de vouloir être sympa avec vous ?

— Bah oui, on s'en fout ! approuva Soen.

Daphné serra les poings, prête à jurer. Nanoki étouffa un soupir.

Ça craint, tout le monde est déjà sur le qui vive…

— Il suffit ! C'est un ordre, que tout le monde cesse de parler !

La seconde d'après, le silence régnait dans la pièce.

Aaron pouvait ordonner ce qu'il voulait… Il pourrait sans problème ordonner à quelqu'un de se suicider et personne ne se douterait de l'identité du coupable.

Tais toi.

Un bruit sourd dans la salle à manger les interloqua. Devant la porte, Anaïs aidait Timéo à se relever, les pieds emmêlés dans une chaise. Ce dernier se réfugia derrière sa soeur avant de se confondre en excuse.

— Vous faites bien de vous excuser, vous nous avez fait attendre, arga Léo.

— Bien, maintenant que tout le monde est là, on va pouvoir vous donner les instructions. Nous vous avons assigné des tâches en fonction de vos compétences analysées par Léo. Certains monteront dans les arbres, d'autres inspecteront le sol.

Un sourire manqua presque de se dessiner sur les lèvres de Nanoki. Elle ne doutait pas figurer dans ceux qui s'occupaient des arbres, c'était son passe temps quand elle était enfant et gardait cette agilité. Bien qu'elle ne s'amuserait pas autant ici.

Elle se rendit compte qu'elle n'était plus du tout concentrée quand les autres commencèrent à s'affairer en cuisine. Elle les imita sans tarder afin de remplir son sac d'eau, de sandwich préparé à la va vite. Le plus stressant était de ne pas savoir si elle en mettait trop ou pas assez.

— Célia ne peut pas s'empêcher de se poser une question... La forêt est immense, alors comment on va faire pour savoir si on a fini notre partie ou si on ne fait que commencer ?

— On fait le plus possible. Tant que tu n'es pas trop proche d'une autre personne, tu continue. Si vous trouvez quelque chose, vous criez, on se retrouve ici dans le pire des cas d'ici dix jours.

— Ça craint votre truc quand même... souffla Randy. On va se retrouver seuls dans les bois à la portée de quiconque voudrait nous buter et y'aura aucun moyen de savoir qui est le responsable.

A ses mots Nanoki se figea au dessus de sa poche. Loin de ne pas y avoir pensé, l'idée la hantait, mais l'entendre à voix haute ainsi... Entendre à quel point cette situation était un cauchemar et qu'ils risquaient littéralement leur vie à chaque instant, qui ne dépendait que de si quelqu'un se décidait à les prendre pour cible.

— Je le savais ! s'écria Kaïs. C'était votre plan depuis le début ! Vous voulez qu'on vous fasse confiance parce que vous avez tout organisé pour nous poignarder dans le dos ! Avouez-le !

Un brouhaha ne tarda pas à se former, de l'avis de tout le monde qui se mélangeait en un son hideux. Nanoki lâcha son sac pour se boucher les oreilles. Elle n'aimait pas les leaders, mais là, maintenant, elle voudrait le supplier qu'il leur ordonne de se taire.

— Il suffit ! Je vous ordonne de vous taire !

Oh, merci Aaron. Je ne t'ai jamais autant apprécié que maintenant.

Le silence à cet instant ressemblait à un havre de paix. Elle ne voulait que ça. Que personne ne parle de leur situation, enfin, pas des morts, non elle ne le supportait pas.

— Il est vrai que je ne pourrais pas vous prouver que je ne tenterai rien. Personne ne peut l'assurer ici. Mais ce n'est pas pour autant que je vais m'isoler pour être en sécurité. Non, je passerai autant de temps qu'il faudra dans cette forêt, mais je trouverai une sortie. Si vous, vous préférez rester ici et barricader votre chambre, libre à vous de quitter immédiatement la pièce.

Il se tut afin d'observer la réaction de chacun. Personne n'effectua le moindre mouvement. Après tout, si quelqu'un restait ici, il ne serait pas au courant si les autres trouvaient un moyen de s'échapper. Ou bien était-ce juste la peur de sortit sous les yeux du leader ?

— Bien, nous avons fait une carte à chacun pour que vous sachiez où aller. La zone entourée est la votre.

Il déposa les cartes sur un plan de travail afin de laisser chacun récupérer la sienne. Nanoki récupéra la sienne avec de grands yeux. C'était terriblement précis. De l'entrée de la forêt à sa zone, le nombre de pas à faire était indiqué, ainsi que la distance de sa zone, ce qui leur laissait la possibilité de a marquer si la terre le permettait.

Elle se retint de lancer un regard admiratif à Léo. Ce dernier pouvait être insupportable au possible, en tant qu'analyste, elle ne pouvait nier qu'il l'impressionnait. Ils n'étaient allé qu'une seule fois dans la forêt, et rien qu'avec ça, il avait pu se faire un plan mental de cette dernière pour la redessiner, avec chaque détail jusqu'au nombre de pas, la taille totale de la forêt qu'il avait déterminé en se basant sur sa moitié et le temps que l'autre groupe avait mis de son côté.

Cela la tuait de l'admettre, mais sans lui, ils n'en seraient pas là. Et même si à ses yeux, donner des tâches aux autres n'était qu'une façon de s'en servir pour ne pas perdre de temps, et que tout était fait en fonction de leurs propres compétences, d'une certaine façon, il ne les abandonnait pas. Il ne faisait pas ses plans pour lui pour sa propre sortie personnelle.

Enfin, ne lui accorde pas trop de sympathie non plus.

— Vous serez en binôme, enfin, plus ou moins. Une personne qui s'occupe des arbres sera avec une personne qui s'occupe du sol, sauf deux groupes. Lou sera avec Nanoki et Timéo. Et Noémie sera avec Kaïs et Gaël. Nous avons conclut qu'il était plus adapté que Lou, en tant que chercheuse soit présente dans le groupe de Timéo, par précaution, et Noémie ne pouvant être seule, nous avons conclut qu'elle serait plus utile avec Kaïs, elle saura se montrer assez invisible pour que sa paranoïa ne perturbe pas les recherches.

Le concerné tiqua et jeta un regard noir autant à Noémie qu'à Aaron, mais après un regard vers Gaël, il se calma un peu.

Le groupe finit de préparer sa poche en silence. Cela ne dura pas longtemps, pourtant Nanokie ut l'impression que plusieurs dizaines de minutes s'écoulaient.

Elle espérait trouver vite une sortie. L'air ici semblait irrespirable. pas qu'elle manquait réellement de s'étouffer, mais il y avait quelque chose de pas normal. Et ce quelque chose rentrait dans ses poumons, s'y ancrer un peu plus à chaque inspiration, sans jamais sortir. Comme inspirer en boucle sans expirer.

Elle voulait se débarrasser de cette sensation et retrouver l'air pur.

Soen éclata de rire en quittant le réfectoire.

— Vous en faites une de ces têtes ! A croire qu'on va tous mourir !

— Célia t'ordonne de te taire, sale bâtard !

— Et qu'est-ce que tu vas faire si je..

Sans le laisser finir, sa main gifla sa joue. Célia se tenait devant lui, tremblante, prête à frapper une nouvelle fois.

Soen abandonna son air étonné pour devenir sérieux, le regard fixe, comme s'il s'apprêtait à donner une réponse importante. Jusqu'à ce qu'il glouse.

— Même pas mal !

— Petit con, Célia va...

— Assez ! Je vous ordonne une bonne fois pour toute de cesser vos chamailleries ridicules ! Ce n'est vraiment pas le moment !

Les deux concernés se figèrent et ce ne furent pas les seuls. Nanoki avait l'impression que l'ordre lui était destiné. Des milliers de frissons désagréables parcoururent chaque millimètre de son corps.

Suite à cette dispute, le reste du chemin se passa dans le silence complet. Même Clarisse tentait de faire taire le bruit de ses talons, jetant de brefs regards vers le leader quand un pas était un tout petit peu plus audible qu'un autre. Elle semblait même hésitait à retirer ses chaussures. Nanoki la suivait dans cette réaction alors qu'elle n'était pas concernée ; ses basquets restaient silencieuses. Et elle était bien heureuse de les avoir, elle ne voudrait pas être à la place de Clarisse, ses pieds devaient être en feu à devoir passer ses journées en talons.

Soen boudait dans son coin, tirant la langue à Célia de temps à autre, sans chercher la discrétion. Aaron ne réagissait pas ; il devait être agacé d'intervenir toutes les deux minutes. Tant mieux.

Nanoki s'autorisa à pousser un soupir quand la forêt se présenta à eux. La carte serré dans sa main, elle priait pour rester concentrée et ne pas perdre le nombre de pas. Car il y en avait beaucoup. La balade figurait parmi ses activités favorite, d'autant plus en forêt, mais compter ses pas...

— C'est donc ici que nos chemins se séparent, déclara le leader.

— Bonne chance à tous et que le meilleur gagne ! s'exclama Soen.

— Ouais ! approuva Soen.

Kaïs grogna à leur encontre, mais se priva de tout commentaire et préféra partir le premier.

— Me suivez pas !

— On a même pas encore bougé, et, genre, je dois aller par là moi aussi, donc... lança Clarisse avant de lui emboîter le pas.

Peu à peu, ils se dispercèrent dans la forêt. Certains binômes se collaient presque, comme s'ils allaient mourir si plus d'un centimètre les séparait. Quand d'autres devaient penser se faire s'ils s'approchaient à moins de deux mètres.

Le trio de Nanoki était particulier. Timéo restait à l'écart, bras serrés contre le tissu de sa cape, la frange couvrant ses yeux comme une protection. Lou, elle, observait les environs, sourcils froncés.

— Tu as l'air perturbée.

Cette dernière ouvrit de grands yeux, l'air surprise qu'on s'adresse à elle.

— Un peu oui... Je ne saurais l'expliquer, mais j'ai un sentiment étrange...

— Tu n'es pas la seule. Enfin, c'est peut-être pour des raisons différentes. Moi, j'ai un peu l'impression d'être enfermée dans une genre de bulle qui ne laisse passer qu'une partie de l'air. Je pense que je pourrais pas décrire ça autrement.

Lou leva les yeux vers le ciel, les doigts sur son menton, en profonde réflexion. Longue réflexion. Si longue que Nanoki cessa d'attendre une réponse pour se concentrer sur le comptage de ses pas.

Finalement, le groupe arriva à sa zone. Lou fouilla dans sa sacoche pour en sortir un genre de feutre très épais.

— Je vais marquer les arbres pour tracer nos limites.

— Bonne idée.

Heureusement que la chercheuse était parmi eux, cela rendrait la tâche moins pénible. Que les recherches commencent.

Chapitre 10

Les filles passèrent de longues et interminables heures à analyser chaque parcelle des branches, des herbes, des cailloux, de la terre. Le tout bercé par les sanglots de Timéo qui tentait de rester efficace malgré ses larmes.

La nuit tomba sans aucune piste. Tout comme les autres groupes vraisemblablement. Du moins, Nanoki espérait qu'ils n'étaient pas juste partis sans avertir les autres.

Ce fut donc plein d'appréhension qu'ils s'endormirent.

(Déplacer les corps.)

Nanoki ouvrit les yeux. Grands. Très grands. Elle se redressa aussitôt, le monde tourna un peu.

— Qu'est-ce que que...

Plus d'arbres. À la place, les murs de sa chambre.

La voix de Shiro survint de son bracelet, d'un ton suraigu.

— Coucou les copains ! Vous savez, je suis vraiment triste que vous essayez de me fuir. Heureusement, comme je suis votre ami génialissime, je vous ai ramené dans votre chambre pour vous faire gagner du temps ! Je sais, je suis incroyable, pas besoin de me remercier ! Mais si vous insistez, je ne dirai pas non à un petit meurtrounet ! Allez, je vous laisse aller manger. Bisous ! PS, j'ai rangé la nourriture et les boissons pour vous.

— Shiro, les PS ne s'utilisent que dans les lettres.

— J'utilise des lettres quand je parle.

Un soupir, puis le silence indiqua la fin de la communication.

Nanoki se hâta dans le réfectoire pour retrouver les autres. Ils les avaient déplacés ? Et tout rangé ? Qu'est-ce que cela signifiait exactement ?

Dans la pièce, les voix résonnaient déjà.

— S'ils nous ont ramenés ici, c'est forcément pour une raison ! s'écria Léo. Cela ne peut que vouloir dire qu'il y a bien une sortie ou un indice qu'ils veulent nous empêcher de trouver.

— Mais, genre, tu veux qu'on fasse quoi ? Ils ont déchiré vos plans, et les sacs ont disparu. Ça ne sert à rien de continuer.

Léo regarda Clarisse de haut alors qu'elle s'asseyait sur une chaise, bras croisés.

— Je n'ai pas de temps à perdre avec des personnes qui ne partagent pas mon ambition. Si tu veux mourir ici, grand bien te fasses, mais ne me ralentit pas.

Sur au moins un point, Nanoki partageait son avis. Ils ne pouvaient pas les avoir fait bouger sans véritable raison.

Une part d'elle, plus défaitiste, s'imaginait qu'il serait probable qu'ils s'ennuient juste à l'idée de les laisser explorer, s'ils tenaient tant que ça à les voir tuer.

— Je vais d'ailleurs aussitôt me remettre au...

Il se stoppa quand il rentra dans une forme qui venait de se matérialiser : Shiro. Le robot retourna Léo d'une poigne dans ses cheveux et plaça son bras sous sa gorge.

L'analyste se retrouvait presque au sol, exerçant une force sur ses jambes pliées pour ne pas se laisser tomber.

En temps normal, la capacité de karatéka de Nanoki l'aidait à avoir de bons réflexes pour sauver les victimes d'agression. Cependant, cette fois-ci, tout son corps lui hurlait de rester immobile.

Puis d'un geste lent, presque doux, Shiro s'abaissa permettant à Léo de retrouver le sol, avec un grand sourire. Il ne lui fallut pas plus, il en profita et installa une bonne distance.

Kuro apparut ensuite, lui saisissant le bras afin de l'attirer en arrière, une moue désapprobatrice au visage.

— Shiro ! Tu leur fais peur !

— Justement sœurette ! C'est marrant, tu trouves pas ? Le petit Léo, hautain et méprisant qui se retrouve à trembler sous la terreur, à deux doigts de supplier pour sa vie !

Le concerné lui jeta un regard noir. À moins d'être aveugle, Nanoki ne l'avait pas vu trembler ni avoir peur. Une rage pure, ça oui, et sûrement un grand sentiment d'humiliation.

— Je voulais juste vous dire que ça ne sert à rien de fouiller la forêt. Si vous tenez tant que ça à perdre du temps, soit, faites donc, mais ne restez pas trop loin, demain matin, j'aurais une annonce à faire ! Bisou les copains ! Pensez à vous entretuer surtout !

Il leur mima un baiser avant de disparaître. Kuro soupira d'un air désolé.

— Je sais que c'est plus facile à dire qu'à faire, mais vous ne devez pas céder à vos émotions. Cela ne lui fait que plus plaisir, il se nourrit de vos angoisses et de votre méfiance. En tout cas, rassurez vous, si vous respectez les règles, il ne peut rien faire de plus que ces petites attaques inoffensives. Sinon, préparez vous psychologiquement pour demain.

Quand ils furent seuls, le silence régna un moment. Des regards se croisaient, mais pas une parole partagée.

Jusqu'à ce qu'un rire résonne dans la pièce. Suivis d'un deuxième. Vifs.

Soen et Eden.

Ils riaient à en avoir mal au ventre, pliés en deux, doigts pointés vers Léo, rouge d'une telle humiliation. Son poing s'enfonça dans la mâchoire de Soen qui en perdit l'équilibre, fesses au sol, une main sur sa joue et yeux grands ouverts.

— Assez ! Léo, sors d'ici tout de suite !

La voix d'Aaron, dont les légers trémolos exprimaient son hésitation, parvint tout de même à transmettre son ordre. Le concerné se précipita hors de la pièce.

Nanoki déglutit. Ses yeux suivirent du regard Soen enfoncer sa capuche sur sa tête et se hâter dans la cuisine. Le reste du groupe s'assit en silence sur la première chaise qu'ils trouvaient.

Eden, seul sur une des petites tables se racla la gorge, son presque inaudible.

— Je... je voulais... je me disais que c'était mieux d'en rire... Je voulais pas me moquer de lui...

— T'es con ou quoi ? C'est carrément humiliant ! s'exclama Clarisse.

— J'en étais sûr, Léo va tous nous tuer !

Kaïs se percha sur sa chaise, se balançant d'avant en arrière, retenu par Gaël pour l'empêcher de tomber.

Au même moment, Soen revint, sa capuche toujours sur la tête alors qu'il s'installait auprès d'Eden. Les regards convergèrent vers lui.

— Au moins il ferme sa gueule... murmura Daphné assez bas pour que seule Nanoki l'entende.

Le menteur s'accouda à la table, dévoilant ses gants ensanglantés. Un hoquet traversa l'assemblée et il les arracha de ses mains avant de les fourrer dans ses poches. Des cicatrices anciennes recouvraient sa peau mais, il les cacha sous ses manches.

— Soen ? l'interrogea Eden d'une petite voix incertaine.

Il garda le silence, lèvre pincées.

— Il m'a pété une dent, l'enfoiré...

Un hurlement suivit. Kaïs sauta de sa chaise, recula, trébucha. Ses fesses cognèrent le sol si fort que Nanoki se demanda s'il ne s'était pas cassé quelque chose. Ce dernier ne s'en préoccupa pas, glissant sur le sol pour se coller contre un mur de sorte à avoir tout le monde en vu, les yeux ronds.

— C'est bon, Léo a pété un câble, il va tuer quelqu'un c'est sûr. Il me tuer. Il va me tuer. Il va me tuer.

— Kaïs, je...

— Il va me tuer !

Il ne laissa pas Aaron finir son ordre, un nouvel hurlement s'échappa des tréfonds de sa gorge. Les murs tremblèrent en réponse alors qu'il s'enfuyait. La porte claqua au point d'en faire sursauter Nanoki.

— Et bah, ça c'est du spectacle, lança Soen.

— Non mais te faire péter la gueule ça t'as pas suffit ?

Soen cala ses mains derrière sa tête, un grand sourire aux lèvres. Si l'un d'eux doutait de la véracité de cette fameuse dent cassée, à cet instant, ce n'était plus nécessaire avec le petit trou dans son sourire.

— Je suis du genre résistant.

— Tu dois avoir l'habitude au vu de toutes tes blessures, même Timéo en a pas autant alors qu'il est malchanceux. Je ne suis même pas sûre qu'il en ait d'ailleurs, pourtant il passe son temps à tomber et à se cogner. Bref, c'est pas étonnant que tu te fasses battre avec un caractère de merde comme le tien, asséna Daphné, bras croisés.

Cette fois-ci, Soen perdit son sourire. Ses poings baissèrent sur ses genoux, sa tête s'inclina pour cacher son expression, sans pouvoir empêcher une larme de rouler sur sa joue.

— Je sais que tu m'aimes pas… mais dire ça…

— Euh, je…

Daphné se retrouva bouche bée, se repliant sur elle-même. Elle jeta un regard aux autres pour guetter leur réaction, chercher une approbation ou une issue.

— Je… je suis désolée…

Le menteur releva la tête, son sourire retrouvé. Il sécha rapidement ses larmes avec un rire.

— Je t'ai eu ! Ça m'atteint pas du tout !

Sous la surprise de tous ses changements soudains d'expressions, elle ouvrit la bouche sans être capable de sortir le moindre son.

— Soen, je pense qu'il est temps pour toi de retourner dans ta chambre. C'est un ordre.

— Ok ! À plus tard !

En passant, il tira la langue à Daphné s'affala sur sa chaise dans un long soupir une fois la porte refermée.

— Quel con !

Suite à ses événements, le calme reprit sa place. Les conversations fusaient, mais chuchotées, comme un secret partagé de plus en plus fort à mesure que la confiance revenait.

— J'ai une théorie sur notre arrivée ici... annonça Daphné, assez bas pour que seule Nanoki l'entende.

La simple idée du moindre indice suffit à la faire se redresser, ses oreilles de karatéka toute ouïe.

— Comme on a aucun souvenir, je me dis que les aliens sont sûrement impliqués !

— Quoi ?

Ce mot lui échappa sans contrôle, porté par un mélange de surprise et de déception. C'était une plaisanterie ? Nanoki n'y voyait rien de drôle, au contraire même. Jouer sur l'espoir dans leur situation ainsi...

Mais ça ne semblait pas être une blague. Et cela l'inquiétait encore plus.

— Cela se tient.

Ces mots venaient d'une voix grave, glissé derrière Nanoki. Aaron ?

— Tu te moques de moi ?

— Non, je suis parfaitement sérieux.

Il l'est... il l'est vraiment... Oh par toutes les techniques ratées de karatéka, est-ce que je suis en train de rêver ?

Sous l'œil méfiant de Daphné, Aaron s'assit près d'elle. Il avait sa droiture habituelle, celle prête à théoriser avec tout le sérieux du monde.

Elle se laissa choir sur sa chaise, dans un long, très long soupir. Ses oreilles suivaient sans convictions les théories des deux complotistes. D'un côté, elle ne parvenait pas à les trouver totalement absurdes au vu de leur situation qui aurait dû être impossible en temps normal. Et puis, elle devait honteusement repenser à leurs tentatives farfelues lors de leur enquête avec leurs dessins dans la terre.

Cela ne l'empêcha pas de se lever de sa chaise pour rejoindre quelque chose de plus intéressant ; Lou, collée au mur, exerçant des pressions de temps à autre.

— Qu'est-ce que tu fais ?

— Je cherche. J'ai l'impression que vous avez tous abandonné l'idée de trouver une sortie. Ce n'est pas mon cas.

— On n'a pas...

— Que faites-vous tous actuellement ? Vous discutez comme si vous étiez de vieux amis qui se retrouvaient devant une tasse de thé, ou bien vous vous attelez à la recherche ?

Chapitre 11

— Ce n'est pas normal qu'en tant que chercheuse, tu n'aies rien trouvé ! Je suis sûr que tu nous caches quelque chose ! l'accusa Kaïs.

— À part dire que tout a été construit récemment, je n'ai rien de plus à ajouter. Il faut dire qu'on ne m'aide pas beaucoup pour un si grand espace. Chercheuse ou pas, j'ai mes limites physiques.

À ce sujet, leurs bourreaux n'avaient-ils pas précisé que cela avait été aménagé pour eux ? Était-ce donc réellement le cas ? Si le lieu avait été abandonné, l'exploiter discrètement devenait plus simple. Mais il était vrai que les bâtiments semblaient neufs. Pourtant, même au milieu d'une forêt, la construction n'aurait pas pu passer inaperçue. Entre le matériel, la destruction des arbres au centre...

— Ça ne sert à rien de s'accuser entre nous. Si Lou n'a rien trouvé, c'est que l'instigateur a réussi à ne laisser aucun indice et aucune faille. On ne connait pas sa capacité, ou leur, s'ils sont nombreux, expliqua Eden. On doit avoir confiance en chacun d'entre nous, sinon on n'avancera jamais. Et Lou n'a pas tort sur le fait de...

— Tu parles de confiance, mais peut-être que quelqu'un a déjà pensé à commettre un meurtre... le coupa Soen.

Nanoki déglutit instinctivement. Par réflexe, elle dévisagea les autres, qui l'imitaient. Chacun cherchait à décrypter les pensées dans les regards méfiants.

Évidemment que quelqu'un y avait déjà songé. Sûrement plus d'un. L'idée traversait parfois l'esprit de Nanoki. Mais entre imaginer tuer quelqu'un et passer à l'acte, il y avait un monde. L'un d'eux serait-il prêt à se salir les mains ?

— Désolé, je ne le pensais pas. Comme vous, je veux juste qu'on puisse tous sortir d'ici et vaquer à notre quotidien...

Soen afficha une moue triste, sans que quiconque n'en fût atteint. Il mentait tout le temps, alors comment savoir ? Ceux dont la capacité permettait de le discerner restaient silencieux.

— Arrête de t'excuser, on sait que tu mens ! cracha Daphné.

Soen l'observa de longues secondes, vide d'émotion — bien que Nanoki devinait sans mal le plaisir qu'il prenait à la déstabiliser.

— T'as raison ! Je m'amuse beaucoup trop !

— T'es vraiment qu'un con ! vociféra Randy.

Le menteur reçut de nombreux regards noirs qui agrandirent son sourire. Sa dent cassée ressemblait à un trophée, exposée ainsi. Changeant de nouveau d'émotion, Soen éclata en sanglots.

— Vous êtes tous trop méchants, bande de pas gentils !

La porte claqua derrière lui.

— Sérieux...

— Et s'il était sincère ?

Daphné cligna des yeux, l'air de ne pas savoir comment réagir à cette question.

— Qu'est-ce que tu racontes ?

— Je veux dire… C'est un menteur, oui, mais pourquoi supposer que les moments où il ment, c'est forcément quand il se montre vulnérable, et que les moments où on le trouve désagréable, c'est ce qu'il pense ?

Daphné fronça les sourcils, sans que Nanoki sût si c'était pour la juger ou pour réfléchir. Pourtant, l'idée ne semblait pas invraisemblable, bien qu'ils ne le sauraient probablement jamais.

— Je comprends pas ton raisonnement.

— C'est simple, d'après toi, pourquoi il serait forcément plus sincère quand il dit que ça l'amuse et pas quand il dit qu'il voudrait que ça s'arrête ?

— Parce que c'est un merdeux ?

— Daphné.

— Quoi ? Je sais qu'on a pas tous la même façon de gérer nos émotions, mais même Eden me semble sympathique. Au moins, il sait reconnaître qu'il va trop loin et qu'il doit s'excuser au lieu de blaguer, de rire. Si t'y crois sincèrement, t'es plus crédule que t'en as l'air… Eh, mais tu vas où ?

Nanoki ne répondit pas, quittant le réfectoire en silence. Ses pas la conduisent à sa chambre. Cette réflexion l'obsédait. Non pas par sympathie. Pour quoi d'autres ? Curiosité ? Ou bien Daphné n'avait-elle pas complètement tort sur sa crédulité ? Cependant, même la rêveuse ne pourrait nier que c'était intriguant. À quoi cela ressemblait d'être dans la tête d'un menteur ? Pourquoi mentaient-ils ? Leur capacité leur permettait de mentir tout en étant crédible, mais à quoi bon ?

Elle se redressa soudain sur son lit.

Est-ce qu'un menteur pouvait vraiment être crédible si on savait qu'il en était un ?

Oui, après tout, on ne sait pas à quels propos ils mentent. Mais je veux savoir. Est-ce que les personnes comme Léo peuvent réellement le deviner ? Enfin, l'analyser ? Je peux pas lui demander...

— De toute façon, il ne voudrait pas me répondre si je lui adressais la parole. C'est trop frustrant !

Elle enfonça sa tête dans son oreiller. Le son couvrit presque celui de son bracelet. Elle s'attendait à l'annonce de l'horaire de nuit. À la place, Shiro prononça d'autres mots.

— Bonsoir à tous ! C'est bientôt l'horaire de nuit, mais avant que vous alliez vous coucher, rejoignez-moi au gymnase ! PS : ceci n'est pas une demande, mais un ordre ! Aucune absence ne sera tolérée, voilà, bisou !

Nanoki jura. Elle ne voulait pas y aller. Ce n'était jamais bon quand ils leur parlaient. Ce serait à quel sujet cette fois ? La veille, il leur avait effectivement parlé d'une annonce.

Pourquoi si tard ?

Elle s'extirpa de son lit pour traîner jusqu'au gymnase, un deuxième cœur alourdissant ses talons.

La froideur glaciale du lieu pénétra dans sa peau à la seconde où elle entra. Les autres entouraient les deux robots, certains déjà en pyjama. Timéo serrait une peluche contre son torse nu.

Il a une peluche ? J'en ai pas vu, moi.

Kuro gardait la tête baissée, son pied traçait des cercles invisibles sur le sol.

Contrairement à Shiro qui les défiait du regard, un grand sourire aux lèvres, amusé de les faire patienter de longues secondes durant lesquelles ses yeux s'accrochaient à chacun des leurs.

— S'il n'y a pas de meurtre d'ici après-demain, vos pires peurs vous accompagneront lorsque vous dormirez. Vous êtes arachnophobe ? Sentez ces bestioles, petites et grosses, se balader sur votre corps, pénétrer votre bouche, vos narines, se glisser sous vos paupières, sans pouvoir rien y faire, que vous vous débattez ou non. Ou bien vous avez un traumatisme qui vous hante ? Parfait ! On vous le fera revivre jusqu'à vous rendre fous !

Son sourire s'agrandit, au-delà des limites humaines. Shiro attendait une réaction. Nanoki était trop sous le choc pour regarder les autres.

— Comme si vous pouviez contrôler nos rêves ! C'est juste du bluff ! répliqua Randy.

— Oh ?

Le robot grésilla, disparu, puis apparut devant Randy, front contre front. Ce dernier pâlit en une seconde.

— Vous êtes enfermé par des bracelets qui vous empêchent de traverser une barrière invisible, qui peuvent également vous transmettre un poison si vous dérogez aux règles, mais tu penses qu'on ne peut pas vous forcer à cauchemarder ?

— Je...

— Ah ! Ah... Ah ! Ah ! Ah ! Vous êtes trop mignons. Tellement naïfs... Ou bien dans le déni ? J'imagine que ça doit vous rassurer.

Tour à tour, il glissa jusqu'à se présenter à chacun d'eux à mesure que ses mots défilaient. Le grésillement incessant fit trembler les tympans de Nanoki.

— Et sachez que ne pas dormir ne changera rien, car si, à minuit maximum, vous ne dormez pas, votre bracelet vous distribuera un somnifère et vous serez contraint de rejoindre le pays des rêves.

Les paroles de Soen refirent surface dans sa tête. Si quiconque pensait déjà à tuer pour retrouver sa liberté, ce deuxième mobile renforçait cette envie. Elle-même, des dizaines d'idées de meurtres la parcouraient, déchirant le rationnel et le sang-froid pour ne laisser place qu'à son instinct primaire.

Finalement, tuer quelqu'un était-il si repoussant, effrayant, horrible ? Elle ne les connaissait pas après tout, à part Clarisse dont elle était fan. En cas de procès une fois revenue en ville, le contexte actuel allait bien réduire sa peine, non ? Sans compter qu'elle avait des chances que cela ne se sache jamais.

Qui pourrait-elle tuer ? Elle pouvait oublier Léo qui verrait sûrement son plan venir. Pire, Aaron, cela risquerait de se retourner contre elle. Non, il fallait plutôt viser quelqu'un comme...

Stop ! Arrête ça ! Arrête de penser à ça, reprends-toi, merde !

Ses doigts agrippèrent ses cheveux, comme si cela l'aiderait à faire passer ses idées morbides.

Je dois partir.

Nanoki se précipita hors du gymnase pour s'enfermer entre les quatre murs de sa chambre. Le cœur battant contre ses tempes et la respiration saccadée, des soubresauts poussèrent ses jambes à lâcher. Elle enfouit sa tête dans ses bras et laissa ses larmes couler.

Pourquoi cela lui arrivait-il ? Pourquoi elle ? Elle voulait juste rentrer chez elle, retrouver sa petite vie tranquille, sa meilleure amie, les membres de son club de karaté. La vie lui promettait encore trop d'aventures à vivre pour rester prisonnière de cette forêt. Son maître devait lui céder sa place, elle prévoyait des voyages avec sa meilleure amie, et surtout, elle n'avait pas encore pu aller à l'enterrement de son père.

Pourquoi était-elle là ? Pourquoi elle ? L'instigateur la connaissait-elle ? Tant d'horribles personnes peuplaient ce monde, des gens qui auraient pu, non, qui auraient dû être à sa place.

Ces pensées prirent la forme de boules étouffantes remplissant sa chambre. Elle tenta de maintenir une barrière, mais tout se rapprochait d'elle. D'abord le bout de ses pieds qu'elle colla un peu plus contre ses cuisses, puis ses hanches, le haut de sa tête, sa gorge. Elle tenta de se débattre, mais on ne lui autorisa plus aucun mouvement.

— Laissez-moi… Laissez-moi ! Je n'ai rien fait de mal ! Je… Je… arrêtez… J'étouffe…

Un hurlement s'échappa d'elle, de son dernier souffle.

***

Elle demeurait assise. Toutefois, un détail avait changé. La matière contre son dos, au lieu de la porte lisse de sa chambre, se révélait plus rugueuse, avec plus de reliefs. Un arbre ?

Un petit geste révéla des liens à ses poignets, maintenus contre le tronc.

— Aïe…

La grimace lui échappa. Elle voulait bouger, mais elle avait trop peur d'avoir encore plus mal. Depuis combien de temps se trouvait-elle ainsi ?

Elle ouvrit les yeux. Sa vision défaillante lui offrit des arbres aux traits confus.

Au loin, deux silhouettes.

Ses yeux se plissèrent sous la concentration. Peut-être les reconnaitrait-elle. Peut-être venait-on la sauver. Déchiffrer les formes lui demanda un grand effort. La deuxième personne… Il s'agissait de sa meilleure amie ! Que faisait-elle là ?

Un élan la poussa à bondir sur elle, à lui crier de l'aider. Cependant, sa bouche grande ouverte ne laissa échapper qu'un faible gémissement, ses poignets râpèrent contre les liens. Elle se débattit du mieux qu'elle put, tapant des pieds, dans l'espoir que le bruit attirerait son attention.

Néanmoins, elle comprit vite que c'était vain quand sa meilleure amie fut plus proche. Cette dernière marchait tête baissée, les mains retenues dans son dos, alors qu'elle se faisait pousser par quelqu'un derrière elle.

Elle s'arrêta à quelques centimètres de la karatéka, puis elle s'assit sur ses chevilles. À aucun moment elle n'avait essayé de croiser son regard.

Qu'est-ce qui se passe ?

Un son fouetta l'air, un cri strident le suivit. À cause de sa vision floue et de son ouïe qui s'avéra également déformée, Nanoki resta dans l'incompréhension de longues secondes, tendue. Jusqu'à ce que cela recommence.

La personne au-dessus était en train de fouetter sa meilleure amie. Et Nanoki ne pouvait rien faire.

Leurs cris s'unirent bientôt. L'une de douleur, l'autre de rage. L'une immobile, l'autre s'acharnant contre ses liens. Les deux subissant la situation.

Laisse-la !

Ces mots, elle voulut les hurler, mais rien d'autre que des râles ne quittait sa bouche. Elle essaya, essaya, essaya, essaya. En vain. Les cris, sinon l'impuissance totale.

Mais bouge !

Ce fut à peine si elle sentait la douleur de son propre corps alors qu'elle se débattait, trop préoccupée à l'idée de sauver l'être le plus cher à son cœur. Il fallait qu'elle sauve sa meilleure amie, elle le devait !

L'agresseur, sans pitié, les cordes, trop serrés, les coups affluaient.

Du sang. Gicla sur son visage.

Je vous en supplie, arrêtez ça... tuez-moi s'il le faut ! Arrêtez ça...

Elle répéta ces mots en boucle dans sa tête, comme si l'agresseur pouvait lire ses pensées, finir par l'écouter.

Des morceaux de chair s'étalèrent sur le visage de Nanoki avec la force d'une gifle. Ses larmes glissèrent dessus, la nausée monta le long de sa gorge.

Elle se débattit plus fort, ignorant ses poignées en sang et ses épaules qui menaçaient de se déboiter. Elle devait agir avant...

Trop tard. Sa meilleure amie s'effondra. Du moins ce qu'il en restait. Un tas de chair.

(Être impuissante, voilà la peur de Nanoki.)

Chapitre 12

La karatéka se réveilla en sursaut, trempée par la sueur. Ses mains tremblaient contre son visage. Elle palpa, à la recherche de traces de sang ou de chair. Rien. Pourtant, ils restaient collés à sa peau, imprégnés au plus profond d'elle-même.

Un rire étouffé s'échappa de sa gorge. Secouée de spasmes, elle se roula en boule dans son lit, mains plaquées contre son ventre. Ses entrailles dansaient à l'intérieur. Elle avait mal, mais elle ne pouvait pas s'arrêter de rire à en oublier de respirer. Elle ne savait plus pourquoi. Peur ? Soulagement ? Angoisse ? Ou même colère ?

Son hilarité s'évanouit. Le silence ne dura pas, coupé par la voix faussement mielleuse de Shiro qui annonçait la fin de la période de nuit. L'entendre lui donnait des envies de meurtres. Il leur avait menti. Les cauchemars étaient déjà là.

Oui, elle le sentait. Ce cauchemar-là était différent de celui de sa première nuit ici.

L'enfoiré... C'est pas ce qu'il avait dit... On devrait pas en avoir... Pas maintenant...

Nanoki se traîna hors de son lit. Elle prit une douche rapide pour se détacher de l'humidité de ses vêtements.

Ses jambes la conduirent tant bien que mal au réfectoire, si bruyant que les voix lui parvenaient de l'extérieur.

J'en étais sûr, c'était pas un cauchemar normal.

Elle claqua la porte derrière elle ; pourtant, le bruit ne surpassa pas celui des autres.

— C'est inadmissible de mentir ainsi sur les règles ! J'exige la présence de Shiro ici même pour faire part de mon mécontentement ! s'écria Léo.

— Y'a que ça qui t'dérange, putain ? s'enquit Randy.

— Je veux pas refaire de cauchemar... chouina Jessica.

— C'est ma faute, je suis désolé, je suis désolé, je suis désolé... répétait Timéo en boucle.

Chacun parlait dans son coin. Les langues claquaient, des insultes fusaient, des larmes coulaient.

Puis un son.

Le silence s'installa, la curiosité titillée.

Une gifle. Célia venait de frapper Eden, qui se tenait la joue, les yeux écarquillés. Il recula d'un pas, manquant de trébucher.

— Célia voit la vérité dans ton âme. Célia voit ta peur, entend tes cris, sent ton cœur s'arrêter à chaque fois que Shiro apparait. Alors arrête d'essayer d'imiter ce connard de Soen !

Eden papillonna des yeux, les doigts tremblant, crispés, comme si lui-même ne savait pas ce qu'il cherchait à faire. Allait-il la gifler à son tour ?

Nanoki réalisa qu'elle cessait de respirer. Le poids de la tension pesait sur ses épaules.

— De quel droit tu te permets ?

L'air confiant de Célia se fissura un peu, alors elle redressa le menton.

— Célia est une comédienne, sa capacité lui permet de reconnaître les émotions forcées, et...

Sans lui laisser le temps de terminer sa phrase, Eden se jeta sur elle. Sous la surprise, elle trébucha en arrière, ce qui aida son agresseur à prendre le dessus. Ses mains enserrent son cou, à califourchon sur elle.

Nanoki chercha Aaron du regard. C'était toujours lui qui arrêtait les autres dès qu'un problème survenait. Mais son absence se sentait. Et personne ne se dévouait pour réagir à l'appel silencieux de Célia, coupé par les sanglots de Jessica.

Bouge-toi ! T'es devenue karatéka pour ça !

Avant même que sa pensée ne la traverse, son corps se mouva. En un clignement d'œil, elle menaçait de tordre le bras d'Eden, la joue plaquée au sol.

Cela sembla le réveiller, car il afficha un air perplexe, ses yeux se baladant à la recherche d'une réponse sur ce qui venait de se passer.

Alors lentement, afin de s'assurer qu'il ne ferait rien d'idiot, Nanoki s'écarta. Eden déglutit en retournant sur ses pieds, les lèvres tremblantes.

— C'était... c'était une blague ! Ah ah ! Vous y avez cru... hein ? que j'allais... ah ah...

Il éclata de rire à en pleurer, bientôt rejoint par Soen.

— Grave ! C'était trop marrant ! Surtout vos têtes, dommage que vous pouvez pas vous voir !

— Que se passe-t-il ici ?

La voix d'Aaron résonna. Jamais Nanoki n'avait été si heureuse de le voir.

— Eh bah, c'est pas trop tôt ! s'enquit Randy. Y'a failli y avoir un mort, là !

— Pardon ?

Aaron s'approcha, les sourcils froncés. Ses yeux passèrent sur chacun d'eux pour trouver le coupable et sa victime.

— Regarde pas Célia comme ça !

Le leader, au contraire, resta bloqué sur elle à la jauger, avant de se tourner vers Eden.

— Quoi ? Je rigolais juste ! Une petite blagounette, rien de bien méchant !

— Je parlerais plus d'un acte irréfléchi et impulsif venant d'une personne stupide.

— Ouais m'enfin, tu causes beaucoup, mais y'a rien de concret. Si Nanoki était pas intervenu, personne d'autre l'aurait fait, lança Randy.

— Je me fiche de sauver les autres. Je peux me défendre moi, je n'ai aucune raison de dépenser mon énergie pour autrui. D'autant plus que si cet imbécile fini l'avait tué, le procès aurait duré moins d'une minute.

Nanoki frissonna à ces mots. Est-ce que Léo se fichait réellement qu'il y ait des morts ? Si lui seul l'intéressait, qu'est-ce qui l'empêchait de commettre un meurtre ? Elle s'assurerait de ne jamais être seule avec lui, juste au cas où.

— Putain, mais comment tu peux être aussi insensible !

— Je ne vais pas me soucier d'insectes tels que vous. Pour qui te prends-tu pour chercher mon attention ? De nous tous, tu fais partie des pertes les moins importantes.

Arrête de parler de mort...

Pourquoi en parlait-il avec tant de détachement ? Qu'il les méprise, qu'il trouve que certaines capacités rendent les gens moins intéressants, c'était son problème d'égo.

Mais aller jusqu'à affirmer qu'il se fichait de leur mort, que leur perte serait oubliable. Comment pouvait-il dire de telles choses affreuses ? Surtout dans un contexte où la tension se suffisait à elle seule.

Sans l'intervention de Nanoki, Eden aurait-il réellement tué Célia ? À son regard, elle avait bien vu qu'il ne se contrôlait plus du tout. Et pourquoi ? Pour des mots qui l'ont dérangé ? Qu'est-ce qui avait déclenché cela exactement ? Est-ce qu'il pourrait recommencer si simplement ?

Ses pensées furent coupées par une pression dans l'air. Une boule se forma au creux de son ventre avant même l'arrivée des deux robots.

— Coucou tout le monde ! J'ai cru comprendre que vous étiez plutôt mécontent ce matin. Quelle tristesse... une telle épidémie de cauchemars...

— Enfoiré ! Tu nous as menti !

— Ah bon ? Pourtant, j'ai simplement voulu prendre en compte vos remarques. Vous ne sembliez pas si convaincu que ça de notre habileté à vous donner des cauchemars, il fallait bien vous le prouver pour que chacun sorte de son déni. C'est beaucoup plus efficace, vous ne trouvez pas ?

Il cacha son rire contre sa main. Nanoki serra la mâchoire. Son raisonnement tenait la route. Elle aussi avait eu du mal à y croire, et maintenant, elle y croyait bien trop. Ils seraient véritablement contraints de subir ces rêves atroces si aucun meurtre ne survenait. Elle ne souhaitait pas revivre ça, pas du tout. Cependant, serait-elle capable de tuer quelqu'un juste pour l'éviter ? Une vie prise vaudrait-elle le coup ?

Mais si elle tuait quelqu'un, elle pourrait tout aussi bien en perdre le sommeil sous la culpabilité sans que cela ait à voir avec les robots. À quoi bon ? Échapper à des cauchemars forcés contre des cauchemars potentiels.

— Voilà, maintenant vous savez tout ! Donc ne vous inquiétez pas, pas de nouveau cauchemar ce soir ! Enfin, si c'est le cas, ce sera pas de notre faute ! Je vous laisse, n'hésitez pas à commettre un petit meurtre ! Bisou !

La seconde d'après, il s'évapora.

C'est beaucoup plus efficace, vous ne trouvez pas ?

Si les visions d'horreur n'étaient que potentielles, elle pouvait y échapper... Alors que les leurs, ils surviendraient tragiquement.

Qu'est-ce que cela faisait de tuer quelqu'un ? Comment se sentait-on pendant ? Et après ? Quelle sensation était-ce d'enfoncer une lame dans le corps de quelqu'un ? Ou bien de serrer ses mains autour de son cou ? Certaines scènes particulièrement gore de ses livres la dégoûtaient. Pourtant, maintenant, elle ne pouvait s'empêcher d'être attirée par l'idée.

Et puis, ne valait-il pas mieux les endurer, libre, plutôt que les subir tout en restant coincé ici ?

— Résistez. Vous n'avez pas à le faire.

La voix de Kuro raisonna dans le silence de la pièce, sans susciter plus de réponses que des regards fuyants ou des poings serrés de retenue.

Nanoki ne comprenait pas Kuro. Pourquoi leur disait-elle cela ? Pourquoi agir comme si elle se trouvait de leur côté ? Ou alors cela l'amusait en secret ? Elle attendait de les voir souffrir de nouveau ?

Pourquoi l'instigateur l'avait-il créé ainsi ? Sous quel objectif ? Les berner ? Les culpabiliser ?

La tension dans l'air ne s'évapora pas avec le départ de Kuro.

Nanoki repensa à la scène précédant l'arrivée des robots, aux paroles de Léo sur le fait que le procès aurait été rapide. S'ils commettaient un meurtre, pas de cauchemars... cela lui était sorti de la tête pendant son intervention. Peut-être aurait-elle dû le laisser faire.

Après tout, pourquoi devrait-elle accepter de souffrir pour des personnes qu'elle ne connaissait pas ? Elle était prête à offrir son cœur à sa meilleure amie, même à son club, mais cela s'arrêtait là. Elle n'avait pas à se soucier des autres. Encore moins dans une situation où la règle du chacun pour soi s'avérait plus vraie que jamais.

Petit à petit, le réfectoire se vida. La moitié préféra retourner dans la sécurité de sa chambre. Elle choisit celle du groupe.

Nanoki s'affala sur une chaise, bientôt rejointe par Dapgné, un paquet de céréales sous le bras. La karatéka haussa un sourcil, répondu par un regard noir.

— Je te l'ai déjà dit, manger est ma façon de me détendre, alors arrête de me juger comme ça.

— Je juge pas, ça me donne juste envie de vomir.

— Tu devrais quand même manger un petit truc. Le petit déjeuner est le repas le plus important de la journée. Et faut pas rester le ventre vide.

— Ça me parait plus important de ne pas recracher tous mes repas précédents.

Daphné glissa une boite de cookies devant elle.

— Mange.

— Insiste pas, j'ai pas faim.

Comme pour la contredire, son ventre gargouilla.

— Je l'entends. Prends-en un.

— Pourquoi tu te préoccupes autant de ça ?

Daphné ancra ses yeux dans les siens, l'air sombre. La profondeur de ses iris révélait bien plus que ce que Nanoki put y comprendre. Non sans un soupir, elle ouvrit le paquet, sous le sourire fier de la rêveuse.

Une grimace peu convaincue aux lèvres, elle grignota un bout de cookie. Elle le mangea lentement, bouchée par bouchée. Puis elle croqua un morceau plus tendre que le croquant du reste. Tendre comme de la chair, celle jetée sur son visage, celle de sa meilleure amie.

La nausée remonta sans attendre. Elle lâcha son petit déjeuner afin de précipiter à l'extérieur. À défaut d'avoir le temps de rejoindre sa chambre trop loin, elle se réfugia derrière le bâtiment pour régurgiter sur l'herbe.

Chapitre 13

La curiosité était un vilain défaut, disait-on. On le reprochait souvent à Nanoki. Mais les gens aimaient tant parler qu'elle n'avait jamais compris en quoi les écouter était mal.

Elle s'assit à côté de Soen et Eden, les deux personnes qui l'intriguaient le plus en ce moment. Surtout Soen et ses mensonges.

Derrière elle, Daphné fit la grimace, avant de se désintéresser et de rejoindre Aaron pour reprendre leur dernière discussion.

Quel étrange duo...

— C'est malpoli de rejoindre des gens pour leur tourner le dos.

Soen claqua des doigts devant ses yeux afin d'attirer son attention, une moue boudeuse, feignant d'être blessé. Nanoki joua le jeu et s'excusa.

Cependant, malgré sa grande curiosité, elle n'était pas particulièrement douée pour obtenir les informations qu'elle voulait. La plupart du temps, elle comptait sur la volonté des gens de parler, de se confier, et c'était la première fois qu'elle se confrontait à un menteur. Et qui monopolisait la conversation d'anecdotes inutiles.

— Tu savais que j'aime le thé ? C'est bon le thé. Avec beaucoup de sucre. Une fois, je me suis trompé, et j'ai mis du sel. Beaucoup de sel. Je conseille vraiment pas.

— C'est vrai que ça doit pas être bon...

Elle ne savait même pas pourquoi elle prétendait s'y intéresser. Si inutile face à quelqu'un qui pouvait déceler les mensonges des autres.

— Mais du coup, j'étais jeune, tu vois, du coup, je me suis dit que si je mettais beaucoup de sucre, ça allait arranger le goût. Je conseille toujours pas.

— Ah ouais...

— Et puis j'ai découvert ma capacité à... tiens, je sais plus quel âge. Il y a eu plusieurs années d'écart entre mon premier mensonge, ma découverte personnelle, et le concours.

— Quoi ?

Elle se redressa soudain, surprise qu'il parle de sa capacité sans prévenir après tout ce qu'il venait de raconter.

— Ah ah ! C'est bon, j'ai ton attention ?

Il savait...

Elle hocha la tête d'un petit geste, un peu dépitée tout de même d'avoir ainsi été repérée dans son objectif.

— Comment les menteurs découvrent leur capacité ? l'interrogea Eden.

— Hm... De ce que j'ai compris, c'est l'une des capacités qui arrive le plus jeune. Souvent à cause d'une bêtise ou parce qu'on a honte et qu'on veut cacher quelque chose. Moi, je connaissais un menteur dans ma classe à l'école, et lui j'arrivais pas à le déceler. C'était même frustrant que l'acteur de ma classe y arrive plus que moi, juste parce que sa capacité était différente. Bref, c'est comme ça que j'ai réalisé, du coup je me suis amusé à inventer plein de mensonges !

— Comme ?

— Hm... Qui sait ?

— Toi ? insista-t-elle.

— Ah bon ? Oh, tu viens de m'apprendre quelque chose ! Merci beaucoup !

Quel idiot...

Elle pinça les lèvres pour retenir un sourire amusé. À défaut d'en apprendre plus que ce qu'il venait de confier, elle réalisa autre chose qui déplairait fortement à Daphné. À cet instant, il ne lui paraissait pas si détestable. Elle oserait même le trouver agréable.

Ne souhaitant pas abandonner si tôt, surtout après avoir eu quelques informations, elle essaya un peu plus. Sans succès. Il reprenait ses banalités, détaillant ses parfums de thé préférés, la quantité de sucre qu'il mettait par type, et d'autres choses qu'elle oubliait aussitôt. Comment faisait Eden pour garder cet air intéressé et poser des questions comme si c'était passionnant ?

Eden... Changement de plan.

— Dis, Eden, c'est quoi ta capacité ? Je crois que Léo l'a mentionné à un moment, mais je ne m'en souviens plus...

— Oui... les sacs pour les vivres quand on est parti en forêt... Je suis couturier ! J'ai découvert ma capacité à sept ans. J'avais déchiré un nouveau t-shirt, et pour pas me faire gronder, j'ai emprunté le kit de couture de ma mère et j'ai cousu le trou. À la fin, même avec les fils qui se voyaient, ça rendait tellement bien qu'on pensait que c'était le style du t-shirt. D'ailleurs, je t'ai dit que j'étais couturier quand je me suis présenté à toi !

— Ah bon ?

Nanoki plissa les yeux, concentrée sur ses souvenirs. Maintenant qu'il le précisait, c'était bien possible.

— Désolée, j'avais trop de choses à penser pour y faire attention.

— Logique, on venait de se réveiller dans un endroit bizarre. R.I.P. ma théorie de l'escape game, je l'aimais bien, moi...

— Aw, mon pauvre Eden...

Soen lui ébouriffa les cheveux, ce qui eut pour effet de remplacer sa moue triste par un rire.

— N'empêche, sept ans, chez les couturiers, c'est assez jeune, non ?

Elle ne connaissait pas si bien les moyennes de découverte. Pour sa part, ce n'était qu'il y a quelques années, à quinze ans. Elle ne pouvait pas s'empêcher de jalouser un peu ceux qui la découvraient tout jeunes.

— Hm... ça dépend... Il y a beaucoup de cas, peut-être pas de découverte, mais de début en voulant raccommoder un vêtement. Bon, moi, j'ai passé le concours très jeune, seulement six mois après, parce que ma tante était couturière. Non pas de capacité, mais de métier par passion. Et elle trouvait mon travail trop propre pour de la chance, donc elle m'a tout enseigné, a constaté ma vitesse d'apprentissage, et m'a inscrite au concours.

Ainsi, entre Soen et Eden, il y en avait qui la découvraient grâce à un proche. Cela ne devrait pas l'étonner, mais comparé à elle, leurs découvertes n'avaient rien à voir. Il fallait dire que karatéka était un peu plus particulier.

Eden continua à raconter des tas d'anecdotes, à lui donner des conseils, voire à lui dire de lui amener si un de ses vêtements se déchire. Nanoki, qui ne pensait pas un jour s'intéresser à la couture, trouva la conversation entrainante, même si elle oublierait rapidement.

Ils mangèrent ensemble le midi. Enfin, concernant Nanoki, cela s'apparentait plus à du grignotage vu la faible quantité qu'elle avalait. Elle devait choisir la texture la moins tendre possible, aucune viande, et rien de trop liquide ou de trop rouge. Au final, elle mangea une salade de fruits bien essorée.

— Bon, je vous laisse, je commence à avoir mal aux fesses à rester assise, je vais me balader.

— Oh, ok ! Tu reviendras nous voir, hein ? C'était sympa de discuter avec toi !

— Oui, c'était sympa.

Et pendant tout ce temps, elle n'avait pas songé à leur situation actuelle. Au contraire, cela lui donnait l'impression d'être de simples jeunes adultes qui apprenaient à se connaitre, sans peur de se faire tuer à tout moment.

Nanoki quitta le bâtiment en s'étirant. Des éclats de voix attirèrent son attention. Dans la cour, Daphné et Gaël discutaient.

Tiens, il faut croire qu'enquêter ensemble les a rapprochés.

— Il m'arrive de travailler pour des magazines, mais la plupart du temps, c'est les gens qui viennent me demander un shooting. Et puis je suis souvent avec Kaïs aussi. Après, dans mon temps personnel, j'adore les photos de paysages, celles-là, je les poste sur Instapic.

— Il y a encore des gens sur Instapic ? Là-bas ils sont tous péteux avec leurs photos de couchers de soleil comme si c'étaient des grands philosophes, lança Daphné.

Nanoki s'accouda sur le dossier du banc pour suivre la conversation. La rêveuse sursauta, mais les deux firent comme si elle avait toujours été là.

— Ça, c'est le contenu que tu vois quand tu t'inscris. Mais quand tu cherches de façon plus spécifique, tu trouves juste des gens passionnés de photos.

— C'est ta capacité d'être photographe ?

Gaël leva la tête vers Nanoki pour acquiescer.

— Je suis tombé sur un Gaël un jour sur Instapic. Enfin je crois qu'il s'appelait Gaël. C'était peut-être toi. En tout cas les photos étaient belles. Il y en avait beaucoup d'Espagne et d'Inde. Ça m'a donné envie de voyager.

Comme si elle venait de se réveiller, la rêveuse sauta sur ses pieds, illuminée.

— Voyager ! J'adorerais faire le tour du monde pour une étude comparative de la culture gastronomique de chaque pays !

Elle se lécha les lèvres, se visualisant déjà.

— Sauf que ce n'est plus possible...

Nanoki pensa souffler assez bas, mais les deux autres l'entendirent. Daphné perdit son sourire et se rassit.

— Désolée...

— Tu n'as pas tort, malheureusement...

— Et alors ? Même si c'est vrai, on le sait déjà, pas besoin de le répéter.

La tension s'alourdit en une seconde. Personne n'osa parler. Ainsi, le silence régna sans pause. Nanoki comprit qu'elle dérangeait et partit.

La compagnie de Soen et Eden venait de l'aider à se sentir mieux, puis à peine s'adressait-elle aux autres qu'elle ruinait le bonheur fragile qu'ils tentaient de vivre malgré tout.

Je crois que Daphné me déteste encore plus maintenant...

Un pincement surprit son cœur. Elle ne s'était pas imaginé en être atteinte. Cependant, cela réveillait une de ses plus grandes peurs depuis qu'elle était ici. Se retrouver seule. Daphné fut sa première compagnie, alors, naturellement, les deux femmes restaient ensemble. Si à force de dire des bêtises comme elle venait de le faire, Nanoki finissait par repousser tout le monde...

Ses pas la ramenèrent au réfectoire où elle s'affala sur une chaise, les bras allongés sur la table. La tête tournée sur le côté, elle observa les autres. Eden et Soen étaient toujours là. Leurs rires bruyants l'avaient prévenu à peine la porte ouverte. Elle aurait voulu les rejoindre, mais son corps, lourd, refusait de bouger.

Alors elle écouta les conversations environnantes. Les jumeaux dans leur coin qui chuchotaient, Clarisse qui racontait sa vie à Noémie qui gardait les yeux fermés, Lou, accroupie, à analyser les lieux comme elle le faisait depuis le début.

À l'heure du diner, un taboulé cuisiné par Clarisse, Célia et Gaël fut servi. Nanoki, sans conviction, amena une bouchée à ses lèvres. Avant de se stopper net. Un ongle. Une grimace dégoûtée la prit et elle reposa sa fourchette.

— Ah, mais c'est le mien ! s'exclama Clarisse. Fais pas cette tête-là, ma belle, j'ai une très bonne hygiène de vie.

— C'est pas vraiment une question d'hygiène... Tiens, je te le rends.

Suite à cela, elle ne toucha plus à son assiette. Même sans cet événement, elle n'aurait pas réussi à finir sa portion. Une boule grandissait dans son estomac. Inarrêtable, douloureuse.

Nanoki enroula ses bras autour de son ventre, penchée en avant. Noémie, qui était en face d'elle, lui lança :

— Tu devais aller te reposer. Ça ne sert à rien de te forcer à rester ici et à manger.

La karatéka hocha la tête. Pas du tout attentive à ce qui l'entourait, elle percuta Kaïs. Ce dernier hurla comme un torturé avant de foncer dans la direction opposée. Nanoki n'y prêta pas attention, trop focalisée sur ses crampes d'estomac.

D'habitude, il lui suffisait de se changer les idées pour que cela passe. Regarder les rires des plus bruyants, Kaïs leur jetait des regards méfiants, Noémie rester dans son coin d'un air énigmatique, Timéo et Anaïs qui finissait par s'éclipser sur le toit après le repas jusqu'à l'annonce de la période de nuit. Là, rien ne pouvait la calmer.

Elle espérait que la douleur s'atténue une fois allongée sur son lit. Ce fut pire.

Une boule constituée de lames semblait se balader dans ses organes.

Le monde devint peu à peu vague, prêt à la laisser dormir. Quand on tambourina à sa porte. Si fort qu'elle se redressa en un sursaut. Si fort qu'elle craint que l'encadrement lui-même s'effondre.

Nanoki resta figée sur son lit. Devait-elle s'approcher pour voir qui c'était ? Mais si la porte s'écrasait contre elle une fois devant ? Si on venait pour la tuer ?

Elle déglutit, ses yeux se jetèrent sur tout ce qui pourrait servir d'arme ici. À défaut de mieux, elle attrapa la chaise du bureau. Sur la pointe des pieds, les doigts blanchis sous la force de sa poigne, elle glissa un œil contre le juda.

C'était Daphné.

Mettant la chaise de côté sans pour autant la lâcher, elle tourna la clé dans la serrure, avant de coincer son pied contre le panneau afin de l'empêcher de trop s'ouvrir.

— Enfin tu ouvres ! Mais qu'est-ce que tu fais ? Pourquoi tu bloques la porte ?

— Qu'est-ce que tu veux ? Pourquoi tu tambourines comme une malade ?

— Qu'est-ce que tu vas t'imaginer bordel ! Bref, viens, dépêche-toi ! C'est la grosse merde !

Chapitre 14

Nanoki suivait Daphné qui se dirigeait derrière le réfectoire. Une nouvelle hypothèse sur ce qui se passait germait dans sa tête à chaque battement de cœur, s'accumula, s'accumula, s'accumula.

Puis le poids la figea net quand la scène se présenta à elle.

Lou gisait au milieu d'une flaque de sang frais, les yeux écarquillés, un couteau enfoncé dans sa bouche. Des morceaux de cervelle glissaient de son crâne déformé, éclaté.

L'odeur métallique lui arracha les narines, à laquelle s'ajouta un relent de vomi qui accentua sa nausée.

Le monde tourna. Une seconde d'un simple mouvement. La seconde d'après d'une violente secousse.

Sa hanche cogna le sol. Sa gorge brûlait. La sensation de ses cheveux contre ses tempes semblait si ridicule et si insupportable à la fois, comme si son corps ne tolérait plus rien.

Elle régurgita de longues secondes son maigre repas, recrachant surtout de la bile acide.

Elle ferma les yeux, jusqu'à ce que tout se calme, que tout disparaisse. Et quand elle les ouvrit, le monde avait cessé de tourner. Mais le corps de Lou demeurait. Tout était réel.

Nanoki ne parvenait pas à détourner le regard malgré ses supplices internes. Elle ne voulait plus voir cette abomination, seulement son corps refusait de lui obéir. Sa main trembla, elle s'efforça de la lever, puis s'asséna une gifle. Assez fort pour faire pivoter sa tête.

Un soulagement immense l'envahit quand elle put verrouiller son regard sur les autres.

Jessica venait de perdre connaissance, étalée au sol. Au point qu'elle s'inquiétait qu'elle puisse...

Nanoki se glissa jusqu'à elle, pour vérifier son pouls, au cas où. Vivante. Un long souffle lui échappa.

— Félicitations ! L'un de vous a tué Lou ! Et c'est absolument magnifique !

De nombreux cris éclatèrent à la voix de Shiro. Pour une fois, aucun d'eux n'avait pressenti son arrivée, pourtant si marquée de cette tension, habituellement.

— Vous vous félicitez vous-même, c'est très narcissique, commenta Aaron d'un ton calme.

La karatéka le dévisagea, stupéfaite. À ce moment, elle remarqua que comparé à elle, à Jessica, il y en avait qui gardaient leur sang froid. Comment faisaient-ils ?

— Célia ne comprend pas pourquoi vous avez tué Lou. Si c'est parce qu'elle a découvert quelque chose, vous ne pouvez vous en prendre qu'à vous-même. Vous saviez que Lou était une chercheuse.

Shiro pencha la tête sur le côté, la mine innocente, avant d'éclater de rire. Derrière lui, Kuro dessinait des cercles sur le sol du bout de son pied.

— Nous ne sommes pas responsables de sa mort...

— Ouais ! Le tueur est l'un de vous !

Par réflexe, Nanoki se tourna vers les autres, comme si le mot <<coupable>> apparaissait sur un des fronts. Sinon, cela voulait dire qu'il s'agissait bien des deux robots, non ? Après tout, ils avaient créé toute cette comédie.

— Célia pense qu'elle et les autres n'ont aucune raison de vous croire alors que vous êtes responsable de ce qui nous arrive !

— Non, non, non ! Nous ne sommes autorisés à vous tuer que si vous violez une règle ! Où serait l'amusement ? Si nous voulions un massacre, on l'aurait déjà fait. C'est bien plus marrant de vous voir vous entretuer. Surtout que ce n'est pas fini ! Maintenant, l'enquête ! Nous vous avons donné quelques informations sur votre tablette. Bisou !

Shiro disparut.

Nanoki ne digérait toujours pas ses paroles. L'un d'eux ? Le coupable ? Impossible...

Léo se racla la gorge afin d'attirer leur attention.

— Ce n'est pas le moment de se rouler en boule pour pleurer. Oui, c'est à toi que je m'adresse, Kaïs. Je conçois que voir un cadavre n'est pas chose commune, mais si vous ne voulez pas finir comme elle, vous feriez mieux d'attendre la fin du procès pour être triste ou ressentir quelque émotion stupide.

C'est vrai... N'oublie pas que tu joues ta vie. Tu connais personne ici. Toi-même tu as pensé à tuer, alors pourquoi un autre n'aurait pas pu passer à l'action ? Pense à toi, juste à toi et à ta survie.

— Bon courage... chuchota Kuro avant de suivre son frère.

— Bien, nous allons régler rapidement cette affaire ! Je l'ordonne, que le coupable se dénon...

Aaron n'eut pas le temps de finir sa phrase. Shiro venait de se matérialiser devant lui, son poing enfoncé dans son ventre. Le leader lâcha un gémissement étouffé, les yeux écarquillés, contre le grand sourire du robot. Ce dernier s'éloigna, le laissant s'effondrer à genoux.

— Je ne peux pas te laisser utiliser directement ta capacité de manière à ce que le coupable se dénonce. Nous vous observons en permanence, alors inutile d'essayer. Ne t'inquiète pas, nos coups font mal à l'instant, après ça disparaît rapidement.

Shiro repartit après ces mots. Aaron se releva, déjà remis. Son visage blême reprit des couleurs. Il ne commenta pas et récupéra la tablette de son bracelet.

— Comment peuvent-ils nous empêcher d'utiliser nos capacités ? Certes, celle d'Aaron fonctionne à la parole, cependant, ils ne peuvent pas m'empêcher d'analyser.

Afin de prouver ses dires, Léo dévisagea chacun d'eux à la recherche du coupable. D'abord Nanoki, puis Daphné, puis Jessica, puis il perdit l'équilibre.

— Léo !

Aaron s'approcha, plaquant une main forte dans son dos, ce qui l'empêcha de s'écrouler. L'analyste, qui lui avait pourtant toujours paru fier, s'appuya sans honte contre son épaule le temps de perdre ses vertiges.

— Je vois, c'est donc ainsi qu'ils s'y prennent...

— Ils ont brouillé ta capacité, juste comme ça ? questionna Daphné.

— Ce n'est pas complètement brouillé. J'ai la sensation de devoir forcer et que j'en perdrai connaissance si je continue. En d'autres termes, je vais pouvoir l'utiliser pour l'enquête, mais pas pour trouver directement le coupable.

Ils n'avaient donc pas le choix d'enquêter normalement s'ils ne voulaient pas mourir à ce procès. La capacité de Nanoki n'offrait aucune aide. Que devait-elle faire ? Pourquoi fallait-il que la victime soit la personne la plus apte ? Après tout, même avec ce elle ne savait quoi qui les bloquait partiellement, ils pouvaient toujours se servir de leur capacité. Cela faisait partie d'eux après tout.

Une illumination germa dans sa tête. Et si c'était justement la raison de son choix ? Avec elle en vie, il y aurait trop de risques d'être découvert par elle, surtout qu'au moment du meurtre, personne ne savait encore que les capacités seraient brouillées.

Elle sortit sa tablette. La case procès était dégrisée et elle put cliquer dessus. Deux nouvelles cases apparurent : <<Dossier>> et <<Enquête>>. Elle cliqua sur le premier. Quelques informations s'affichèrent.

Nom de la victime : Lou

Cause de la mort : Choc crânien

La victime a des bleus sur le ventre.

Nanoki leva la tête de l'objet en attente d'une réaction chez les autres.

C'est tout ?

— Célia se demande si on peut vraiment avoir confiance aux informations données. Après tout, elles viennent de Kuro et Shiro. Célia ne les croit pas.

— Hormis les bleus, il suffit de se servir de ses yeux pour constater que les maigres informations sont vraies. Ne nous fais pas perdre du temps avec tes réflexions idiotes.

— Célia t'emmerde !

— Elle va toucher un cadavre ! hurla Kaïs.

Nanoki sursauta, tournant les yeux, d'abord vers Kaïs, puis vers la zone qu'elle essayait d'éviter. Anaïs y était agenouillée, une main tremblante au-dessus du corps, figée net au cri, comme si elle attendait qu'on l'y autorise.

— Pauvre sot, elle vérifie si elle a des bleus comme c'est indiqué dans le dossier !

Après un hochement de tête de remerciement vers Léo, elle prit une grande inspiration, murmura quelques mots d'excuse, et souleva le t-shirt de la chercheuse. En effet, des bleus recouvraient son ventre.

Si ça figure dans le dossier, c'est que ça doit être lié à l'affaire. Elle se serait donc battue avec le coupable ? Enfin, au vu de l'état dans lequel elle est, j'ai plus l'impression qu'elle s'est fait battre.

Gaël s'approcha pour photographier les bleus, puis le cadavre sous plusieurs angles. De loin, on pourrait croire à une séance photo où Lou jouait la morte. Mais quand on l'observait plus attentivement, on voyait ses mains trembler. Et encore, Nanoki le trouvait très calme.

D'autres se mirent à analyser les lieux. Aaron, Léo, Eden, Soen, Noémie... comment faisaient-ils ? Elle demeurait paralysée. Même le fait de savoir que sa vie était en jeu ne la débloquait pas.

Elle manqua de tomber quand Léo la bouscula.

— Bouge, tu gênes. Si tu veux mourir, soit, mais meurs seule.

Ses paroles la frappèrent comme une gifle. Elle voulait enquêter, elle voulait participer, sauf que son corps ne parvenait pas à se résoudre à approcher le cadavre.

L'air lui pesait sur les épaules. Elle étouffait. Comme si le corps aspirait tout l'oxygène. Respirer. Elle devait respirer.

Elle se détourna vers le toit.

Choc crânien.

L'état de Lou.

Toit.

On l'avait poussé du toit.

Saisissant la possibilité de s'éloigner tout en servant l'enquête, elle contourna le réfectoire.

— Tu vas où ? l'interrogea Daphné.

Sa question fit se tourner plusieurs têtes.

— Sur le toit.

Sans attendre, elle continua sa route. Peu de temps après, des bruits de pas lui indiquèrent que quatre personnes la suivaient. Daphné, Soen, Noémie, ainsi que Gaël, la rattrapaient. L'idée d'être accompagnée la rassurait. Même s'il se pouvait que certains la suivent pour être sûrs qu'elle ne trafiquerait pas les preuves, le fait d'avoir plusieurs paires d'yeux lui enlevait de la pression.

Cependant, une fois dans les escaliers, elle questionna une présence qui les ralentissait. Elle soupira. Cette dernière savait très bien qu'elle n'aimait pas ces marches. Pourquoi s'obstinait-elle ? À cela s'ajoutait Soen qui en profitait pour la charrier sur le sujet.

— Ferme ta putain de gueule. Quelqu'un est mort et tu te permets de rire ? En tant que menteur, tu pourrais au moins avoir la décence de faire semblant d'être touché.

L'agitation de la rêveuse qui continuait de jurer et de crier sur Soen les ralentissait d'autant plus.

— Calme-toi. Ça sert à rien de t'énerver contre lui. Et c'est vraiment pas le moment.

Ses mots n'eurent aucun impact, Daphné continuait de se défouler verbalement sur Soen. Ce dernier affichait un air blasé, lassé des insultes.

Nanoki ne savait à quoi 'elle s'attendait à voir sur le toit, cependant, elle ne s'attendait pas à ce carnage. Des raclures sur le sol, sûrement faites avec le couteau à présent coincé dans la bouche de Lou, et évidemment, des traces de sang au niveau du bord.

— Mais qu'est-ce qu'il s'est passé ici...

Gaël et Noémie s'approchèrent l'un des raclures, l'autre des tâches de sang, prenant tous deux des photos.

Nanoki réfléchissait déjà aux possibilités, mais elle ne comprenait rien. Le sang, certes, cela voulait dire que le couteau avait été enfoncé avant sa chute, mais d'où venaient toutes ces raclures ? Qui les avait faites ?

Une fois les preuves photographiées, ils retournèrent aux escaliers.

Soen passa devant en trottinant.

— Je vous attends pas, t'es vraiment trop lente Daphnénounette !

La concernée rougit à ce surnom.

— Comment tu m'as appelé ?

Elle serra les poings, prête à le frapper, mais le menteur n'eut qu'à courir dans les marches pour lui échapper. Son rire résonna dans la cage d'escalier.

Comparé aux fois précédentes, la lenteur de Daphné s'avéra rassurante. Cela lui laissait du temps pour se préparer psychologiquement. Elle ne le voulait pas, pourtant, plus vite qu'elle ne l'espérait, elle se retrouva face au cadavre de Lou.

Quelle était son importance dans cette affaire ? Elle ne faisait que regarder, sans rien faire. Même lors de son initiative pour monter sur le toit, le reste, c'était Gaël et Noémie qui avaient tout fait.

La seule chose qu'elle pouvait faire se limitait à regarder les autres et leur sang-froid ; palper, noter des informations sur leur tablette. Elle voulait se rendre utile, mais rien ne lui venait.

— Qui a découvert le corps ? finit-elle par souffler.

— Toutes les personnes qui étaient au réfectoire quand on a entendu du bruit. Donc, Célia, Clarisse, Soen, Eden, Randy et moi-même, déclara Noémie.

CHAPITRE 15

— J'ai fait un rêve où j'ai vu un œuf tomber d'une table et s'écraser. J'ai compris que quelque chose n'allait pas et j'y suis allé. En chemin, j'ai croisé Randy tout paniqué qui m'a expliqué rapidement et m'a demandé de l'aider à rassembler les autres.

Comment Daphné a pu comprendre quoi que ce soit d'un rêve pareil ?

— C'est ma faute. C'est ma faute. C'est ma faute.

Timéo, les bras enroulés autour de ses genoux bien serrés contre son torse, se balançait d'avant en arrière en répétant cette même phrase. Des larmes coulaient le long de ses joues et de la morve chatouillait le haut de ses lèvres. À côté de lui, Anaïs lui frottait le dos.

— Ne dis pas ça... Ta capacité n'apporte pas la malchance aux autres.

Nanoki se détourna, cela ne servirait pas l'enquête. Quoi que... À quel titre se permettait-elle cette décision ? Elle n'y connaissait rien. Ne fallait-il pas interroger tout le monde sur son alibi ?

Noémie avait déjà nommé ceux présents au réfectoire, alors qu'en était-il des autres ? Elle interrogea ceux qu'elle ne dérangerait pas dans leur enquête car les plus actifs. Cependant, tout comme elle, le crime s'étant passé le soir, la majorité d'entre eux avait rejoint leur chambre.

Son bracelet vibra, puis une voix en émana.

— Bon, on s'ennuie là ! L'enquête est finie, allez tous au bâtiment entouré des colonnes, le procès va commencer.

Le souffle de Nanoki se coupa, un goût amer accompagna sa déglutition. C'était le moment. Celui qu'elle redoutait. Ils devaient trouver le coupable. Ou mourir.

Anaïs tira son frère pour qu'il se lève, ses bras restant collés à son ventre. Jessica se réveilla d'une secousse de Célia. Gaël supportait Kaïs tremblotant sur ses jambes.

Rapidement, ce petit monde atteint le bâtiment indiqué. Ils arboraient une expression figée, excepté Soen et son éternel sourire. Même Eden affichait un air sérieux.

Sans qu'ils n'eurent à faire quoi que ce soit, les colonnes se déplacèrent afin de les laisser passer. Le mouvement semblait surréaliste dans leur façon de se lever de terre, de glisser, presque flottant, se séparant en deux allées qui se terminaient en demi-cercle derrière le bâtiment.

Un à un, ils y pénétrèrent. La pièce était plus grande de l'intérieur que de l'extérieur. Surtout en hauteur. Nanoki se sentait écrasée par ce trop grand espace qui les séparait.

Une grande table entourée de quinze chaises les attendait, tout comme Shiro et Kuro, eux installés sur deux immenses trônes de leur couleur respective. Puis une photo de Lou, accrochée sur un mur, barrée d'un rouge dégoulinant pour imiter le sang.

C'était comme si la chercheuse assisterait au procès, bloquée dans le silence, forcée de les laisser débattre et peut-être se tromper.

— Asseyez-vous, chers participants de cette tuerie.

Ils obéirent, plus que jamais. Nanoki craignait de subir les conséquences d'une rébellion, même aussi minime que de refuser de s'asseoir.

— Pourquoi il n'y a que quinze chaises ? demanda Randy.

— C'est très simple ! Pour venir ici, il fallait qu'il y ait un meurtre, donc le maximum de survivants était quinze.

— Pourquoi tu poses cette question ? Genre on s'en fout non ? lui chuchota Clarisse quand il s'assit près d'elle, par manque de place ailleurs.

— Je t'ai pas causé.

Le maximum de survivants...

C'était ce qui les définissait maintenant que ce jeu de mort commençait véritablement. Ils n'étaient plus simplement enfermés dans un lieu aussi étrange que lugubre de par ses lois. À présent, il leur fallait survivre.

Le silence fut maître de longues minutes durant lesquelles ils regardaient les photos sur leur tablette. Nanoki n'avait jamais été à un tribunal et ne savait pas comment cela fonctionnait. D'autant plus que leur cas était particulier. À la fois suspects, juges et avocats.

— Alors...

Nanoki se racla la gorge.

— Au vu des blessures, je pense qu'elle s'est battue.

— Comment être sûr que ça a un rapport avec le meurtre ? Parce que, genre, le coupable a l'air de l'avoir carrément dominé. Alors que Lou a l'air d'être le genre de meuf qui sait se défendre, répliqua Clarisse.

— Je pense que c'est lié à l'affaire. Lou était loin d'être maladroite, alors je doute qu'elle se soit autant blessée à une zone si précise en quelques jours, affirma Gaël.

Nanoki fut soulagée qu'il partage son avis. Le fait d'être contredite par quelqu'un s'avérait plus terrifiant qu'elle ne l'aurait jamais pensé. Toutefois, les paroles de la chanteuse la perturbaient. Pourquoi Lou ne s'était pas défendue ? Personne dans le groupe ne se montrait souffrant ou même un peu boiteux. Mais sans bataille, pour quelle raison le coupable l'aurait tant frappé ?

— Célia reste perplexe. Célia se demande si Lou pouvait avoir été prise par surprise. Elle ne devait pas s'attendre à être attaquée, et le coupable l'a rouée de coups pour l'empêcher de réagir. Surtout qu'après une lutte, Célia pense qu'elle aurait des blessures sur tout le corps, et pas seulement le ventre.

— Cela pourrait se tenir. Le seul point étrange ; Lou ne prenait pas cette tuerie à la légère. Elle le montrait peu, mais elle restait sur ses gardes en permanence, sûrement une habitude de chercheuse, décréta Aaron.

Elle le rejoignait sur un point. Avec sa détermination, elle aurait pu se douter de la fatalité. D'un autre côté...

— Peut-être que ses recherches l'absorbaient et qu'elle ne l'a pas vu venir ?

— Tu as écouté ce qu'il a dit, écervelée que tu es ? Lou était une chercheuse, penses-tu qu'une chercheuse sans précaution tiendrait sur le long terme ? Elle est habituée à être sur le qui vive.

— Elle... elle aurait pu faillir... ou être fatiguée...

Nanoki aurait aimé donner plus de conviction à ses mots, mais recevoir de plein fouet l'insulte de Léo l'avait déstabilisée.

— Quand tu es fatiguée ou distraite, ta capacité devient inutile ? fit-il d'un ton qui connaissait déjà la réponse.

— Non...

Elle détestait sa façon de lui répondre, comme s'il la jugeait idiote. Peut-être que sa remarque sonnait idiote pour lui, mais que pouvait-elle faire sinon ? Elle ne connaissait rien de ce milieu, elle tentait juste d'aider comme elle le pouvait.

— Mais je n'ai jamais subi d'agression au couteau ou quelconque tentative de meurtre. Personne ne peut savoir comment il réagirait le jour où ça arrive.

Aussitôt dit, elle regretta ses paroles. Elle venait littéralement de confesser qu'elle pourrait être aussi faible que d'autres en cas d'attaque. Elle venait de se rendre vulnérable face à eux, alors qu'ils étaient en procès suite à un meurtre.

— Pour une agression au couteau, elle n'a que des bleus en blessures. Enfin, si on oublie... bafouilla Daphné.

— C'est vrai ça ! Pourquoi se contenter de la frapper alors qu'on a un couteau ? s'interrogea Randy.

— Peut-être que c'est parce que c'est Lou qui avait le couteau ? proposa Soen, un sourire malicieux aux lèvres.

Nanoki écarquilla les yeux à sa proposition. C'était impossible. Comment pouvait-il imaginer un tel scénario et bafouer Lou, battue et tuée, pas même d'une mort douce, mais constituée de souffrances qui avaient dû être atroces ?

— Donc tu penses que Lou a tenté de tuer le coupable ? demanda Anaïs.

Ce dernier approuva d'un hochement de tête. Il arborait cet air mi sérieux, mi innocent, comme s'il ne venait pas de bouleverser ce procès. La façon dont il y croyait fit douter Nanoki. Quand elle repensait au cadavre de la chercheuse, elle peinait à considérer cette théorie. Elle était la victime, sans compter son état.

— Peut-être... euh... peut-être qu'elle anticipait une attaque et se préparait à se défendre ? proposa Jessica d'une petite voix.

— C'est une possibilité, en effet... affirma Léo.

— Je ne sais pas... marmonna Nanoki. Le coupable l'aurait attaquée à mains nues alors qu'elle avait une arme ? Je veux dire, un couteau aussi gros, ça se cache pas dans une poche. Je suis même pas sûr qu'il rentre dans son sac à main. Et il avait même pas de protection, ça aurait été risqué, non ? En plus, ils étaient sur le toit, pourquoi il ne l'aurait pas juste poussé au lieu de prendre des risques ?

— Mais si Lou est arrivée sur le toit après le coupable, ça change tout ! chanta Soen.

Elle n'aimait pas cette idée. Pas du tout même.

Attends, pourquoi tu cherches à défendre Lou ?

Elle secoua la tête intérieurement. Il fallait se reprendre. Ils n'étaient pas ici par justice pour la victime, mais pour leur propre survie. La moindre possibilité devait être prise en compte.

— Donc, en se basant sur ta théorie, il nous suffit de savoir qui est monté sur le toit avant.

— Célia pense que c'est inutile et que si on se concentre sur la façon dont le meurtre a été fait, on pourra en déduire des suspects.

— Ouais, ce serait plus simple. Du coup, ça doit être quelqu'un de fort avec de bons réflexes, lança Clarisse.

Les têtes se tournèrent vers Nanoki. Forte avec de bons réflexes. Un profil qui lui correspondait. Sauf que cette fois, cela ne l'arrangeait pas.

— Où étais-tu au moment du meurtre ? questionna Aaron, sans se risquer à donner d'ordre.

— J'étais dans ma chambre. Je dormais.

— Alors c'est toi qui l'a tué ? T'as essayé de nous le cacher pour qu'on meure tous ? C'est ça ? C'est ça !

Nanoki retint un soupir. Avec Kaïs, ils n'iraient pas bien loin. Malheureusement, elle n'avait pas d'alibi. Elle pourrait dire que des témoins l'avaient vu sortir, mais ils diraient que rien ne l'empêchait de revenir discrètement. D'un autre côté, entrer sans attirer l'attention, sachant qu'il n'y avait que la grande porte... Est-ce que cela suffisait à les convaincre ?

— Je ne suis pas convaincue... fit Daphné. Quand je suis allée la voir dans sa chambre, elle avait la tête de quelqu'un qui vient de se réveiller. Même si elle avait une attitude bizarre... Mais d'un point de vue technique, je doute qu'on puisse aller dans sa chambre aussi vite. Moi ou Randy l'aurait forcément croisé.

— Mais oui ! Le coupable n'a clairement pas pu aller dans sa chambre ! Il a dû entendre que Randy allait chercher les autres et est arrivé en faisant mine qu'il avait été mis au courant ! cria Eden avec des yeux brillants.

Nanoki n'osa pas respirer un instant. C'était bon ? Plus aucun soupçon sur elle ? Elle lui lança un regard de remerciement pour l'avoir défendue, même si cette dernière ne le réceptionna pas. Évidemment, malgré leur rapprochement, elle ne se souciait pas tant que ça d'elle, elle cherchait simplement à ne pas se tromper de coupable. Dans tous les cas, cela l'arrangeait.

— Mais je l'ai peut-être croisé comme Daphné et lui ai dit, non ?

Cette fois-ci, les têtes se tournèrent vers la rêveuse qui se fit toute petite.

— Et Daphné est la seule personne que tu as croisée en dehors de sa chambre ? demanda Aaron.

— Oui...

— A...attendez ! Je suis innocente moi ! Je vous le jure ! Je suis sorti à cause de mon rêve, je savais rien avant que Randy me le dise !

Même si cette dernière venait de la défendre, Nanoki ne put s'empêcher de douter. En y repensant, Daphné aussi semblait étrange quand elle était venue toquer, ou plutôt, tambouriner à sa porte. Et si son comportement venait du stress ou autre qu'on pouvait ressentir après un meurtre ?

— Quelqu'un a vu Daphné monter sur le toit ? demanda Noémie.

— Hé ! Hé ! Calmez-vous là, j'ai tué personne, je vous dis ! Je vais jamais sur le toit ! Vous savez que je déteste ces escaliers !

— Dans ce cas pourquoi t'y es allé avec Nanoki si tu les détestes tant que ça ? Ce serait pas pour vérifier que t'as pas laissé trop de preuves derrière toi par hasard ? lança Clarisse.

— Qu'est-ce qui nous dit que c'est pas de la comédie d'ailleurs, cette histoire de pas aimer ces escaliers ?

Nanoki secoua la tête. Ce serait trop peu crédible à ses yeux.

— Ça aurait pu si elle venait de trouver l'idée, mais dès le premier jour de notre arrivée ici elle se comportait déjà comme ça. À ce moment, on ne savait rien qui justifiait qu'elle joue la comédie. Surtout au sujet d'escaliers.

— Purée, merci Nanoki ! Enfin quelqu'un de sensé ici !

Cependant, cela ne détourna pas complètement les soupçons d'elle.

— D'ailleurs, si on parle d'aller sur le toit, d'habitude, ceux qui y vont c'est plutôt Timéo et Anaïs.

Ceci, en revanche, convainc les autres de changer leur cible des regards.

Depuis qu'ils étaient ici, Nanoki les voyait monter chaque soir, même si elle n'en connaissait pas la raison.

— Attendez. On y était pas cette fois. Tu es parti plus tôt alors tu ne nous as pas vus, mais Timéo a avalé de travers et après il se sentait un peu mal, donc on est allés se rafraîchir dans sa chambre.

— Vous êtes pas allé dans la cuisine parce que c'était plus proche ? fit Gaël, sourcils froncés.

— Non, on est parti.

— Quelqu'un les a vu ? demanda Aaron.

Les interrogations fusèrent, répondues par une négation.

— Qui les a appelés après la catastrophe ? demanda Noémie.

Randy leva une main.

— C'est moi. Et je les ai trouvés dans la chambre d'Anaïs.

— Est-ce qu'ils avaient l'air d'avoir couru ou quoi que ce soit ?

— Euh... je sais plus trop... Timéo était en train de pleurer comme d'habitude, j'ai pas fait gaffe au reste.

Un soupir échappa à l'assemblée. Ils tournaient en rond depuis le début. Nanoki en aurait bien voulu à Randy pour son inattention, mais à ce moment, il venait juste de voir un cadavre et devait être sous le choc.

— Hé, je viens de penser à un truc... Le sac à main de Lou, il n'était ni sur elle, ni sur le toit. Vous trouvez pas ça étrange ? Elle le garde toujours d'habitude... lança Gaël.

— Tiens c'est vrai ça.

Nanoki n'y songeait plus. Lou et son sac à main, son carnet à l'intérieur pour tout noter. Ni sur le corps, ni sur le toit.

— Alors le coupable doit l'avoir emmené, proposa-t-elle.

— Mais pourquoi ? Ça n'a aucun sens de le prendre, c'est juste un sac à main, si on l'avait trouvé sur le toit ça aurait pas changé grand-chose !

La remarque de Daphné était correcte, mais fut aussitôt balayée par Léo, qui, pour une fois, se montra plus pensif qu'hautain.

— Si on reprend la théorie de Lou en coupable originel, il y a des chances qu'elle ait écrit son plan dans son carnet, et donc, le nom de sa victime. Le coupable final protégerait son identité en le récupérant.

Nanoki revint sur les derniers suspects, Timéo et Anaïs. Timéo et ses bras autour de son ventre qui ne le lâchaient pas depuis le début.

— Timéo, lève les bras pour voir ?

Ses mots attirèrent l'attention des autres. Timéo blêmit violemment, et Anaïs dut poser une main sur son épaule pour s'assurer qu'il ne s'effondre pas de sa chaise.

— Timéo. Je ne peux pas t'en donner l'ordre, mais considère que cela en est un. Lève les bras.

Il déglutit, le regard fuyant, des sueurs naissant sur son front. D'un geste tremblant, il s'exécuta. Un simple *pouf* indiqua qu'un objet venait de tomber sur ses genoux.

— Lève, insista Aaron.

Mais cette fois-ci, Timéo secoua énergétiquement la tête, les joues rouges.

— Je… je suis torse nu là-dessous… Et… et…

Il chercha du courage en sa jumelle, les larmes lui montant déjà à ce qu'il s'apprêtait à dire.

— C'est vrai… C'est moi… C'est moi qui l'ai tué !

Il éclata en sanglots dans les bras de sa sœur qui lui caressa les cheveux.

Timéo ? Le tueur ? Ce fut la nouvelle la plus étonnante. Entre les deux, Nanoki aurait parié sur Anaïs.

Eden en éclata de rire.

— Mais c'est pas possible enfin ! Comment quelqu'un d'aussi faible aurait pu tuer Lou ? On parle pas de n'importe qui mais de Lou ! Ou alors il a vraiment pas fait exprès !

— C'est moi… Je suis désolé… C'est moi…

— Est-ce qu'il aurait pu mentir sur sa capacité et se jouer de nous depuis le début ? proposa Randy.

— Tiens, tu sais réfléchir toi ? Tu n'es pas aussi idiot que tu en as l'air. Dommage que tu aies faux. Il est bel et bien un malchanceux et sa personnalité est aussi vraie qu'elle est ennuyante.

— Hé ! Insulte pas mon frère !

— Qu'importe. Il vient d'avouer un meurtre, parle donc, Timéo.

Chapitre 16

Timéo observait la vue qui s'offrait à lui, jusqu'alors apaisé par la tranquillité.

Puis du froid.

Contre sa gorge.

Une lame scintillante qui aveuglait Anaïs. Son corps ne répondait plus malgré son envie de sauver son frère. Paralysée, condamnée au rôle de spectatrice, impuissante.

Mais alors, d'une force qu'elle ne lui connaissait pas, le coude de Timéo heurta le ventre de Lou. Sa capacité de chercheuse ne la rendait pas omnisciente. Elle le considérait faible, et la surprise la fit reculer, reprenant son souffle.

Timéo tremblait, les yeux humides, rivés sur le couteau, qu'il tenait toujours. Il savait qu'il était loin d'être sauvé. Alors il frappa encore, jusqu'à sa chute. Elle planta la lame dans le sol pour se rattraper.

Lâche-le...

Il attrapa ses chevilles, espérant que la faire glisser suffirait. Le couteau racla, profondément ancré.

— Lâche-le !

Pris d'une impulsion, Timéo enfonça son pied dans son ventre. Un hoquet guttural suivit, et enfin, le manche chauffé par sa paume fut libéré. Sans attendre, il le décrocha du sol, le pressa contre son torse, se recroquevillant sur le sol.

Timéo n'avait jamais voulu la tuer. Mais Lou restait déterminée. Elle se releva, se jeta sur lui, sur le couteau brandi par réflexe. Et sa bouche grande ouverte, arrêtée au bord d'un cri de rage, s'y enfonça. Pas assez profond. Pas encore mortel.

Elle se releva, les yeux exorbités du choc, ses pas reculant, comme si cela suffirait à tout réparer. Elle recula, recula, recula. Puis chuta.

Ni Timéo ni Anaïs ne virent le corps s'écraser, mais le craquement des os leur indiqua tout et bien trop.

— Non... pour... pourquoi ?

Anaïs ne put répondre à son interrogation. Son cerveau ne tournait plus. Rien ne semblait fonctionner chez elle depuis qu'elle avait vu Lou derrière son frère. Mais à cet instant, tout se débloqua. Elle agrippa Timéo et tous deux descendirent les escaliers en vitesse, priant que personne n'ait l'idée de monter maintenant.

Dans la cuisine, elle vit le sac à main de Lou. Sans réfléchir, elle l'attrapa et le cacha sous la veste de Timéo. Ce dernier pleurait abondamment, pressé par l'air alarmé de sa jumelle.

Le bruit des autres qui se précipitaient à l'extérieur ne parvenait pas à les calmer, au contraire, le vacarme, les chaises qui raclaient, tombaient, ne faisaient que les paniquer d'autant plus.

Alors avant qu'ils soient remarqués, Anaïs guida Timéo à un passage secret qu'elle avait découvert une fois pour rejoindre leur chambre plus vite. Jamais ils n'eurent le temps de poser le sac à main qui aurait pu les libérer des soupçons.

— Voilà ce qu'il s'est passé... Si seulement j'étais intervenue, j'aurais peut-être pu changer les choses...

— Non ! C'est moi qui l'ai tué ! C'est de ma faute à moi... Je suis un monstre...

Célia, sourcils froncés, se tourna vers les deux robots.

— Célia se demande : est-ce qu'on peut vraiment considérer celui qui tenait le couteau comme le coupable si c'est la victime qui s'est jetée dessus ?

— Ha ! On ne va pas vous donner la réponse, vous n'avez même pas encore voté ! répliqua Shiro avec un grand sourire amusé.

Nanoki sentit son sang se glacer. S'il y avait bien une chose qu'elle ne risquait pas d'oublier dans le règlement, c'était celle sur les procès et les exécutions. S'ils choisissaient le mauvais coupable, ils mourraient.

Ils devaient donc être sûrs de qui aux yeux de leur bourreau était le vrai coupable entre Lou et Timéo. Et s'ils se trompaient ? Commettre une si petite erreur alors qu'ils connaissaient toute l'histoire...

— Pourquoi tu l'as protégé pendant le procès ? Tu serais morte avec nous si on avait pas découvert que c'était lui le coupable, lança Léo, les bras croisés.

Vraisemblablement, sa limite d'analyse s'arrêtait aux émotions profondes et incohérentes. Nanoki ne pouvait que s'en rassurer, au moins il ne lisait pas vraiment en eux.

— Parce que c'est mon frère... Je l'aime. Il... il a juste pas eu de chance... Je voulais pas mourir, mais je voulais pas qu'il se fasse exécuter non plus...

Sa voix, si fragile qu'elle en partait vers les aigus, contrastait avec sa première impression d'elle sur le toit. La karatéka ne pouvait pas ne serait-ce que s'imaginer sa détresse et son désespoir à cet instant. Son frère, sa famille, son sang, peut-être même sa raison de vivre, avait accidentellement tué quelqu'un. Qu'est-ce que cela faisait de devoir choisir entre sa vie en plus de celles d'inconnues, et un être aimé, innocent au moins dans son cœur ?

Les autres n'osaient plus parler. À la vue du cadavre, et surtout de son état à en donner la nausée, n'importe qui se serait imaginé un tueur monstrueux, sans pitié. Mais ce n'était qu'un petit malchanceux. Le fragile Timéo qui voulait se défendre d'une tentative de meurtre. Comment auraient-ils agi à sa place ?

D'un autre côté, Lou devait être désespérée pour en arriver là. En tant que chercheuse, elle était déterminée à trouver le moindre indice, chaque jour, encore et encore, même en voyant les autres cesser de s'activer. Qu'avait-elle pu ressentir en ne trouvant rien ?

À ce stade-là, sacrifier des inconnus pour sa liberté, cela ne représentait peut-être rien. Nanoki s'imagina même que Lou gardait l'idée en poche depuis l'annonce de leur enfermement. La chercheuse s'était acharnée du mieux qu'elle pouvait, puis quand elle comprit la tragédie, il ne lui restait plus que la dernière possibilité.

— Pourquoi aller sur le toit tous les jours après le dîner ? Ce n'est pas un lieu très sécurisant dans un tel contexte, remarqua Noémie.

— Je... je ne m'étais pas imaginé qu'on essaierait de me tuer... Peut-être parce que je suis toujours avec ma sœur, ou alors j'étais dans le déni... Je... j'ai toujours trouvé les toits relaxants. Ils sont ouverts sur le reste du monde, et la sensation de vertige est agréable, comme si je volais.

Nanoki ne put retenir un faible sourire. L'idée était si mignonne et innocente que ça l'attendrissait. Pourtant

Noémie ne se satisfaisait pas de la réponse au vu de sa façon de s'en désintéresser, avant de revenir à la charge.

— C'est quoi ce fameux passage que vous avez emprunté ?

Ils demeurèrent silencieux.

— Bien, les amis ! Si vous avez votre conclusion, il est temps de voter pour punir le coupable !

Shiro écarta les bras, suivant l'étirement de son sourire qui fit se relever les pommettes si hautes qu'elles en couvrirent presque ses yeux.

Nanoki voudrait l'éviter, mais sa propre survie l'importait plus, aussi égoïste cela paraîtrait-il. Alors elle attrapa sa tablette, crispant les doigts dans l'optique de cesser ses tremblements, cependant, cela ne fit que les accentuer.

Ses yeux se fermèrent un court instant alors qu'elle se rappelait les conseils de son maitre lors de ses premiers cours de karaté.

Détends tes muscles, ça va fluidifier tes mouvements. Recherche les zones de tensions, identifie-les et rappelle-toi en. Regarde, tu as tendance à trop crisper tes mains et à serrer les poings, tu as tes traces d'ongles sur ta paume. Pareil pour tes épaules et ton buste. Prends exemple sur tes jambes, tu les gardes naturellement relâchées, c'est très bien.

Comme à ses débuts, elle visualisa ses points qu'elle appelait <<des nœuds>>, et s'imagina les dénouer en un fil fin en tirant le bout, sans forcer.

Elle ne tremblait plus.

<< Qui est celui que tu penses être le coupable ? >> en haut de l'écran, écrit une police cliché de thriller avec du

sang qui dégoulinait, le tout en rouge. En dessous, une photo de chaque participant, encadrée de ce même effet. Même Lou y figurait, bien que grisée.

Le nombre de votes augmentait en direct, et bientôt, le sien les rejoignit. Quatorze pour Timéo, un pour Lou.

— C'est Lou qui a attaqué mon frère, et c'est elle qui s'est jetée sur le couteau. Je l'ai vu, Timéo n'a rien fait.

La voix morne d'Anaïs résonna dans la pièce. Était-elle prête à mourir pour son jumeau ? Ou bien ce n'était qu'un vote symbolique ? À moins que, comme son discours le disait, elle considérait réellement Lou coupable, de la même façon que Célia avait posé la question à Shiro plus tôt.

Sur la tablette, l'écran passa à un chargement, accompagné d'une <<vérification de l'identité du coupable>>. Sans savoir pourquoi, le cœur de Nanoki s'emballa. Pourtant, l'auteur du meurtre s'était confessé, il n'y avait pas moyen que le résultat affiche une autre personne. Son cerveau, incontrôlable, imaginait des scénarios où Anaïs se révélait coupable et où Timéo la protégeait, ou même que finalement, ce serait Lou qui gardait ce titre.

La photo du malchanceux apparut, entourée d'une ligne verte ainsi que du mot <<victoire>>, tous deux clignotants. Un soupir de soulagement s'échappa de ses lèvres sans qu'elle puisse le retenir. Elle ne parvint pas à culpabiliser, malgré l'expression de Timéo. Ce qu'elle ressentait vis-à-vis de sa mort prochaine pâlissait comparé à l'allègement de savoir *qu'elle* survivrait.

— Félicitations, chers enquêteurs en herbe ! Maintenant, le perpétrateur va recevoir une punition bien méritée pour son acte !

Anaïs sauta de sa chaise et planta, presque à trébucher, face au trône, l'expression déchirante.

— Vous... vous ne pouvez pas faire ça ! Il est innocent, vous n'avez pas le droit de prendre mon frère !

Elle criait, les larmes pleins les yeux et les joues, mais Shiro demeurait insensible. Au contraire de Kuro qui se ratatina sur son siège d'un air à la fois coupable et compatissant.

Shiro laissa un sourire se former sur ses lèvres quand la voix d'Anaïs se brisa. Sans quitter son regard, il donna un coup de talon sur le bas de son siège. Un plateau en sortit, sur lequel trônait un gros bouton rouge. Le robot écrasa son pied dessus.

La seconde d'après, le sol sous Timéo disparut. Anaïs eut beau se jeter sur lui, c'était trop tard, le sol l'avait déjà absorbé.

La jumelle se retourna d'un geste vif vers leurs bourreaux, le visage déformé par la rage. Mais, tout comme les autres, un écran attira leur attention, apparut au-dessus des trônes.

Ils pouvaient y voir Timéo, allongé à même le sol, retenu par des chaînes ancrées dans le plancher. Un bandeau cachait ses yeux. Sa longue veste noire était ouverte, dévoilant son torse nu tremblant et suant.

De longues minutes passèrent, à attendre ce que lui réservait le monstre assoiffé de sang. De nombreuses idées tordues lui traversèrent l'esprit, et pourtant, elle fut tout de même surprise.

Une dalle tomba sur la jambe gauche de Timéo. Le craquement de ses os résonna à travers l'écran, accompagné d'un hurlement terrible. Sa jambe se plia dans le sens inverse.

Le pauvre malchanceux tenta de se débattre, de se soustraire, mais chaque mouvement lui arrachait de nouveaux pleurnichements.

Une autre dalle lui fracassa l'os de l'avant-bras et du sang gicla sur son visage. Son cri déchira encore davantage que le premier. Le bandeau sur ses yeux s'humidifia.

Un morceau, petit cette fois, écrasa son poignet droit. Sa main sauta et retomba à quelques centimètres, toujours prise de spasmes. Timéo braillait et sanglotait à s'en casser la voix. Sa mâchoire se décrochait presque tant il ouvrait grand la bouche.

Sa douleur était contagieuse et Nanoki contracta ses muscles par réflexe à chacune des zones touchées. Ses yeux, incapables de quitter l'écran, ne purent vérifier son propre état, remplacés par ses mains qui palpèrent son corps, comme si les blessures pouvaient se transmettre par la vision.

Timéo tremblait violemment, pleurant abondamment. Sa petite voix chevrotante suppliait, même plus pour vivre, mais pour être achevée plus vite. Cependant, s'il attirait la prétendue compassion de Kuro, seul Shiro décidait de la suite. Et ce spectacle l'excitait d'une folie qui l'empêchait d'arrêter.

Les coups s'enchaînèrent ; un morceau sur la cheville droite, un sur la cuisse gauche, un petit en plein ventre.

Timéo se mit à cracher du sang et des chaines jaillirent du sol, le forçant à tourner la tête et à ne pas s'étouffer. Ce dernier s'affaiblissait à mesure que les flaques carmines s'agrandissaient sous lui.

Finalement, une dernière dalle lui tomba sur le visage, assez grosse, épargnant les autres de cette vue, et seules les éclaboussures et l'immobilité soudaine de son corps leur indiquèrent que Timéo ne vivait plus.

L'écran rentra dans le mur.

Nanoki continua de le fixer, les mains à présent plaquées contre sa bouche pour retenir sa nausée. Derrière elle, des corps chutèrent. Certains inconscients, d'autres seulement assis. Elle aussi sentait ses jambes se ramollir, comme une poupée de chiffon.

Les hurlements et pleurs de Timéo s'accrochaient à son esprit et elle sut que cela la hanterait toute sa vie.

Un cri de rage la fit sursauter. Randy.

— Comment vous pouvez faire souffrir quelqu'un comme ça, monstres !

Il se jeta sur les robots, poings levés. Cependant, Kuro attrapa le bras de Shiro et ils disparurent. Dans son élan, Randy s'écrasa contre l'un des trônes.

— Tu as eu de la chance qu'ils soient partis avant que tu ne les frappes. Je n'ai pas besoin de te rappeler ce qu'il te serait arrivé si tu les avais touchés, j'espère ? l'interrogea Noémie.

Cette dernière demeurait impassible. Si d'habitude, Nanoki n'y prêtait pas attention, à présent, elle se posait des questions. Même Léo restait coi, pas aussi choqué que les autres, mais il exprimait assez bien que ce n'était pas tous les jours qu'il assistait à des tortures. Quant à Soen, il semblait perdu dans ses pensées.

Seule Noémie ne montrait aucune émotion à ce qui venait de se passer. Comme si rien ne l'atteignait, comme si elle était au-dessus de tout cela. Et son insensibilité apparente ne fut pas acceptée par une certaine personne.

Anaïs fondit sur elle, la saisit par le col pour la soulever de quelques centimètres, la forçant à se mettre sur la pointe de ses petits pieds.

— Comment tu peux rester aussi calme ? Hein ! Ça te fait rien d'avoir vu mon frère crever sous tes yeux ? T'en as rien à faire ? Tu n'as pas de cœur ?

Elle l'assaillit de reproches sous forme de questions, la respiration hâchée, le corps tremblant. Ses phalanges blanchirent tant elle serrait sa robe.

— Je suis désolée si je t'ai donné une telle impression. Je ne suis pas expressive, c'est comme ça. Mais ça ne veut pas dire que je ne ressens rien. L'exécution était affreuse à regarder et je souhaite que malgré ça, ton frère repose en paix.

Ses paroles restèrent sans effet sur Anaïs, autant que Noémie s'en ficha. Elle se dégagea de sa prise et quitta la pièce. La jumelle la suivit du regard, l'air en transe.

Nanoki poussa un long soupir, se rendant compte qu'elle avait cessé de respirer. Depuis leur arrivée ici, les autres se disputaient souvent, jusqu'à se frapper. Mais maintenant que la << tuerie >> avait réellement commencé, le nœud dans son estomac lui indiqua que ce n'était qu'un goût de leur futur.

Chapitre 17

Le front collé contre le mur, Nanoki laissait l'eau couler le long de sa nuque jusqu'à son dos. Les événements récents tournaient en boucle dans sa tête. Ses doigts tressaillaient au moindre cri qui résonnait à ses tympans. Elle avait l'impression de les entendre encore. Timéo, tout proche d'elle, hurlant sa douleur.

Elle attrapa le savon qu'elle vida presque sur le gant de toilette. Sans laisser le temps au liquide de tomber, elle le colla contre sa peau et frotta avec force. La sensation lui apporta une certaine satisfaction alors que son épiderme rougissait. Ses mains semblaient prendre le contrôle, les tremblements devenant griffures.

Sa technique pour se calmer ne la ramenait qu'à Timéo, Timéo et encore Timéo.

Si seulement sa meilleure amie pouvait être là pour la serrer dans ses bras et se moquer gentiment d'elle en disant qu'elle n'était pas immunisée aux cauchemars. Oh oui, que tout ne soit qu'un cauchemar.

Elle ne demandait qu'à retrouver son club de karaté, et surtout, à aller à la tombe de son père.

Bientôt, des larmes accompagnèrent l'eau sur ses joues. C'était à la fois tellement bon et tellement douloureux d'y repenser. Puéril aussi. Son envie de sortir ne cessait de s'accroître, et se remémorer sa vie normale n'aidait pas. Pourtant, elle n'arrivait pas à s'arrêter. Elle avait besoin de ses proches, de leurs voix dans sa tête, de la sensation fantôme de leur contact, de l'image floue de leurs sourires.

Flou, oui. Elle commençait déjà à les oublier. Quelle odeur portait sa meilleure amie, déjà ? Elle se souvenait d'une senteur capiteuse qu'elle sentait arriver avant même de la voir ou de l'entendre. Surtout le parfum de ses cheveux, tantôt longs, tantôt courts, mais toujours aussi puissant. Une effluve qui envahissait l'espace autour d'elle, s'introduisait dans les narines et faisait sourire. Toujours.

Mais à présent, si ce n'était l'effet sur elle-même, elle ne parvenait plus à se souvenir du reste. Qu'utilisait-elle ? Du boisé ? Du floral ? Du fruité ? Et sa silhouette ? Pourquoi lui apparaissait-elle aussi déformée que dans son cauchemar ? Puis sa voix ? Qui se mélangeait à celles de tous ses amis ?

Tout était vague.

Tout le monde était présent au réfectoire. Distants, cernés, songeurs, craintifs. Comparé aux jours précédents, l'idée d'un meurtre semblait presque une obligation, une prophétie.

Nanoki s'affala à sa table habituelle, déjà remplie par Daphné et Gaël.

L'estomac de la rêveuse fonctionnait à merveille malgré les événements de la veille. Un bol de céréales, des cookies, un brownie, ainsi que des œufs et du bacon l'entouraient, glissant le long de sa gorge après le minimum de mastication. Gaël, lui, se contentait d'une tasse de thé.

— Je t'ai déjà dit que manger est mon moyen de décompression, alors ne me regarde pas comme ça !

— Je juge pas, faut juste que je m'habitue. Rien que de voir toute cette nourriture, ça me donne envie de vomir.

— Pourtant, tu devrais manger quelque chose, même juste un cookie.

— Oula, non, je t'arrête tout de suite. Tu sais très bien comment ça s'est passé la dernière fois que je me suis laissé convaincre.

— Prends-toi au moins quelque chose à boire.

Le conseil de Gaël lui parut plus raisonnable. Son estomac le supporterait sans doute plus facilement.

— Soit.

Elle alla dans la cuisine se préparer du thé vert, avant de revenir vers ses deux camarades.

La surface chaude contre ses paumes la réconfortait déjà, et elle devait admettre que la liqueur lui faisait du bien. Cela aurait été mieux avec plus de fond sonore, mais ils pourraient entendre les mouches voler si Soen et Eden ne pouffaient pas, en pleine messe basse.

Alors que Nanoki commençait à se relaxer un peu, ses épaules se tendirent sous la pression de l'air.

Anaïs sauta sur ses pieds à l'apparition de Kuro et Shiro. Si sa capacité permettait de tuer avec les yeux, les deux robots seraient morts une dizaine de fois.

Kuro se cacha derrière Shiro, qui, lui, maintenait son sourire habituel. Quoique, son sourire remontait plus haut encore aujourd'hui.

— Bonjour à tous ! Comme vous avez survécu au premier procès, Kuro et moi avons décidé de vous récompenser !

— Vous avez dû remarquer que chaque colonne autour de la salle des procès a un nom inscrit. Voici les clés qui vous permettront d'en ouvrir quatre.

Ils distribuèrent les clés à Aaron, Anaïs, Célia, ainsi qu'à Clarisse. Nanoki s'approcha de la chanteuse pour détailler l'objet. Taillée finement, la clé était longue, presque élégante dans ses formes. L'embout, assez spécial, présentait trois piques recourbées étrangement. Nanoki n'avait pas observé les serrures, mais elle devina que leur structure différait assez pour éviter que l'un d'eux les crochette.

Sur l'autre bout, un rond parfait permettait aisément d'y glisser un doigt. Une gravure en relief décorait sa longueur : K&S. Kuro et Shiro. Les initiales de leurs bourreaux sur une soi-disant récompense... plutôt ironique.

— Une récompense ? Vous vous foutez de moi !

Tout le corps d'Anaïs tremblait de rage.

— Vous pensez quoi ? Qu'on va tuer pour en avoir d'autres ? Allez crever, c'est tout ce que vous méritez !

Elle s'apprêtait à leur sauter dessus, mais Randy coinça ses bras sous ses aisselles, la maintenant tant bien que mal, sous les rires de Shiro.

— Voyons, c'est très logique. Si le meurtrier gagne le procès, il peut quitter la forêt. Il faut bien une récompense pour féliciter les survivants qui l'ont trouvé.

Ses mots ne firent qu'énerver Anaïs, qui essayait à présent de frapper Randy pour se libérer.

— Calme-toi ! Si tu ne gardes pas ton sang-froid, l'instigateur aura gagné ! Il veut juste semer le chaos !

— Et c'est toi qui dis ça, enfoiré !

— Hé ! Sans cet << enfoiré >>, tu serais déjà morte parce que tu aurais violé le règlement.

Finalement, Anaïs cessa de résister et se laissa tomber sur lui, qui l'assit sur une chaise.

Shiro et Kuro partirent, leur message passé.

— Je devrais t'analyser de nouveau, tu as gagné de l'intelligence depuis ma dernière tentative, se moqua Léo.

— Mais qu'est-ce que vous avez tous avec moi !

— Je viens de reconnaître que ton crâne n'est pas totalement vide, tu devrais être honoré d'un tel compliment.

Pensant que plus personne ne s'intéressait à elle, Anaïs en profita pour se diriger vers la porte.

— Célia se demande où tu vas ?

— Chambre.

— Ne veux-tu pas savoir ce qu'il y a dans la colonne ? Cela pourrait nous être utile, sait-on jamais, conseilla Aaron.

La concernée grogna, mais se résigna. Tous quittèrent le réfectoire.

Nanoki s'interrogeait sur ces << récompenses >> ou plutôt sur la vision de Shiro de ce mot. Difficile d'imaginer ce monstre leur faire plaisir.

Ils s'arrêtèrent devant les colonnes, et les quatre personnes ayant une clé s'approchèrent de celle à leur nom. Clarisse se tenait à bonne distance, le bras tendu pour enfoncer la clé dans la serrure, prête à s'enfuir si une bombe s'y cachait.

Aaron fut le premier à plonger la main dedans. Nanoki s'avança de quelques pas, le cou penché. Le leader se tourna vers eux, une règle dans la main. Il la détailla, cependant, il n'y avait rien de particulier. À l'exception d'un détail ; elle ressemblait plus à une lame graduée qu'à une règle.

Une lame... évidemment. Leurs récompenses n'étaient que des outils supplémentaires pour tuer.

Clarisse et Célia se lancèrent un regard, appréhendant d'autant plus ce qu'elles pourraient y trouver. Anaïs garda son air blasé, se contenta de pencher la tête au-dessus du trou et annonça :

— Un manga. C'est bon, je peux y aller ?

— Un manga ? répéta Nanoki, surprise.

On était à l'antipode d'une lame, et de loin. Quelle logique se cachait derrière tout ceci ?

— Je le prends. Il pourrait contenir un indice, clama Léo.

Il arracha le livre des mains d'Anaïs, qui n'opposa aucune résistance. Au contraire, elle le lui donna presque. Elle n'attendit pas et leur faussa compagnie.

Un peu plus confiante, Célia sortit une pile de feuilles de sa colonne. Elle le feuilletta, sourcils froncés.

— C'est... le script d'un film dans lequel Célia a joué le rôle principal.

Nanoki n'y comprenait rien. Ces récompenses n'avaient aucun sens.

— Je le prends aussi.

Célia le lui tendit d'une main tremblante, aussi blême qu'un malade en fin de vie.

— Célia... ne comprend pas... Célia sait que l'instigateur s'est renseigné sur tout le monde, et grâce à sa capacité, Célia s'est fait un nom dans le milieu du cinéma...

— Alors pourquoi tu réagis comme s'il avait découvert un grand secret ? demanda Eden, un sourire intrigué aux lèvres.

— C'est parce que le film n'est jamais sorti. Il y a eu des vrais morts dans le film, le réalisateur trouvait ça plus réaliste et il a été arrêté. La police a caché l'affaire. Personne hormis les acteurs avec qui Célia a joué n'est au courant.

Nanoki pâlit à son tour. Elle ne savait pas si c'était pour les vrais morts dans le film, ou le fait que l'instigateur le sache.

— L'instigateur, c'est peut-être le réalisateur alors ! supposa Randy.

— Célia ne sait pas trop... Mais c'est vrai qu'à bien y réfléchir, Célia pense que ça lui ressemblerait bien.

— Mais si c'est lui, comment il nous connait ? Il nous a sûrement suivis pendant des mois ! Je le savais, je le savais ! Je sentais que je n'étais pas seul ! Tu l'as senti aussi, Gaël, pas vrai ?

— Cesse de brailler, imbécile, lâcha Léo.

Kaïs continua de chouiner en silence, blotti contre Gaël.

Le groupe se tourna alors vers Clarisse qui semblait ne plus vouloir ouvrir sa colonne.

— Je n'ai pas que ça à faire, dépêche-toi ! la hâta Léo.

Elle sursauta avant de plonger la main dans le trou, et de la remonter avec un micro qui avait l'air plutôt normal. Cependant Nanoki commençait à comprendre le lien entre la récompense et la personne. Célia, actrice qui recevait un script, Clarisse, une chanteuse, un micro. Quant à Aaron, la règle devait représenter l'autorité d'un leader.

Clarisse tourna le micro, jusqu'à trouver un bouton. Curieuse, elle appuya dessus. Aussitôt, un son atrocement suraigu les force tous à se boucher les oreilles. Tous, sauf Clarisse. Elle se hâta d'appuyer de nouveau. Le bruit cessa, bien qu'il résonnait toujours.

— Oh mince, je pensais pas que ça ferait ça, pardon. Je vais... le laisser là, du coup.

Elle le jeta dans sa colonne, l'air à la fois fascinée, et autre chose d'indescriptible.

Désintéressés, ils se séparèrent petit à petit.

— Perso, je vais me défouler au gymnase, lança Randy.

— Bonne idée, je viens aussi, approuva Nanoki.

Cela faisait un moment qu'elle restait physiquement passive, et elle rêvait de transpirer de nouveau, de sentir son esprit se libérer, ses muscles crier.

D'autres personnes les suivirent, et, en chemin, ils débattirent sur le sport à faire.

Bien que le gymnase disposait de plusieurs terrains marqués au sol : foot, basket, volley, seuls le basket et le foot étaient disponibles avec leur filet, au contraire des ballons qui figuraient tous.

Ils formèrent deux équipes de trois, les autres se contentant de les regarder. De toute façon, ils jouaient pour se changer les idées, au diable les règles.

Nanoki pénétra donc dans les vestiaires pour la première fois. À côté de la porte, un placard dont la peinture ne devait pas dater, regorgeait de piles de diverses tenues de sport. Une joie surprenante la parcourut quand elle y trouva des karategis.

Elle prit une tenue simple, un t-shirt et un short, tous deux blancs. Le haut était ample, et le bas élastique, donc elle n'eut pas à s'inquiéter de la taille. Elle le porta à son nez. L'odeur de la lessive emplit ses narines.

Ils étaient enfermés dans une forêt et devaient commettre le meurtre parfait pour s'enfuir. Pourtant, tout était organisé afin qu'ils y vivent des années s'ils le souhaitaient, sans être en manque de nourriture, d'activité, et sans nuire à leur hygiène.

Pourquoi s'embêter à cela si le but de l'instigateur était de les voir s'entretuer ?

— Nanoki est appelé sur la planète Terre par Célia.

— Quoi ?

Soudain réveillée, elle devait avoir l'air bien étrange à tenir la tenue contre son visage pendant un long moment.

— Célia te trouve très pensive et on est tous là pour se changer les idées.

— C'est vrai. Mais c'est compliqué d'ignorer la réalité.

Célia haussa les épaules.

— Dépêche-toi de te changer. Célia et les autres t'attendent au gymnase.

Sur ces mots, l'actrice quitta la pièce.

Que se serait-il passé si Timéo n'avait pas tué Lou et que cette dernière ne l'avait pas prise pour cible ? Auraient-ils fini par accepter leur nouvelle vie ici ?

CHAPITRE 18

Comment ne pas devenir fou ? Sourire en toute circonstance ? S'enfermer loin des autres ? Fuir la réalité ? *L'accepter* ?

S'ils restaient des semaines ou même des mois enfermés, finiraient-ils par s'habituer à cette vie ? Finiraient-ils par se dire que ce n'était pas si mal ? Après tout, ils ne manquaient de rien.

Nanoki n'y croyait pas.

Fuir la réalité était si bon. Juste flotter, sans penser à rien. Pas même au match actuel. Séparer son esprit de son corps, comme un rêve éveillé. Un rêve de liberté.

Malheureusement, la réalité les rattrapait. Toujours. Et le retour sur terre s'imposa brusque, violent, douloureux. Une chute de plusieurs mètres qui brisait non pas leurs os mais leur mental.

— C'était pas trop mal pour des débutants, leur lança Randy, un sourire en coin.

— Célia t'emmerde, le menteur.

Randy haussa un sourcil, et de sa grande taille, se pencha vers elle, comme il le ferait pour une enfant à qui il voudrait faire la morale.

— Je suis pas un menteur. Me confonds pas avec le mioche qui se tape une barre depuis tout à l'heure dans les gradins.

Son précédent sourire se transforma en grimace. Pourtant, Célia continuait de le fixer, comme si elle connaissait le moindre de ses secrets.

Après une dizaine de secondes, Nanoki fut lassé de leur jeu et retourna dans les vestiaires. Elle prit une douche rapide, s'habilla de vêtements de rechange laissés ici, comme si leurs bourreaux avaient jusqu'à prévu le cas où ils auraient oublié d'en ramener de leur chambre. Puis elle rejoignit le réfectoire pour boire.

Elle s'installa à côté de Daphné qui sirotait un jus de fruit.

— C'est pas très marrant de transpirer. Vous auriez pu trouver mieux.

— Transpirer c'est mon deuxième prénom. Tu parles à une karatéka, je te rappelle.

— Hm... Ça me fatigue rien que de vous regarder.

Pour prouver ses dires, elle s'étala sur la table. Sauf qu'elle avait oublié son verre et le percuta.

Le bruit attira l'attention des autres qui explosèrent de rire. Ce n'était pas grand chose. Ce n'était même pas drôle d'ailleurs. Peut-être à cause de leur corps, relâché après le sport, tous décidèrent de saisir l'occasion d'un bon fou rire.

Daphné ne le vit pas ainsi. Elle se recroquevilla sur sa chaise, jupe recouvrant ses jambes relevées à sa poitrine.

— Faut pas faire cette tête, Daphnénounette !

Soen se planta devant elle et joua avec ses joues. Elle dut remettre les pieds au sol pour ne pas perdre l'équilibre, avant de repousser le menteur d'un geste sec. Ses yeux embués de larmes n'enlevaient pas leur haine. Elle n'avait pas besoin de parler, le message se transmettait : << Continue et je vais te frapper tellement fort que tu feras une crise cardiaque en te regardant dans le miroir >>. Bien que tous pourraient douter qu'elle possède une telle force.

Soen arbora une expression indéchiffrable. Il s'éclipsa un instant avant de revenir avec un verre de jus. Il le posa sur la table sans lui adresser un regard.

— Tu viens Eden, on va embêter le fameux non-capacitaire !

Ce dernier le rejoignit et ils quittèrent le réfectoire.

Daphné vida son nouveau verre en quelques gorgées pour essuyer sans tarder sa bêtise.

— Bon, vu que le silence est tout sauf présent, je vais dans ma chambre pour analyser le manga et le script.

— Je viens avec toi.

L'analyse se tourna vers Aaron, le regardant de haut.

— Hors de question. Je ne suis pas assez stupide pour te laisser entrer dans ma chambre.

Sans relever qu'il l'avait déjà fait, Aaron répliqua :

— Ce n'était pas une proposition. Je t'ordonne de me laisser analyser les ouvrages avec toi.

Léo lâcha un profond soupir et reprit sa route.

— Je te surveille, sache-le.

Quelques heures plus tard, alors que Nanoki s'endormait à moitié sur la table, les portes du réfectoire claquèrent contre les murs.

— Je demande la présence de Shiro et Kuro ! Veuillez vous excuser de m'avoir fait perdre mon temps !

À son cri, les autres se relevèrent pour se rapprocher.

— Il n'y avait vraiment rien ? insista Gaël.

— Que veux-tu trouver dans un manga à l'eau de rose pour une adolescente guidée par ses hormones et dans un script qui est à la limite du tutoriel pour divers meurtres ?

— Ces objets ne sont qu'un nouveau moyen de tuer, qu'importe le format. Un manga n'est pas censé être aussi lourd qu'un poids, et il n'y a pas d'autre raison pour que ce soit le script de ce film en particulier – si ce n'est montrer qu'ils savent tout de nous.

Nanoki l'avait déjà supposé, mais l'entendre de vive voix d'une autre personne rendait son idée beaucoup trop réelle. Plus ils étaient entourés d'outils, plus ils seraient tentés. Ils avaient l'embarras du choix sur la méthode.

— Le manga sert de poids, ok, mais pourquoi un manga, monsieur-je-sais-tout ? l'interrogea Daphné.

— Cette question est tellement idiote que je n'ai pas envie d'y répondre.

Daphné vira au rouge et détourna le regard, bras croisés.

— Eh bien, tenta Nanoki. Les objets semblent liés à notre capacité. Clarisse a eu un micro, Célia un script, Aaron une règle...

— C'est tellement nul une règle ! lança Soen.

— Je suppose que c'est pour l'autorité, un peu comme un professeur ? Bref, on peut en déduire que c'est un manga parce qu'Anaïs est une mangaka ou quelque chose du genre.

Léo hocha la tête, satisfait de ne pas avoir eu à répondre.

— C'est quand même nul la règle... Mais le plus nul, c'est que vous avez fait tout ça pour rien !

— En parlant de faire quelque chose pour rien… il n'y a pas vraiment de rapport, c'est juste que j'y pensais.

L'attention se dirigea vers Gaël qui porta sa main à son menton.

— Shiro et Kuro nous ont bien dit que si on commettait le meurtre parfait, on pourra sortir ? Comment ils comptent s'y prendre ? Peut-être que ça nous aidera…

Tu cherches vraiment un indice ou tu veux juste t'assurer que tu pourras vraiment sortir si tu ne te fais pas repérer ?

— Ce sont nos bracelets qui nous empêchent de sortir, donc… débuta Noémie.

— Il suffit de les casser ! cria Soen.

La pression de l'air devint forte devant le menteur qui se contenta de pencher la tête sur le côté à l'apparition des deux robots.

— Ce n'est pas si simple que cela, mon petit Soen ! Ces bracelets sont incassables, vous vous en doutez bien. J'imagine que certains d'entre vous ont déjà essayé et se sont juste fait mal au poignet.

Curieuse, Nanoki chercha un signe que l'un d'eux avait testé. Daphné détourna le regard, et Randy se gratta la nuque.

— Enfin, pour répondre à ta question, mon petit Gaël, il n'existe qu'un seul moyen d'enlever ces bracelets. Si l'un de vous réussit à commettre le meurtre parfait…

Il marqua une pause, se penchant en avant avec un sourire malicieux, comme pour partager un secret, obligeant les autres à se rapprocher.

— Nous utiliserons une machine créée pour vous libérer de vos chaînes. Ou peut-être une clé. Ou alors un produit magique. Qui sait ? Enfin, nous on sait en tout cas !

— Où vous le gardez ?

Shiro éclata de rire et s'en alla sans répondre. Kuro resta un peu plus, à gratter le sol du bout de son pied.

— Tout ce que vous devez faire, c'est tenir.

Elle n'ajouta rien de plus et disparut à son tour.

Tenir… elle veut qu'on tienne… Alors c'est tout ? On devrait juste accepter cette vie, être ami avec tout le monde et être heureux ici ? Ou alors il y a quelque chose de plus ?

Shiro voulait qu'ils tuent, dans ce cas, peut-être que ce que Kuro essayait de leur dire était qu'il se lasserait au bout d'un moment et les libérerait ?

Nanoki secoua la tête. Cela n'avait aucun sens qu'un robot créé par l'instigateur le leur conseille. À moins qu'il y ait plusieurs instigateurs et que l'un vise un autre objectif ?

— Pourquoi tu parles presque jamais sauf pour dire ce genre de trucs idiots ? Parce que, genre, c'est pas comme s'ils allaient vraiment avouer.

— C'est un ordre, explique-nous le fond de ta…

Il n'eut pas le temps de finir que, sans prévenir, Noémie enfonça son pied dans son ventre. Aaron se pencha en avant, le souffle coupé.

— Ne me donne jamais d'ordre.

Sur ces mots, elle quitta le réfectoire. Son acte aurait pu paraître impulsif, pourtant, elle demeurait aussi calme que d'habitude.

— Cette fille est carrément bizarre.

— Mais c'est quoi sa capacité ? Je l'ai à peine vu bouger ! s'exclama Eden.

— C'est juste une collectionneuse, répondit Léo, l'air désintéressé.

— Une collectionneuse ? répéta Nanoki.

Elle ne l'aurait pas deviné. Il était vrai que les capacités ne lisaient pas sur le visage des gens, sauf en tant qu'analyste. Mais une collectionneuse, cela restait inattendu.

— Célia pense qu'on devrait se reconcentrer sur ce que nous a dit Shiro.

— Quoi ? Tu veux commettre un meurtre ? lui demanda Soen avec un grand sourire innocent.

— Ta gueule, le menteur. Célia pensait à autre chose.

Nanoki tendit les oreilles, soudain très attentive, comme les autres dans la pièce. Même Kaïs se redressa un peu.

— Célia se dit que même si on ne peut pas casser le bracelet, il y a peut-être autre chose pour s'en libérer.

— Quoi donc ? Parle ! C'est un ordre !

— Célia propose de s'amputer le bras.

Chapitre 19

Nanoki hésita à croire le son apporté à ses oreilles. S'amputer le bras ? Il fallait être fou ! Même si Aaron était leader, il ne possédait pas les compétences d'un médecin, l'idée présentait trop de risques !

— C'est stupide ! commenta Léo.

— Célia se fiche de votre avis. Elle va faire son idée quoi que vous lui disiez ! Célia est prête à prendre ce genre de risque si ça peut lui permettre de s'enfuir.

Léo ricana. Il croisa les bras et releva le menton, un sourire en coin.

— Et comment comptes-tu t'y prendre, hein ? Laisse-moi deviner, tu vas juste utiliser un couteau pour couper après le bracelet et prier pour ne pas mourir, c'est ça ?

— Célia utilisera les bandages de la trousse de secours dans nos chambres. Et elle va faire ça maintenant !

Elle se dirigea d'un pas déterminé vers la sortie, mais fut bloquée par l'apparition de Shiro.

— T'es sur le chemin de Célia.

— Je sais, c'était calculé. Je ne pensais pas avoir à le faire, mais je vais devoir ajouter une règle : interdiction de tenter une quelconque amputation !

— Pourquoi ? Célia a trouvé une idée qui marche ?

— Oh non, du tout ! Si tu te coupes un bras, le bracelet te distribuera un somnifère juste avant et on te mettra un bracelet sur l'autre bras. Et si tu te coupes aussi l'autre bras, on te le mettra à la cheville. Donc c'est inutile ! Mais la raison pour laquelle je refuse catégoriquement, c'est que tu risques de te tuer, et hors de question de faire un procès pour un suicide pas voulu.

Nanoki fronça les sourcils. Elle ne comprenait pas en quoi cela les dérangeait tant. Suicide pas voulu ? Donc tout était sur l'intention ? Pourtant des accidents pouvaient arriver, cela n'avait aucun sens.

Quand Shiro partit, leur bracelet vibra ; la règle venait d'être ajoutée.

Célia soupira et quitta tout de même la pièce, contrariée.

***

— Les gars... Je sais que c'est stupide, mais... Je me demande si la police nous cherche, avoua Randy.

— Effectivement, c'est stupide. Tu devrais te taire au lieu de laisser la puanteur de ton haleine envahir mes pauvres narines. Ou mieux, va te brosser les dents.

Randy souffla contre sa paume.

— Je sens normal.

— Tu dois être habitué à ta propre puanteur alors.

Randy lui répondit de son majeur levé, reçu par un regard condescendant, comme si ce geste prouvait une fois de plus la supériorité de l'analyste.

Nanoki s'affala un peu contre sa chaise. Daphné se pencha pour lui chuchoter sur le ton de la confidence.

— Honnêtement, je trouvais pas l'idée de Célia si stupide avant que Shiro arrive.

— En un sens, moi non plus. Mais c'était beaucoup trop dangereux. Si on avait quelqu'un qui s'y connaissait ici, je dis pas... Tu sais, je me dis que si on ne vivait pas tout ça et que ce n'était qu'un roman, je l'aurais sûrement adoré.

— Ça ne m'étonne pas. T'as l'air complètement timbrée.

Une tignasse blonde dépassa de la porte d'entrée. Jessica avança dans le réfectoire sur la pointe des pieds, comme si le sol risquait de se briser sous elle.

— Est-ce que je peux m'asseoir là ?

La rêveuse sembla réticente, la place étant en face d'elle.

— Tu peux, s'enquit Nanoki.

Jessica faisait partie des personnes qui l'intriguait le plus, et chaque distraction restait bienvenue.

— Alors, c'est quoi ta capacité ?

Cette dernière, qui jouait avec ses pouces, releva aussitôt la tête, des étoiles plein les yeux. Demander à quelqu'un de parler de sa capacité constituait l'un des meilleurs moyens pour les débrider.

Le moulin à parole venait de s'activer.

— Je suis une patineuse artistique ! Ma maman adore ce sport et était persuadée que c'était sa capacité quand elle avait mon âge. Elle était très douée, mais lors du test, elle a chuté dans son quadruple axel. Maintenant, elle ne peut plus que faire les figures les plus simples sous conseil de son médecin. C'est pour ça que j'ai commencé le patinage.

— Attends, donc tu fais juste ça pour ta mère ou ça te plait vraiment ? Parce que c'est vraiment stup... Aïe !

Nanoki venait d'écraser le pied de Daphné, qui lui jeta un regard noir.

— Ça me fait plaisir. J'aime voir ma mère être fière de moi quand on teste de nouvelles figures avec d'autres capacitaires. Je vois pas où est le problème.

Jessica fronça les sourcils. Et voilà, elle se refermait.

Nanoki n'insista pas. Peu importait désormais, elle venait de planter la graine. Elle l'arroserait de temps en temps, sans la noyer, ni l'assécher.

Jessica se leva pour s'installer plus loin.

— C'est moi ou elle est vraiment bizarre ?

— Tout le monde est bizarre ici.

Daphné la dévisagea. Ses yeux se plissèrent un instant, puis un sourire se dessina à la commissure de ses lèvres.

— Oui, je confirme.

Nanoki ne réagit pas à la remarque et étendit ses bras sur la table, submergée par la fatigue. La rêveuse lui asséna plusieurs coups de coude, mais elle ne lui répondit que par des gémissements plaintifs.

— Si tu dors maintenant, tu dormiras pas cette nuit.

Le soir appartenait au futur, elle ne s'en inquiétait pas maintenant.

La tête tournée vers les autres, elle vit un trio étrange : Kaïs, Gaël, et Clarisse. Cette dernière avait vraisemblablement trouvé du vernis, se montrait bien décidée à en mettre sur les ongles à moitié dégarnis de Kaïs. Et comme ce dernier restait aussi parano que d'habitude, Gaël lui permit de s'occuper de ses ongles à lui pour le mettre en confiance.

Juste avant de sombrer, elle eut la surprise de voir Kaïs accepter de lui tendre le bout de ses doigts.

***

Une douce odeur de poulet frit vint lui chatouiller les narines. Il ne lui en fallut pas plus pour se redresser et renifler l'air. Elle se rendit alors compte qu'elle se retrouvait seule dans le réfectoire. Elle se frotta les yeux et vérifia l'heure. 20 h 24.

Ses pas la menèrent à la cuisine d'où provenaient de nombreuses voix.

— Ah, tu as enfin décidé de te réveiller ! lui lança Daphné.

— Ce n'est pas trop tôt. On cuisine tous ensemble, et toi, tu dors, cracha Léo.

Nanoki plissa les yeux en sa direction. Léo, qui les méprisait, cuisinait avec eux ? Elle aurait voulu se moquer, mais il arborait un air si confiant que sa présence paraissait évidente.

— Ok… Je peux faire quoi ?

— Coupe ces tomates.

Elle s'exécuta malgré la fatigue qui alourdissait encore un peu son corps. La tâche devint plus agréable quand la voix de Clarisse envahit la pièce et flotta à ses oreilles. Il s'agissait d'une de ses chansons préférées. *Lettre à mon reflet.* Une chanson qui parlait autant d'amour que de haine par rapport à soi, qui se terminait par un << j'envoie tout bouler >> grossièrement.

Elle aurait tellement aimé que ce concert privé se déroule dans un autre contexte. Un où elle verrait encore simplement Clarisse comme sa chanteuse favorite qu'elle écouterait avant de questionner, des étoiles plein les yeux.

Clarissa enchaina quelques chansons, puis le repas fut prêt. Ils s'installèrent, bientôt rejoints par Anaïs qui manquait, reçue par un regard désapprobateur de Léo.

Nanoki remarqua qu'elle s'était changée. Avec des vêtements *différents,* et non la pile de copies à leur disposition. Elle pencha la tête sur le côté, avant de recevoir une illumination. Anaïs avait échangé sa veste jaune moutarde contre une des vestes de Timéo, deux fois plus longues.

Le noir du tissu contrastait tant avec sa robe et ses collants roses qu'elle en attirait l'attention. Et surtout celle de la karatéka qui ne pouvait s'empêcher de lui jeter plusieurs coups d'œil, détaillant sa façon de jouer avec sa fourchette, traçant des cercles sur la partie dégagée de son assiette.

— Tu penses à Anaïs ? questionna Gaël.

Nanoki sursauta. Elle n'avait même pas remarqué qu'il s'était assis à sa table.

— Je me dis que ça a été dur pour nous, mais elle... c'est pas juste le choc de voir une torture... Timéo était son frère. Je n'ai ni frère, ni sœur, mais je serais prête à vendre mon âme pour ma meilleure amie, alors...

— Je me demande ce que ça fait d'avoir un frère ou une sœur...

— Toi aussi, tu es fille unique ? demanda Gaël, plus comme une affirmation.

— Je ne sais pas. Je suis orpheline depuis aussi longtemps que je me souvienne. Je sais même pas si mes parents sont morts ou s'ils m'ont abandonné.

Elle parlait d'une voix morne, mais aucune tristesse n'en découlait. Comme si elle s'en fichait. Étant orpheline depuis quelques mois, Nanoki enviait sa force.

— Est-ce que tu as quelqu'un qui t'attend dehors ?

— Peut-être... s'ils m'attendent encore...

Chapitre 20

La sonnette retentit. Nanoki émergea de sa couverture, les cheveux dans les yeux. Qui pouvait bien lui rendre visite ? Aussi tôt surtout ? Elle plissa les paupières pour déchiffrer l'heure sur l'horloge murale, mais l'obscurité ainsi que la fatigue ne l'aidaient pas.

On sonna de nouveau. Nanoki pesta et quitta son lit, non sans manquer de trébucher. Elle colla son œil au juda. Daphné attendait devant, bras croisés, tapant du pied. Elle lui ouvrit, trop peu réveillée pour s'imaginer la moindre suspicion.

Daphné s'invita et s'installa sur son lit, tout en débitant un flot de paroles incompréhensibles.

— Wow, wow, wow ! Calme-toi, je comprends rien à ce que tu dis !

Elle referma la porte avant de s'asseoir près d'elle. La rêveuse prit une grande inspiration, puis reprit, plus lentement.

— Lou et Timéo sont vivants.

— Quoi ?

Ce fut le seul mot qui s'échappa d'elle. Décontenancée, elle dévisageait Daphné, en attente de détails. Elle ne pouvait pas croire une seule seconde que ces deux-là pouvaient être vivants. Le cadavre de Lou, son crâne à moitié explosé, la hantait. Et Timéo, même s'ils l'avaient vu à travers un écran, c'était bien trop réaliste pour imaginer un montage.

— Je les ai vus dans mon rêve.

Ses épaules s'affaissèrent aussitôt. Évidemment, elle aurait dû s'en douter.

— Tu ne me crois pas, c'est ça ? Je te jure que c'est vrai ! Je pouvais voir Timéo pleurnicher et supplier l'instigateur d'arrêter tout ça. Il était juste derrière la barrière. Et y'avait Lou qui lui disait qu'il devait arrêter de penser à nous, et qu'ils pouvaient partir maintenant qu'ils n'avaient plus leurs bracelets !

Elle sauta sur ses pieds, les yeux brillants.

— Si je retourne dans ce rêve, je pourrai connaître l'identité de l'instigateur ! Je suis un génie ! T'en dis quoi ?

Le regard blasé de Nanoki lui répondit. Elle bougea la tête de droite à gauche. Sans être défaitiste, elle ne comptait pas nourrir quiconque d'espoirs aussi faux et irréalistes.

— Daphné, ce n'était qu'un rêve. Tu as été perturbée par les événements, et tu as cherché à te rassurer, c'est tout.

— Je savais que tu ne me croirais pas...

Paupières baissées, Daphné claqua la porte derrière elle. Nanoki n'essaya pas de l'arrêter.

Le monde des rêves incarnait sa grande passion. Ses paroles trahissaient bien trop sa dureté. D'un autre côté, que pouvait-elle lui dire ?

Tu as raison Daphné, va chercher des réponses dans tes rêves insensés.

Elle secoua la tête. Elle n'aurait décemment pas pu l'encourager. Peut-être que cette dernière se doutait de l'absurdité, ayant autant attendu qu'on le lui dise que souffert en l'entendant.

Avant même qu'elle s'en rende compte, le sommeil la rattrapa.

L'annonce émana de son bracelet, sortant Nanoki de sa terrible nuit. Elle se traina dans la salle de bain pour se balancer de l'eau sur le visage. Elle frissonna au contact du liquide froid. Coudes appuyés sur les coins du lavabo, elle planta son regard dans celui de son reflet. Elle ressemblait à un zombie avec ses cernes et son air las. Après un soupir, elle quitta la chambre sans prendre la peine de s'essuyer le visage.

Le vent la fouetta, mais elle n'y prêta pas attention et gagna le réfectoire, mains dans les poches.

Daphné occupait la même place que d'habitude. Des rides se dessinaient sur son front et elle tapotait la table de son index. Son aura même indiquait qu'elle ne souhaitait parler à personne. Cependant, il en faudrait plus pour que Nanoki lâche l'affaire.

— C'est bon, me regarde pas comme ça. T'as envie que je te dise quoi ? (elle prit une voix de crécelle) Bravo, t'avais raison, mon rêve c'était que dalle ! Laisse-moi te lécher les pieds pour me faire pardonner !

Elle accompagna ses mots de gestes caricaturaux.

— Donc... Tu t'es rendu compte que c'était une erreur de prendre ton rêve au premier degré ?

Daphné lui jeta un regard noir, comme si Nanoki devait se sentir coupable d'avoir eu raison, ou de le lui faire remarquer.

— Pas besoin d'insister sur ça... Shiro est venu me voir juste après l'annonce. Il m'a demandé si j'avais aimé le rêve qu'il m'avait préparé. Il s'est moqué de moi en disant qu'il pensait pas que j'y croirais autant.

Elle s'affala sur sa chaise, bras croisés, boudant telle une enfant.

— Ça m'énerve tellement !

— J'ai cru comprendre… Ça t'a même coupé l'appétit ?

— Certainement pas ! C'est plutôt le contraire. Je voulais juste montrer à tout le monde que j'étais en colère.

Après quelques lamentations, elle se hâta dans la cuisine. Durant sa courte absence, Nanoki se mit à réfléchir, et à s'inquiéter. Il n'y avait techniquement aucune raison de lui donner ce rêve, et pourtant, ils l'avaient fait. Pourquoi ? Une sorte de mobile personnel ? De la torture pour le plaisir ? L'idée lui donna des frissons.

Daphné revint, des paquets de gâteaux sous les bras. Elle avala tout bruyamment, ce qui lui valut plusieurs regards réprobateurs.

— Tu veux pas aller au gymnase ?

Nanoki haussa un sourcil. La veille, Daphné disait être fatiguée rien que de les voir bouger et maintenant, elle proposait d'y aller ?

— Pas que ça me dérange, mais de un, tu viens de te goinfrer, tu risques de vomir, de deux, je pensais que ça t'intéressait pas ?

— Ça m'intéresse pas, je demande si toi t'as envie. J'ai la bougeotte, mais je déteste le sport. Du coup si je pouvais te regarder, ça me calmerait un peu.

— Je ne suis pas sûre que ce soit très logique, mais soit… J'ai remarqué des karategis, je vais en profiter pour pratiquer, ça fait longtemps.

— C'est vrai que t'es une karatéka. Qu'est-ce que tu fais là toi ?

Nanoki tourna la tête, surprise du changement de ton, et tomba sur Randy qui venait d'arriver derrière elle.

— Je te défie à un combat de karaté, ou qu'importe comment ça s'appelle.

Nanoki dut retenir un rire.

— Tu sais que je suis une karatéka ? De capacité ? Tu connais les bases, au moins ?

— Oui, j'ai entendu ta copine le dire, c'est pour ça que je te défie. Je suis curieux de voir une pro à l'œuvre. Et non, j'y connais que dalle.

— T'es vraiment débile, commenta Daphné.

Randy l'ignora, attendant simplement la réponse à sa proposition.

— Si ça te fait plaisir de te prendre des coups de pieds aux fesses, pourquoi pas.

Non loin d'eux, Soen et Eden pouffèrent en s'approchant.

— Faut qu'on voie ça, hein Eden ?

— Grave ! Je veux pas manquer ça !

— Vous faites vraiment chier... grogna Randy.

Il s'activa à les ignorer, chose peu aisée avec ces deux-là qui se hâtèrent de le suivre pour l'embêter. Quand Daphné la questionna, Nanoki se contenta d'un haussement d'épaule. C'était loin d'être la première fois qu'on la regardait combattre. Elle aurait bien eu de la peine pour Randy qui allait perdre devant Soen qui le chariait déjà, mais il savait ce qu'il encourait.

Le petit groupe se rendit au gymnase. La rêveuse s'installa sur la plus haute place des gradins, comparée aux zigotos qui choisirent celle devant le terrain.

Une fois changés, les deux combattants se firent face et se saluèrent. Nanoki prit son *kamae,* posture souple, genoux fléchis. Randy tenta de l'imiter, mais posa tout son poids vers l'avant, vacillant déjà.

Elle lança un *mawashi geri* rapide à hauteur du visage. Par réflexe, n'ayant pas le temps d'esquiver, Randy croisa les bras devant lui pour encaisser son pied comme il le ferait avec un ballon. Le choc, plus le déséquilibre l'entraînèrent sur les fesses.

Il bondit sur ses pieds, et s'élança pour un coup de poing. Nanoki le dévia d'un revers, enchaina d'un *ippon ken* au plexus. Ses muscles se contractèrent autour de sa phalange et, coupé net dans son élan, il s'effondra, reprenant sa respiration en toussant. Elle lui laissa le temps de s'en remettre, se demandant si elle n'y était pas allée trop fort. Comme il semblait habitué aux combats de rue, elle avait oublié de le ménager.

Elle recula d'un pas, l'attendant. Chaque fois qu'il repartait à l'assaut, ses gestes se brisaient contre la maîtrise de sa garde. Jamais ses coups n'effleurèrent ne serait-ce que la manche de son gi.

Après une dizaine de minutes, il resta au sol, essoufflé.

— C'est bon, j'abandonne, j'ai eu ma dose...

Des applaudissements jaillirent des gradins, puis Soen et Eden coururent à leur niveau.

— J'ai rien compris mais c'était trop stylé ! s'exclama Eden.

— Ouais t'as été trop nul, toi !

Le concerné grogna, bon perdant mais n'acceptant pas plus les remarques, alors qu'il se relevait.

— C'était quelque chose. J'ai déjà combattu plein de gars dans la rue et tout, mais les techniques sont tellement différentes, j'arrivais même pas à anticiper ! Et c'était quoi ce coup de la phalange, là ? D'habitude je me prends des poings, pas des bouts de doigts, c'est beaucoup plus compliqué d'encaisser le choc !

Nanoki se contenta d'un haussement d'épaule.

— Tu m'as demandé un combat de karaté, je me bats avec mes techniques.

Daphné les rejoignit, s'étirant.

— Ça m'a bien défoulée de vous regarder bouger, faudrait qu'on se refasse ça !

— T'es vraiment bizarre, constata Randy.

Daphné leva les yeux au ciel sans répliquer.

— C'est pas tout, mais ça m'a donné soif, je vais au réfectoire.

— Je te rejoins après.

Nanoki se changea dans les vestiaires après une douche rapide, bien qu'ayant peu transpiré. La séance s'apparentait plus à un échauffement pour elle.

***

Au repas, tout le monde se réunit de nouveau, leurs seuls moments de vie commune.

En balayant la pièce du regard, on ne pouvait que constater les habitudes prises. Du côté des petites tables, Nanoki et Daphné restaient à la même. Kaïs monopolisait l'une d'elles qu'il avait bougée dans un coin. Parfois Gaël mangeait avec lui ou avec Nanoki et Daphné. Et depuis la session vernis, Clarisse s'aventurait parfois auprès du parano qui hésitait entre la rejeter et tolérer sa présence.

L'autre table était constituée de Noémie, Jessica, ainsi qu'Anaïs. Il y a quelques jours, Timéo figurait parmi eux.

La grande table contenait le reste. Soen et Eden à côté, quant aux autres, ils gardaient souvent une chaise d'écart entre eux, excepté quand Léo et Aaron discutaient ensemble.

Et ce soir-là, Célia vient s'asseoir à côté de Randy.

— À quoi tu penses ?

— Je me disais que...

Elle hésita un instant. S'en rendre compte et le penser était une chose, mais le prononcer à voix haute rendait cela trop réel.

— On a nos habitudes, ici...

Daphné baissa la tête pour jouer avec le riz dans son assiette. Elle porta la fourchette à sa bouche, mais se stoppa à ses lèvres.

— C'est pas faux... malheureusement.

Une chaise racla avant d'être jetée au sol. Le silence se fit, l'assemblée concentrée sur ce qu'il se passait.

Anaïs s'avançait vers la grande table. Au fur et à mesure, on pouvait comprendre sa cible : Eden. Il perdit son sourire alors que son visage blêmit.

La seconde d'après, Eden était plaqué contre le mur. Anaïs le soulevait par le col, et bientôt, la pointe de ses pieds ne touchait plus le sol.

Chapitre 21

— Répète un peu ce que t'as dit, crevard ?

Eden balançait ses pieds dans le vide, les mains agrippées à ceux d'Anaïs pour se défaire de sa prise, sans succès.

Front contre front, elle réitéra sa question, plus menaçante encore.

— Assez ! Relâche-le, c'est un ordre !

Aaron venait de se lever, penché en avant, les paumes à plat sur la table. Anaïs obéit. Avec une douceur étonnante, elle reposa sa pauvre victime, recula de quelques pas, puis s'en alla en grandes enjambées.

— Célia pense... qu'elle ne t'en veut pas directement. Elle passe ses nerfs sur toi.

Eden demeura silencieux, serrant la manche de Soen, le front sur son épaule.

— C'est pas une raison de l'agresser comme ça. Cette idiote risque de se faire tuer maintenant. Plus personne lui fera confiance.

Les dires de Soen causèrent des frissons à Nanoki. Elle se rendit compte qu'elle détestait le voir sérieux.

L'appétit coupé, elle repoussa son assiette de riz cantonais.

— J'y vais...

Et elle ne fut pas la seule.

Dans sa chambre, elle se laissa tomber en étoile de mer, les yeux fixés sur le plafond. Ses paupières s'alourdirent, son corps s'enfonça dans le matelas tel des sables mouvants. Elle essaya de comprendre ce qu'elle ressentait, mais seul le vide l'envahissait. Elle essaya un peu plus fort. Puis, saisie de lassitude, elle renonça.

Un bourdonnement frémissait à ses oreilles, suivi de bruits étouffés par une lourde porte. Cela semblait à la fois si proche et si loin. Si réelle et si imaginaire.

***

Au réveil, une étrange sensation s'empara de son corps. La sensation que quelque chose s'était passé pendant son sommeil.

Nanoki se frotta les yeux avant de balayer sa chambre du regard. Et comme elle le pensait, elle avait reçu une visite nocturne. Une enveloppe trônait sur son bureau, bien en évidence.

Intriguée, elle s'en approcha. De quoi pouvait-il s'agir ? Elle effleura le papier du bout des doigts, comme s'il risquait de la brûler ou d'exploser au moindre contact.

Elle l'ouvrit délicatement.

— Qu'est-ce que c'est que ça ?

Elle en sortit une feuille pliée en deux sur laquelle quelques mots étaient imprimés, à moins que l'écriture des robots soit ainsi.

— La vérité sur Daphné : son plus grand secret révélé...

Nanoki se mordit la lèvre. Leur nouveau mobile, sans aucun doute. Les pousser à se méfier, à commettre un meurtre. Et s'il s'agissait de son plus grand secret, Daphné démentirait sûrement, que ce soit vrai ou non.

C'est des mensonges...

Elle tentait de s'en convaincre, mais elle mourait d'envie de lire le contenu. Juste une petite phrase...

Non. S'ils te l'ont donné, c'est que cette information pourrait te pousser à la tuer...

Elle étendit les bras pour augmenter la distance entre elle et ce mobile. D'un côté, est-ce que Nanoki serait vraiment prête à commettre un meurtre à cause de quelques mots ? En même temps, et si Daphné cachait un très gros secret ?

Ses doigts se crispaient sous la tentation, à lui faire mal.

Et si Daphné a le mien ? Et si elle se gêne pas pour le lire ?

Avant de se donner le temps de trop réfléchir, elle déchira le papier jusqu'à ce qu'il n'en reste que des miettes. Voilà... Elle ne risquait plus de le lire.

La respiration saccadée, elle ramassa les morceaux en une poignée et les remit dans l'enveloppe. Une pointe de regret accompagna son geste de ne pas avoir pu satisfaire sa curiosité.

Elle pariait tout sur le fait que l'information pourrait être fausse, comme le rêve trafiqué. Mais en repensant à la soi-disante récompense de Célia, à l'idée qu'ils en savaient autant sur eux, alors peut-être que ce papier disait vrai.

D'une pulsion, elle renversa les bouts sur le bureau, tentant de tout reformer, mais il y en avait bien trop, et de trop petits.

Non, c'est trop tard, reconcentre-toi sur le plus important.

Pour la deuxième fois, elle rangea les miettes, puis sortit de sa chambre en trombe dans l'optique de prévenir les autres.

Elle sonna à toutes les portes en toquant avec force, plusieurs fois, afin de s'assurer que tout le monde l'entende.

— N'ouvrez surtout pas l'enveloppe ! Venez au réfectoire avec !

Elle répéta cela en boucle, au point d'en perdre le sens des mots, jusqu'à être coupée par l'annonce. Jamais elle ne fut si rassurée qu'à cet instant. Elle n'y songeait plus, mais si l'annonce venait de sonner, alors il y avait une chance que ce soit elle qui ait réveillé les autres et qu'ils n'aient pas eu le temps de lire la lettre.

Les premières personnes commencèrent à sortir, baillant, se frottant les yeux, l'enveloppe au bout des doigts comme si elle pesait une tonne.

En chemin vers le réfectoire, Daphné rejoignit Nanoki.

— C'est quoi cette enveloppe ? Y'a quoi dedans ?

— Vaut mieux ne pas savoir...

En parlant, elle balada ses yeux sur chaque paire de mains. Problème, les enveloppes n'étaient ni scellées, ni même un peu collées, donc pas moyen de savoir si celles un peu entrouvertes l'étaient déjà ou...

— Si t'as découvert l'enveloppe avant tout le monde, comment être sûr que t'as pas lu l'intérieur ? chanta Soen. T'as l'air du genre de personne qui agit sous la curiosité.

— Je l'ai déchiré avant d'être tenté.

Une fois au réfectoire, un cercle se forma autour de Nanoki. Elle n'aurait pas dû s'en étonner, étant celle qui avait fait sortir tout le monde, mais à présent, il lui fallut quelques secondes pour réfléchir à ses mots.

— Avant tout, je veux m'assurer d'une chose... Est-ce que quelqu'un a lu le contenu de l'enveloppe ?

Un brouhaha de réponses négatives remplit la pièce.

— Tu nous as sûrement tous réveillés donc, genre, je pense que personne a dû avoir le temps.

Clarisse n'avait même pas mis ses lentilles de couleur rose, laissant ses iris noisette à nu. La voir ainsi, aussi simple, était étrange, presque déstabilisant. Comme si toute son identité changeait sans ce détail qui la caractérisait tant. Il y avait bien des artistes qui coloraient leurs yeux, mais généralement, cela faisait partie de la tenue de scène qu'ils retiraient pour leur quotidien. Alors que Clarisse, même ceux qui la croisaient au supermarché la voyaient avec son éternel rose.

— Tu n'es doté que d'une réflexion minimale. Nous ne pouvons pas avoir confiance envers les autres. Il est possible que l'un de nous ait menti. Il y a un menteur parmi nous, n'oubliez pas.

— Moi ? Mais je suis super méga innocent ! Et je suis totalement honnête avec vous les copains ! Comment vous penser ça de moi...

Il se mit à sangloter.

— Aw, mon pauvre Soenounet, vous êtes vraiment horribles avec lui...

Eden lui caressa la tête, une moue sur le visage. Il semblait déjà s'être remis de l'événement de la veille.

— Euh... Et du coup... les enveloppes ? intervint Jessica de sa petite voix.

— Oui, restons concentrés. De ce que j'ai compris, le mobile est un secret sur l'un d'entre nous, et même le plus gros.

— Donc tu as lu ! s'écria Kaïs.

Nanoki soupira, et demanda à Jessica de lui passer son enveloppe. Celle-ci s'empourpra avant d'obéir. Ainsi, elle put montrer aux autres que c'était écrit sur la face pliée.

— La vérité sur Soen : son plus grand secret révélé... Et mais c'est moi ! Je peux lire ? Dis oui, dis oui !

Soen lui arracha la feuille des mains pour l'ouvrir. Il éclata de rire en lisant les mots, puis replia la lettre et la remit dans l'enveloppe.

— Bon... je disais donc... soit c'est distribué aléatoirement, soit selon la personne qui serait la plus impactée, au moins du point de vue de l'instigateur. Ça pourrait aussi être faux, mais si c'est notre plus grand secret, il y a de grandes chances qu'on démente, donc on ne pourra pas le savoir. Alors il vaut mieux ne pas prendre de risque.

— Du coup, si personne ne l'a lu, le mobile est genre, carrément inutile ! T'es un génie, Nanoki.

La félicita Clarisse en tapotant sa tête. Léo soupira en se tapant le front, comme s'il était entouré de personnes stupides.

— Certes, cependant même en partant sur le principe que tout le monde a été honnête... Que fait-on des enveloppes ?

— Célia propose que chacun récupère celle à son nom. Comme ça, personne d'autre que soi ne pourra le lire.

— Ça ne change pas grand-chose. Si l'un de nous veut absolument connaître le secret des autres, il trouvera un moyen.

Nanoki se mit à réfléchir à toute vitesse. Quand l'idée germa, elle se sentit idiote.

— Alors détruisons le mobile.

— T'es malade ! Le détruire, tu veux mourir ou quoi ? Et en plus tu veux tous nous emporter, tu…

Gaël coupa Kaïs en plaquant sa main sur sa bouche, indiquant d'un hochement de tête à Nanoki qu'elle pouvait continuer.

— J'ai déjà détruit le mien en le déchirant en mille morceaux et je suis toujours vivante. Si vous avez vraiment des doutes, je peux en prendre la responsabilité. Si Shiro et Kuro décident de nous punir, c'est déjà trop tard pour moi.

Malgré cela, le mannequin ne semblait pas convaincu, se blottissant contre Gaël, comme pour l'obliger à le protéger.

— Et… et si on est punis parce qu'on est complices ? proposa Jessica.

— Roh ! Vous êtes tous des trouillards ! Moi je suis d'accord avec Nanoki, mais genre, si tu veux prendre le risque qu'on connaisse ton plus gros secret, t'as qu'à trouver ton enveloppe et la garder. Mais ce serait stupide et pas à ton avantage.

Clarisse partit dans la cuisine pour récupérer des allumettes. De leur côté, ils réunirent les enveloppes à l'extérieur, tandis que Léo et Aaron remplissaient des seaux d'eau.

La chanteuse revint avec de l'huile sous le bras.

— Tu es folle ! Tu veux tous nous brûler ou quoi !

— C'est vrai que c'est dangereux et pas nécessaire, approuva Gaël.

— Je voulais être sûr que ça brûle bien.

— Ce ne sera pas nécessaire, ajouta Aaron.

Clarisse fit la moue, mais donna la bouteille à Gaël.

Avait-elle un énorme secret pour vouloir prendre ce genre de précaution ? Cela ne faisait que cultiver la curiosité de Nanoki, qui ne pourrait malheureusement jamais se satisfaire.

Elle balaya les enveloppes du pied pour les coller un peu plus, puis craqua une allumette qu'elle lança dans le tas.

Nanoki resta fixée sur les flammes qui grandissaient et dansaient. La chaleur caressait sa peau, recouverte de délicieux frissons. Malgré le contexte, le moment était agréable.

Un étrange sentiment de liberté la submergea et elle ferma les yeux. Elle voulait profiter de cette sensation éphémère avant que tout ne parte en fumée.

Il ne restera bientôt que des cendres du mobile... J'espère que nous ne faisons pas erreur. Pourquoi Kuro et Shiro nous laissent faire ?

La question en suspens l'inquiétait plus que le reste. Elle se rassura en se disant qu'il n'existait aucune règle qui indiquait une interdiction de détruire les mobiles. Cependant, elle irait vérifier après, au cas où ils auraient l'idée de la rajouter.

Après un temps, Léo et Aaron jetèrent leur seau d'eau. Les braises disparurent, la chaleur s'atténua, elle revint sur terre.

— Alors c'est bon ? C'est fini ? demanda Jessica.

— Ouais ! Prenez ça dans vos gueules les robots ! On a été plus intelligent que vous ! s'exclama Randy en levant son majeur.

— N'empêche, c'est pas normal que tu te sois autant motivée, Clarissounette ! C'est quoi ton secret, dis ?

— Tss, tu crois que je me suis assuré que tout brûle pour le dire après ?

La curiosité de Nanoki fit un bond en elle.

Chapitre 22

Une nouvelle journée commençait. Nanoki ouvrit la porte, la tête encore dans le vague. Sa bouche se figea au milieu de son bâillement, un frisson la traversant. Une personne lui sautait dessus. Sans réfléchir, elle bondit en arrière, avant d'enchainer sur un coup de pied circulaire.

La personne en face s'étala au sol avec un gémissement. Il s'agissait de Soen. Que faisait-il là ? Et pourquoi lui avait-il sauté dessus ? Venait-il pour la tuer ? Désarmé ? La poche de sa veste était petite, et en tombant, l'intérieur se révélait. Et son pantalon n'avait même pas de poche. Dans ses gants peut-être ? Non, trop fins. Son cache-cou ? Trop risqué.

— Aïe... Ok, t'es clairement pas la karatéka pour rien... Rappelle-moi de ne jamais essayer de te faire peur.

— Hein ?

Le menteur se leva, une grimace sur le visage. Nanoki fronça les sourcils et croisa les bras, appuyée sur l'encadrement de la porte.

— Qu'est-ce que tu fais là ?

— C'est à ton tour d'être suivie ! Je ne te lâcherai pas de toute la journée !

— Quoi ? Comment ça ? Et pourquoi << mon tour >> ?

— Hier j'ai suivi Clarisse pour essayer de découvrir son secret. J'ai pas réussi, quelle tristesse... Mais je me suis bien amusé ! Elle a beaucoup chanté, puis elle m'a maquillé, et m'a même mis ses lentilles roses ! J'étais trop beau, dommage que j'aie dû tout enlever quand je suis tombé dans la terre.

Il renifla, tête baissée, avec une tête de chien battu.

— Et donc ? Pourquoi tu veux me suivre ?

— Hm ? C'est plutôt logique, non ? Avant que Clarisse s'implique, c'est toi qui nous as tous réunis, ça veut dire que tu dois avoir un super secret !

— Je voulais juste détruire leur mobile, j'ai pas la moindre idée de ce qu'ils ont écrit sur moi. Et puis, en revoyant ta réaction quand t'as vu le tien, je me dis que c'est peut-être pas un si gros secret que ça.

Il éclata de rire en lui tapotant l'épaule, comme si elle venait de lancer une excellente blague.

— Ah non, c'était vraiment un grand grand secret ! Je suis trop curieux de savoir comment ils l'ont su !

— Ah oui ? Et c'était quoi ?

Il lui présenta ses dents toutes blanches en réponse. Elle soupira. Elle se doutait qu'il ne se confesserait pas si simplement, cependant, elle aussi devenait curieuse. Riait-il pour détourner l'attention alors qu'en vérité il était terrifié ? Ou il trouvait véritablement amusant qu'une personne connaisse une chose si importante sur lui ?

— Et qu'est-ce qui me dit que t'as pas décidé de me prendre pour cible ?

— Si tu veux, je peux crier haut et fort que je resterai avec toi, comme ça, s'il t'arrive quoi que ce soit, je serai le principal suspect. Et puis, si un corps est découvert, ça nous fait un alibi commun ! Même si je suis tout le temps avec Eden. Ne me remercie pas, ça me fait plaisir d'aider une amie aussi précieuse que toi ! Ah, et parlant d'Eden, il sera avec nous aussi !

Il lui passa par l'esprit d'essayer de refuser, mais à moins de devoir s'enfermer dans sa chambre, elle s'imaginait mal réussir à lui échapper. Et puis, la dernière fois qu'elle était aux côtés du duo, elle se souvenait s'être détendue.

— Hm, très bien. Tant que tu ne me suis pas jusqu'à l'intérieur de ma chambre. De toute façon, tu as pu constater que je ne me retiendrais pas si tu tentes de me surprendre.

Il rit nerveusement en se grattant l'arrière du crâne.

Tiens, il semble presque normal.

— Je ne compte pas retenter l'expérience, une fois ça m'a suffi.

Nanoki hocha la tête d'un air satisfait, puis verrouilla la porte derrière elle.

Au réfectoire, par habitude, elle s'assit en face de Daphné, qui manqua de recracher ses céréales en voyant Soen.

— Qu'est-ce que tu fous là, toi ?

— Moi ? Je viens innocemment manger en compagnie des personnes que j'apprécie plus que tout au monde ! Mais... j'ai l'impression que ça te plait pas... Je... je suis désolé d'être aussi insupportable...

Des larmes coulèrent sur ses joues. Il cacha son visage dans ses mains pour camoufler des sanglots.

— Pourquoi ça m'étonne qu'un menteur sache pleurer sur commande comme ça ?

— Ouin ! T'es trop méchante ! Tu pourrais faire semblant de me croire au moins...

Daphné roula des yeux, reprenant son bol de céréales, bien que toujours perplexe.

— Et si tu essayais de dire la vérité pour une fois ? Qu'est-ce que tu fais là ?

— Je passe la journée avec cette chère Nanokinette parce qu'elle m'a supplié d'égayer sa vie de ma présence.

Daphné haussa un sourcil, sans le moindre bénéfice du doute.

— Je n'ai même pas besoin de lui poser la question pour savoir que c'est faux.

— Roh la la ! On peut même plus rigoler tranquille sans se faire traiter de menteur.

Nanoki se détourna d'eux et emprunta un paquet de cookies à Daphné. Elle avait trop peu mangé ces derniers jours pour se permettre de rester à jeun. Le simple coup de pied circulaire donné plus tôt lui avait valu des vertiges.

Anaïs quitta la cuisine avec un paquet sous le bras. Ces jours-ci, elle passait le moins de temps possible hors de sa chambre, ou de celle de Timéo. Nanoki n'avait jamais fait attention à laquelle des deux ils restaient.

— Ça m'énerve tellement ! Genre, pourquoi ça m'arrive à moi ?

— Qu'est-ce qui t'arrive Clarissounette ?

— J'ai envie d'aller aux toilettes, et ça m'énerve parce qu'elles sont dégueulasses ! Beurk !

— T'en fais vraiment tout un plat pour rien... soupira Daphné.

Nanoki, elle, inclina la tête. Ses toilettes étaient propres pourtant. À moins de considérer la pièce elle-même comme répugnante, mais c'était exagéré.

— Cadeau de Shiro ? proposa Gaël d'un air las.

— Ouais.

Ah. Tout s'explique.

Et cela commençait à l'inquiéter. Daphné et son rêve, Clarisse qui devait subir de la saleté, Gaël qui semblait trop familier pour ne pas être concerné, avec quoi d'autre le robot comptait les torturer ? N'avait-il pas dit qu'ils devraient vivre ici pour toujours ? Alors pourquoi tant les pousser à bout ? Le choix n'était qu'un faux ?

Clarisse envoya ses cheveux en arrière, avant de changer d'avis et de les reposer sur son épaule, comme elle se coiffait habituellement. Soen rit de son attitude alors qu'elle quittait le réfectoire.

Nanoki continua de grignoter son cookie.

— Je serais tellement triste à ta place, ma pauvre Daphnénounette... Nanoki ne s'intéresse même pas un peu à toi. Elle préfère passer son temps à observer les autres en se prenant pour l'analyste...

Elle manqua de s'étouffer.

— Pardon ? Je ne suis pas aussi condescendante !

Elle déplaça sa chaise au bord de la table et se tourna encore plus vers le reste de la salle. Elle cibla Randy et Célia qui discutaient. Ou plutôt, Célia qui essayait de parler à Randy qui grognait, levait les yeux au ciel, et murmurait dans sa barbe. Il finit par sauter sur ses pieds et partir, suivi par Célia.

Une main se balança de haut en bas de son visage, avant que des mèches blondes et une paire d'yeux bleus innocents ne bloquent sa vue.

— Aww, je t'ai vexée Nanokinette ?

— Soen ? commença Daphné. Fais-moi plaisir et ferme ta gueule.

— T'es trop méchante Daphnénounette ! De toute façon c'est avec Nanoki que je passe ma journée, pas toi ! Pas besoin d'être jalouse de notre relation.

La karatéka manqua de s'étouffer avec sa salive. Elle ne s'habituerait jamais à ces bêtises. Daphné imita une envie de vomir, sous l'air offusqué de Soen.

***

— Et si on allait au gymnase ? Comme ça ce con arrêtera de me faire chier tellement il sera concentré sur le fait de te regarder.

— Je suis désolé...

— La, la, mon pauvre Soen, écoute pas ce que te dit la méchante Daphné. Elle est jalouse de toi, c'est tout.

— Vous pouvez arrêter avec cette histoire de jalousie ? s'étrangla la rêveuse.

Nanoki coupa court à la discussion en approuvant l'idée de bouger un peu. Elle commençait à se sentir un peu molle depuis le matin même. La karatéka s'y rendit en grandes enjambées, les trois autres un mètre derrière.

Elle ouvrit en grand la porte du gymnase et fit quelques pas à l'intérieur avant de se stopper net. On la percuta, cependant, elle ne bougea pas d'un pouce.

En bas, Célia était pendue au panier de basket, des tapis empilés à quelques centimètres de ses pieds.

Non... Ce n'est pas possible... Lou vient d'être tuée et Timéo exécuté. Il y a juste... deux ? Trois jours ? Pourquoi ? Le mobile... quelqu'un l'a lu ?

Un cri strident la réveilla, accompagné de bruit de pas. Mais surtout... la pression dans l'air bien trop significative.

— Félicitations au coupable ! C'est une belle mort ! Même si je dois avouer que ça manque de sang...

Nanoki réprima une envie de vomir à ses paroles, repensant à l'état de Lou.

Tu t'y habitueras peut-être...

Non.

Elle ne le voulait pas. Jamais. Ces corps, ces mots... Elle refusait de ressembler à ce monstre.

— N'oubliez pas de vérifier le dossier ! Bonne chance, chers enquêteurs en herbe !

Elle remarqua à peine son clin d'œil. Là, maintenant, elle ne remarquait plus rien d'autre, les yeux trop figés sur le cadavre et l'incompréhension.

Malgré tout, elle se força à fermer les yeux, respirer lentement, et récupérer sa tablette. Elle manqua de la faire tomber tant elle tremblait.

Nom de la victime : Célia

Cause de la mort : strangulation

Lieu de découverte du corps : gymnase

La victime a une blessure à la tête.

Encore une fois, si peu d'informations. Ils ne parlaient même pas de tout. Célia avait aussi les mains en sang. Elle s'était débattue. Ce qui voulait dire qu'en venant plus tôt, ils auraient pu la sauver.

Gaël, Aaron, Léo et Noémie s'attelèrent à la tâche. Nanoki se demandait si elle enviait leur sang-froid, ou si cela ne la rassurait pas. La façon dont Gaël cherchait les angles parfaits pour la photo. La façon dont Noémie palpait le corps, montant même sur les tapis pour atteindre son visage.

— Il y a quelque chose d'étrange... marmonna Léo. Où le coupable a-t-il trouvé la corde ? J'ai analysé chaque pièce et je n'en ai vu aucune.

Nanoki fronça les sourcils. Elle força ses neurones à se connecter. Elle le devait. Sa vie dépendait du procès, et avec le coupable parmi eux, elle évitait de trop leur faire confiance.

— Peut-être... qu'il y a une pièce qu'on a pas encore découverte, excepté le coupable... tenta-t-elle sans trop y croire.

— Mais non ! Y'a rien de plus sur le plan ! lança Eden.

— Tu l'as vraiment regardé ? questionna Daphné, un sourcil haussé, l'air peu familière avec l'idée de plan.

Un plan... Il pouvait y avoir un indice sur ce qu'ils cherchaient. N'importe quoi qui se fondait si bien dans le décor qu'il fallait réellement chercher. Elle cliqua dessus sur sa tablette et après l'avoir regardé en globalité, zooma un peu partout au hasard.

— Hé ! cria Gaël. J'ai peut-être trouvé quelque chose. C'est ici même. Vous avez vu ? Il y a un petit rectangle au niveau des gradins.

— Et genre, ça fait quoi ? Tu vas aller devant et dire un truc du genre << Porte, ouvre toi je sais que t'es là >> ?

Le photographe ignora la remarque de Clarisse pour s'approcher de la zone en question. Nanoki le suivit, dubitative. Même si c'était son idée, elle ne voulait pas leur faire perdre du temps à chercher ce qui n'existait pas. L'enquête était leur priorité. Était-ce si important de savoir d'où venait la corde ? Après tout, s'ils ne connaissaient pas l'existence d'une pièce cachée, comment savoir qui la connaissait.

— Aha !

— Quoi ? T'as trouvé quoi ? s'enquit la karatéka.

— Regardez, il y a une césure, juste ici.

Il dessina celle-ci de l'index, et Nanoki ouvrit de grands yeux.

— Tu viens pas de dire que t'as tout analysé ? Comment t'as raté ça ? l'accusa Clarisse.

Le concerné serra la mâchoire sans répondre, pour une fois.

— Ok, mais on sait toujours pas comment l'ouvrir. C'est la fin... souffla Soen d'un air dramatique, les mains sur son cœur.

— C'est très simple. Il suffit de regarder l'agencement, intervint Noémie.

Elle s'agenouilla aux côtés de Gaël. Ses doigts suivirent la ligne du sol de gauche à droite, jusqu'à dépasser la zone. À cet endroit, ses phalanges purent se glisser dans l'interstice pour soulever les gradins, puis les faire coulisser sur la gauche.

Des escaliers se dévoilèrent à eux. Nanoki jeta des yeux ronds à Noémie qui se décalait.

— Comment tu savais qu'il fallait faire ça ? Tu connaissais l'existence de ce truc ? C'est toi la coupable ? Hein ? Hein !

— J'ai le même système d'ouverture chez moi pour ranger mes collections. J'ai juste testé.

Cette fois, la remarque de Kaïs la fit tiquer. Qui était le plus suspect entre eux ? Léo qui n'avait apparemment pas trouvé la zone même en tant qu'analyste ? Gaël qui l'avait trouvé trop facilement ? Noémie qui savait l'ouvrir ?

– Woah ! T'es trop forte, Noémie ! Et si on y allait ! s'exclama Soen.

Personne n'osa y aller en premier tant c'était sombre. Certains par peur du noir, d'autres ne souhaitant pas se casser un os en tombant.

– Bon, doit bien y avoir un interrupteur, non ? Parce que sinon l'architecte qui a construit ça a raté sa vie.

Tout en disant cela d'un air las de les voir attendre, Clarisse tata l'intérieur de gauche à droite. Elle fut si longue que Léo la poussa et en quelques gestes, un *clic* raisonna. La lumière éclaira les escaliers.

Chapitre 23

Nanoki descendit les premières marches, suivie de près par Noémie et les autres derrière. Léo grognait à cause de leur lenteur, d'autant plus qu'il faisait partie des derniers. Cela ne lui ressemblait pas, et ne le rendait que plus suspect. Cependant, tout le monde paraissait suspect en ce moment.

Une plateforme coupa l'escalier, avant d'entamer une nouvelle série. Elle leva les yeux au ciel.

Trop d'amabilité de nous laisser une pause pour nous préparer psychologiquement.

En bas, une porte se présenta à eux, un panneau accroché dessus : << débarras >>. Un interrupteur trônait sur le mur. Nanoki espéra qu'elle n'allait pas éteindre la lumière pour ceux dans les escaliers. Elle appuya dessus, un filet apparut sous la porte. Elle l'ouvrit.

Un hoquet de surprise lui échappa. Des poupées de cire, pendues au plafond, transpercées de lames recouvertes de sang. Une pensée gronda envers Shiro. Était-ce déjà ainsi avant, ou bien s'agissait-il d'une très mauvaise blague par rapport à l'état actuel de Célia ? Il y avait même des paillettes sur les jambes de quelques-unes d'elles...

Elle déglutit. Ces poupées ressemblaient à des cadavres. Et leurs yeux étaient tournés vers l'entrée, vers Nanoki. Avec un grand sourire. Dans n'importe quel autre contexte, cela ressemblerait à un mauvais décor de film d'horreur. Quoique les corps étaient très réalistes. Trop.

Ce ne sont pas... Non... ce sont juste des poupées... pas vrai ? Les traces de pourriture... c'est juste pour le réalisme...

La nausée lui monta le long de la gorge et elle bouscula les autres pour s'enfuir. Elle s'effondra à l'extérieur, à deux doigts de vomir, bien que rien ne sortît.

— On se serait cru dans un jeu d'horreur, pas vrai ? C'était trop marrant !

La voix de Soen la fit violemment sursauter et elle serra les poings.

— Pas besoin d'en faire tout un plat à cause de poupées mal faites. Et en plus on a déjà nos principaux suspects !

Soudain intriguée, Nanoki se releva sur ses jambes tremblantes. Oubliant tout ce qu'elle pensait plus tôt sur la confiance à ne pas accorder, elle souhaitait juste que cela cesse. Après avoir vu ces... choses... elle ne se sentait plus capable de revoir le corps de Célia.

— Ah oui ?

— Ouaip ! Gaël et Noémie !

— Je ne suis pas sûre qu'enquêter soit une raison d'incriminer quelqu'un, déclara l'une des concernées de son habituelle voix calme et impassible.

— Si tu le dis. Ah mais ! J'ai failli oublier quelqu'un ! Notre suspect numéro un !

Il pointa l'index sur une personne.

— Randy. Tu es sorti en même temps que Célia, et tu n'es pas revenu depuis.

— D'où je suis suspect pour ça ? Elle insistait pour me parler donc on est allés dans la cour. Après je suis allé dans ma chambre. Elle m'a dit qu'elle bougerait pas en attendant que je revienne.

Suite à son récit, ils allèrent dans la cour avec un Randy nerveux. Nanoki n'avait jamais autant apprécié la distance qui les séparait du gymnase et elle priait qu'ils n'aient pas à y retourner.

En repensant au dossier, un détail l'intriguait. Ils indiquaient le lieu de découverte du corps, contrairement à Lou. Et surtout, la formulation << lieu de découverte du corps >> et non << lieu du crime >>. Alors elle avait été bougée. Et en se fiant à l'histoire de Randy, la cour serait le lieu du crime.

Cependant, si Randy s'avérait coupable, il pouvait tout aussi bien les mener sur une fausse piste.

Dans tous les cas, un objet les attendait sur place. Le micro offert à Clarisse. Gaël le prit en photo sous plusieurs angles.

— Qu'est-ce qu'un micro a à faire là-dedans... souffla Daphné.

— Regardez ! les alerta Gaël.

Il leva la tablette d'un caillou ensanglanté. Célia avait reçu un coup à la tête. Elle ne l'avait pas examiné, mais cela le prouvait.

— C'est étrange que le coupable n'ait pas pensé à cacher les preuves... réfléchit Léo à voix haute.

Mais il communiquait une idée claire : soit le coupable manquait de temps, soit il leur laissait une fausse piste. Et Randy était celui qui les avait emmenés ici.

Un grésillement fit vibrer son bracelet.

— C'est la fin de l'enquête, les copains ! On vous attend à notre point de rendez-vous !

Un nœud se forma dans l'estomac de Nanoki. À nouveau, leur vie se jouerait. À nouveau, ils résoudraient l'enquête. À nouveau, affronteraient la mort du coupable.

Elle aurait aimé que le chemin soit plus long, mais ils y arrivèrent. Les cris de Timéo résonnaient encore dans le bâtiment. Le mur au-dessus des deux robots était vide. L'écran n'apparaissait que pour l'exécution.

À côté de la photo de Lou, celle de Timéo y trônait également. Ainsi, Shiro et Kuro accrocheraient les cadres des morts. Comme s'ils les gardaient enfermés même décédés.

— Allez ! Dépêchez-vous !

Ils s'obligèrent, prenant sans réfléchir les mêmes places que la dernière fois.

— Bien ! Je vous rappelle la règle ultime du procès pour vous plonger dans l'ambiance... Si vous vous trompez de comptable, vous mourrez tous, excepté le perpétrateur. Néanmoins, si vous le trouvez, il sera le seul à être exécuté.

Le silence devint maître. Chacun observait les photos en boucle sans oser commencer à parler, comme si un mot les désignerait coupables.

— La scène de crime est sûrement la cour... elle tenta malgré tout.

Elle n'était pas sûre de son idée, et peut-être qu'il s'agissait véritablement d'une fausse piste, mais elle ne supportait plus ce silence et voulait lancer la discussion de quelque manière que ce soit.

— Alors c'est Clarisse la coupable parce que c'est son micro ! Allez avoue, t'as essayé de nous berner mais tu ne nous auras pas ! Tu vas mourir seule ! Moi je vais vivre !

Kaïs se prit un coup de coude dans les côtes. Il lança un regard noir à Eden qui sourit innocemment.

— Même si je n'omets pas la possibilité que Clarisse soit coupable, n'oubliez pas que le micro était dans le socle à la disponibilité de tous.

— Quand même, le coupable doit être intelligent pour avoir trouvé l'entrée du débarras et savoir comment l'ouvrir... Ça a l'air lourd en plus... fit remarquer Jessica.

— Elle ne l'est pas tant que ça. N'importe qui pourrait l'ouvrir, affirma Noémie.

Le coupable devait surtout être fou pour récupérer une corde et des tapis dans cet endroit. Soen avait parlé de poupées, mais comment être sûr que ce n'était pas des cadavres ?

— Il y a des personnes ici qui ont souvent palpé des corps, si je ne me trompe pas. Aaron ? Léo ? Après tout, tu es un analyste, tu aurais dû trouver l'endroit, toi qui prétends avoir tout fouillé.

— Je suis analyste, pas chercheur. J'ai besoin de la chose sous les yeux.

— Dans ce cas, tu as dû savoir en un regard s'il s'agissait de poupées ou de cadavres. Si ce sont des cadavres, tu en es de toute façon habitué, et si ce ne sont que des poupées, alors tu n'avais aucune raison de t'inquiéter. Sans compter que tu as très rapidement trouvé l'interrupteur.

Ce dernier la dévisagea avec mépris et lassitude.

— J'ai allumé une lumière, en effet, c'est cela ta grande preuve.

— Tu oublies ce qu'elle a dit juste avant, ajouta Daphné.

Il leva les yeux au ciel, comme si les accusations n'étaient qu'une mauvaise distraction.

— Oui, j'ai vu beaucoup de corps, oui j'ai compris en une seconde que ce ne sont que des poupées très réalistes. Et donc ?

Nanoki s'en retrouva bouche bée à sa répartie. Si bien qu'elle ne parvint pas à faire le moindre son. Heureusement, Daphné la sauva, se redressant.

— Comment ça, << et donc >> ? Ça fait de toi un suspect, défends-toi mieux si tu veux qu'on te croie ! Je te rappelle que si on se trompe et que t'es innocent, toi aussi tu meurs avec nous !

— Ça ne me rend pas non plus coupable, à ce que je sache. Comme je viens de le rappeler, je suis un analyste. C'est facile d'analyser ce que j'ai sous les yeux, et le fait est que je n'ai pas trouvé ce débarras, quoi qu'il en coûte à mon ego. Il y a des personnes bien plus observatrices que moi sur ce point-là.

— C'est moi que tu vises ? répliqua Gaël.

À son avis aussi, il faisait partie des suspects. Il avait si vite trouvé l'entrée, sa capacité de photographe lui offrait une bonne vue.

— Je vais être honnête avec vous. Si c'était moi le coupable, je vous aurais jamais ouvert le débarras. J'aurais détourné votre attention, et je n'aurais sûrement pas eu beaucoup de mal, tant l'idée nous paraissait absurde avant que nous la trouvions.

— Ça veut rien dire. Tu pouvais nous l'avoir montré justement pour t'en servir de preuve pour t'innocenter, déclara Aaron.

— Alors j'aurais fait exprès de galérer un peu. En plus je savais pas comment il s'ouvrait, ce n'est pas moi qui l'ai fait. Quelqu'un connaissait déjà le concept.

— Parce que j'ai le même chez moi, se défendit Noémie.

— Et si tu as le même, ça a dû être facile à trouver avant même que je ne montre la césure.

Un duel de regard se forma entre les deux. L'un accusateur, l'autre impassible, mais avec une force qu'elle ne montrait pas d'habitude.

— Je n'avais pas vu la césure. Celle de chez moi est plus visible.

— Bordel, on tourne en rond, là ! s'écria Randy, tapant des poings sur la table.

— Tu peux parler, je te rappelle que t'es dans la liste des suspects, cracha Anaïs.

Ce dernier cligna des paupières, comme si on venait de lui apprendre quelque chose.

— Quoi ? Moi ? Pourquoi ?

Léo souffla, la tête dans ses mains. Même Soen se retenait de rire.

— T'es celui qui est sorti avec Célia, et comme par hasard on l'a pas revu après, accusa Daphné.

— Mais je vous ai dit qu'elle voulait me parler ! J'ai pas bougé de ma chambre après ça, sauf quand j'ai entendu l'annonce ! Je suis pas un tueur !

Il se leva pour surplomber l'assemblée de sa grande taille, les dardant de son regard sombre.

— Euh... En fait... tu fais un peu peur... marmonna Jessica.

— Et c'est une caractéristique de tueur de faire peur ? Hein ?

En criant, il lui postillonna dessus et la pauvre se recroquevilla sur sa chaise en s'excusant. Nanoki dressa un bras protecteur entre les deux, et de son autre main, pressa l'épaule de Randy, ce qui l'obligea à s'asseoir.

— Bon... et si on récapitulait les suspects ? lança Aaron pour calmer le jeu. Nous avons Léo, Gaël, Noémie, ainsi que Randy.

— Et puis y'a Clarisse qui est sortit aussi, non ? Même s'il faut marcher pour atteindre nos chambre, elle a mit quand même vachement de temps, moi je trouve.

— C'est parce que j'ai du les nettoyer, je pouvais pas... c'était trop dégoûtant... fallait voir !

À sa remarque, Shiro éclata de rire, l'air très fier de sa blague.

— Ou alors c'était propre et t'as du nettoyer parce que t'as fait la grosse commission ! ria Soen.

Clarisse devint rouge jusqu'aux oreilles et bégaya des mots incompréhensibles, coupé par un souffle agacé de Léo.

— Maintenant que j'y pense... Pourquoi empiler tous ces tapis ? se questionna Daphné. Et si... s'il s'agissait d'un suicide ? Le micro, le caillou, ça a peut-être rien à voir ?

Silence. Nanoki n'y avait pas pensé. Tout comme Lou, à partir du moment où une personne était victime, elle peinait à leur imaginer une quelconque responsabilité. Peut-être qu'elle gardait un secret tellement important qu'elle avait prit peur ? Ou alors elle avait menti et lu son enveloppe ? Et au lieu, comme le pensait Shiro, de la pousser à tuer la personne, cela l'avait terrifié au point de ne plus supporter de la côtoyer ?

— Ce n'est pas impossible... La blessure à la tête et le caillou, ça peut juste être parce qu'elle a trébuché... Peut-être qu'elle a reçu un si gros choc qu'elle a perdu la tête et...

Un silence, presque solennel s'installa. C'était une chose d'enquêter sur un meurtre, mais la possibilté d'un suicide déprimait.

— Soit, dans ce cas, que fait le micro ? Si ça n'a rien à voir, alors qui l'a mis là ?

Léo dévisagea chacun d'eux, mais personne ne répondit. Après de longues minutes, Noémie tapota son ongle sur la table.

— Soit c'est un suicide, mais quelqu'un parmi nous essaie de nous mener sur une fausse piste pour tous nous tuer... Soit ce n'est pas un suicide et le micro a été utilisé pour assourdir Célia et l'assommer après avec la pierre.

— Mais... Si le micro a été activé, on l'aurait entendu dans le réfectoire, c'est juste à côté, répliqua Nanoki.

Elle ne se souvenait que trop bien de son horrible, et de la façon dont il résonnait encore même une fois éteint.

— Clarisse n'avait pas été affectée par le bruit. Il doit y avoir une façon d'orienter le son. Clarisse, à quel point tu l'as entendu quand tu l'as allumé ? l'interrogea Léo.

— Très peu. C'était, genre, comme un petit bourdonnement. Et j'aurais carrément rien remarqué si vous n'aviez pas réagi comme ça.

— Donc c'est toi la coupable ! chanta Soen.

— Q... quoi ? D'où tu sors ça ?

Soen se leva de sa chaise pour venir derrière la chanteuse et poser ses mains sur ses épaules, se penchant au-dessus d'elle. Cette dernière, mal à l'aise, serra les bras contre sa poitrine, sans encore se dégager de la prise, mais prête à le faire.

— C'est toi qui a utilisé le micro, donc tu savais qu'on entendrait rien. Personne n'aurait pris le risque de se faire repérer à côté du réfectoire.

— Ça veut rien dire… N'importe qui aurait pu se faire la réflexion. Et il y a un analyste dans le tas.

— Va-t-on une fois me lancer tranquille ?

— Rah ! Y'a trop de suspects tous autant crédibles les uns que les autres ! s'exclama Kaïs.

Nanoki ferma les yeux pour réfléchir, les doigts sur les tempes. Ils tournaient en rond, se contentant de rendre un nouveau suspect crédible sans véritable piste.

— Réfléchissons… Si le coupable est entré dans le débarras, il a sûrement laissé des traces sans vérifier en se disant qu'avec la… décoration… on s'en rendrait pas compte, affirma Nanoki.

À contre cœur, elle se remémora la scène, gravée, bien trop gravée dans son esprit. Tout en détaillant chacun d'eux.

— Les paillettes. T'as foutu tes putains de paillettes sur les poupées.

Chapitre 24

Les yeux de nombre d'entre eux s'illuminèrent. Qu'ils se souviennent ou non, tout le monde sut qui était le coupable.

Sur le moment, Nanoki avait fait l'erreur de penser que les paillettes n'étaient qu'un autre détail de la scène macabre, comme une moquerie de Shiro. Alors que depuis le début, il s'agissait des traces du passage du coupable.

— Pourquoi vous me regardez tous ? s'exclama Clarisse.

— Oh, je ne sais pas... peut-être parce que ta tenue de scène est composée à au moins vingt pour cent de paillettes ? railla Daphné.

— Toi aussi t'en as sur tes chaussures ! Et elles sont presque de la même couleur que les miennes ! Elle a très bien pu chercher à m'accuser !

Par réflexe, cette dernière ramena un pied sur l'autre.

Et évidemment, personne n'avait pensé à prendre en photo les poupées, ne les considérant pas comme des preuves, et ils devaient uniquement se fier à leur mémoire.

Clarisse disait vrai, les couleurs se ressemblaient, sur une nuance d'argenté et de gris.

— Où étaient les paillettes ? demanda Léo.

Dans un autre contexte, elle se serait moqué de lui pour lui poser la question. Mais non seulement cela ne s'y prêtait pas, il l'interrogeait avec une sincérité presque douce.

— Hm… Surtout au niveau des bras, des cuisses, et un peu sur les hanches.

Il hocha la tête à chaque élément.

— Cela correspond bien aux traces que devraient laisser Clarisse. Les poupées étant presque collées les unes aux autres, elle a dû s'y frotter.

— De toute façon, je n'ai pas quitté le réfectoire… rappela Daphné d'une petite voix, comme si elle même en doutait.

— Même si tu l'avais fait, le résultat était trop imparfait, trop… naturel, pour avoir été calculé, éluda Gaël.

La façon dont Daphné parlait lui fit presque douter aussi. Elle était tellement concentrée sur les autres, et sur sa conversation avec Soen et Eden, qu'au final, la concernée aurait pu s'éclipser discrètement sans se faire remarquer, comme elle le faisait si bien quand elle cherchait de la nourriture.

— Ah moins….

Nanoki se coupa dans sa phrase, peu sûre d'elle, mais le regard appuyé d'Aaron la convainquit de continuer.

— Ah moins que tu te sois préparé dans tes rêves… Tu m'as déjà dit que tu les maîtrisais tellement que tu recrééais souvent les moments importants de tes journées pour t'en rappeler. Si tu le fais pour des événements passés, tu pourrais le faire pour préparer des événements futurs, non ?

— Et bien… en théorie… oui… Mais j'étais avec toi toute l'après-midi ! Tu le sais bien, non !

Elle passa une main sur sa nuque, l'air gênée. Daphné blêmit.

— C'est vrai, les rêveurs se caractérisent par des plans particulièrement soignés parce qu'ils s'entraînent dans leurs rêves, imaginant plusieurs scénarios. Ce ne serait pas étonnant qu'elle ait récupéré des chaussures parmi les nombreuses paires fournies pour frotter ses paillettes et accuser Clarisse au cas où on trouverait le débarras. Ils savent également se faire oublier, déclara Léo.

— Mais il y avait pas de paillettes sur les tapis ? tenta Jessica en levant une main.

— C'est vrai... si Daphné voulait faire accuser Clarisse, elle en aurait laissé sur le tapis aussi, non ? demanda Randy.

Nanoki se tint la tête, la sentant prête à exploser. Plus un suspect s'approchait du titre de coupable, et plus cela semblait n'avoir aucun sens.

— Donc soit les paillettes demandent vraiment à être frottées pour se coller, soit la matière des tapis est moins accrocheuse, soit la coupable ne s'est pas souciée des poupées, énuméra Léo.

— On peut déjà tester la première hypothèse, proposa Aaron.

Il se leva. Clarisse et Daphné eurent un mouvement de recul, sans oser fuir à cause de son regard.

Il retira son veston, présenta la manche droite, et mit un genou à terre devant Daphné. Elle se figea, jetant un regard aux autres pour vérifier que la situation était bien normale. Elle le laissa poser son pied sur son genou, et il se mit à frotter les paillettes, d'abord doucement sur le bout de la manche, puis avec plus de force au niveau de l'épaule.

Une fois fait, il se redressa afin de leur montrer le résultat. Quelques paillettes scintillaient là où il avait peu forcé, et un peu plus au-dessus, sans excès.

Il prit ensuite la manche gauche et refit le même procédé avec la jupe de Clarisse qui maintenait une distance en tirant sur le tissu, bien trop gênée.

Le résultat montra bien plus de paillettes.

— Nous avons notre réponse, conclut-il. Même avec une préparation en rêve, cela aurait demandé beaucoup trop de travail, et ses poignets ne montrent pas de signe d'autant de labeur.

Clarisse se pinça les lèvres, l'air à la fois de vouloir se taire et de dire quelque chose. Finalement, elle demeura coi. Face au silence, Shiro tapa dans ses mains.

— Et bien il semblerait que vous ayez atteint votre conclusion ! Vous savez ce que ça veut dire ? Place au vote !

Nanoki jeta un dernier regard vers Clarisse, s'attendant à une tentative de défense, n'importe quoi. Cependant, elle sembla résignée, les yeux brillants et le menton tremblant.

Elle vota pour elle.

Le résultat leur donna raison.

— Pourquoi t'as fait ça ? demanda Randy avec un mélange de douceur et d'accusation.

Clarisse prit une grande inspiration et essuya une larme sur sa pommette.

— Je n'avais pas prévu de la tuer. J'aurais même jamais cru en être capable. Je... j'ai cru que... peut-être... elle a avait un lien avec l'instigateur... ou qu'elle pouvait l'être... Je sais pas... j'ai toujours eu un sentiment bizarre par rapport à elle... Sa façon de parler à la troisième personne, le fait de se tromper d'identité en parlant, et parfois, elle avait une façon d'être qui ressemblait... Je me suis dit...

— Comment tu peux ne pas le prévoir ? Ça n'a aucun sens ! s'écria Daphné, agitée d'avoir été accusée par sa faute.

— J'ai récupéré le micro et j'avais prévu de la menacer avec. De l'obliger à dire la vérité ou alors je l'assourdirais jusqu'à ce qu'elle craque. Mais je sais pas pourquoi, elle a pêté un câble et s'est mise à agir comme si elle incarnait un personnage de film. Elle s'est jeté sur moi pour voler mon micro et l'a activé sur moi. J'avais jamais entendu un son aussi horrible de ma vie, mais vous savez à quoi ça ressemblait... J'ai réussis à le détourner vers elle et j'ai profité de sa surprise pour la pousser. Elle s'est cogné la tête contre un cailloux et... elle bougeait plus alors... je pensais que je l'avais tué.

— C'est facilement vérifiable, clama Léo, son mépris retrouvé.

— J'ai paniqué, ok ! T'as peut-être vu des tas de morts mais moi j'étais en train de flipper à l'idée d'avoir tué quelqu'un, et... putain, je pensais à ce moment là où j'allais être accusée...

Elle agrippa ses cheveux, se couvrant avec le temps de se calmer.

— J'ai découvert le débarras par hasard en fouillant dans le gymnase alors que Lou était là. Elle a jamais rien dit, soit pour se garder l'idée au cas où, soit pour pas donner plus de matériel de meurtre. Perso c'était mon avis. Je voyais pas l'intérêt de le montrer à part ça donc... Bref. Comme je savais que personne connaissait l'endroit, je pensais que je pourrais cacher Célia dedans, que finalement, tant que le corps est pas découvert, je l'avais pas vraiment tué, quoi, et y'aurait pas d'enquête...

— Pas de corps, pas de mort ! chanta Soen.

— C'est... un peu ça... mais le truc c'est qu'une fois au débarras, alors que je cherchais un coin discret, au cas où, qu'on la voit pas de l'entrée. Je me disais que personne oserait aller plus loin... Bref, elle a reprit connaissance. Et le premier réflexe de cette folle ça a été de tendre le bras vers une des lames dans le corps des poupées. J'ai paniqué, je me suis dit qu'elle allé me tuer, alors j'ai pris la première chose que j'ai trouvé, une corde, et je l'ai étranglé, et cette fois, je me suis assuré qu'elle était bien morte. C'était putain de terrifiant... Je vous jure, elle se débattait, elle griffait la corde, elle faisait des sons...

Clarisse frissonna, secouant les épaules de dégoût.

— Ok, mais pourquoi tu l'as pas laissé dans le débarras, comme prévu ? questionna Eden, l'air curieux.

— Le truc c'est que c'est à ce moment-là que j'ai vu toutes les paillettes que j'ai laissées. C'était une chose de la laisser pourrir au débarras, je me disais que même si l'odeur finissait par vous alarmer et que vous la trouviez, assez de temps aurait passé pour ne plus se souvenir des alibis, et qu'on aurait jamais su que c'était moi. Mais là, avec les paillettes, je me grillais. Du coup, j'ai essayé de faire passer ça pour un suicide, et je me suis dit qu'au moins ça vous emmènerait pas au débarras.

— Si tu voulais faire passer ça pour un suicide, fallait cacher le micro et le caillou ensanglanté, c'est ça qui t'as le plus grillé, haha ! se moqua Soen.

— Ferme-là, putain ! Je venais de tuer quelqu'un, j'ai déjà eu l'idée folle de le camouffler en suicide, je pouvais pas penser à tout ! J'avais complètement oublié le micro, et je savais même pas qu'elle avait laissé du sang sur un caillou ! Et puis... Quand j'ai vu le résultat... je trouvais ça convaincant... je me suis même demandé si j'avais pas tout imaginé et qu'elle s'était vraiment tuée elle-même, vous voyez ?

— Sauf que c'est bien toi qui l'a tué ! Et comme tu as été trouvé par les autres, ça veut dire que tu vas être puni ! s'exclama Shiro.

Le robot tapa sa cheville contre le bas du trône pour faire apparaitre le bouton. Clarisse écarquilla les yeux, sautant sur ses pieds.

— Attendez ! Laissez moi deux minutes ! Juste deux petites minutes, j'aimerais... chanter une dernière fois.

Shiro roula des yeux, et s'apprêtait à l'ignorer, avant d'être coupé.

— Accordé.

— Sérieux Kuro ? Bon ok, deux minutes.

Clarisse remerciement les robots du regard, comme si c'était une si grande faveur que de retarder son exécution. Elle se placa au centre de la pièce, les mains serrées contre son cœur.

Il y a encore tant de choses que j'aurais voulu faire

De choses à dire, pour avoir à me taire

On a qu'une vie, je l'ai toujours su

J'aurais pu faire tellement mieux, mais voilà, je suis déçue.

Et je sais que je ne suis pas la seule

On m'a dit que ce n'est pas si mal de fermer sa gueule

Qu'à trop parler, je fais juste couler les larmes

J'ai tant serré dans mes bras tout ce vacarme.

A toi ma petite soeur que j'aime
Je prie pour que tu ne m'oublie pas
Je chasserais tes problèmes
En un claquement de doigt.
Je t'accompagnerai pour te guider, si tu l'acceptes
Je t'empêcherais de faire les erreurs que j'ai faites.

Il y a encore tant de choses que j'aurais voulu faire
De choses à te dire, mais je vais devoir me taire
Je serais ton ombre, toujours à tes côtés
Car sache que la mort ne va pas m'effacer.
Même si tu ne me vois plus
Je serais avec toi
Près de moi, tes larmes ont disparus
A ma mort je vais les faire disparaître, il faut juste que tu y croies.

A toi ma petite soeur que j'aime
Je prie pour que tu ne m'oublie pas
Je chasserai tes problèmes
En un claquement de doigts.
Je t'accompagnerai pour te guider
Sache que je ne t'abandonnerai jamais.

Alors si un jour ma voix t'atteint
J'espère voir sur tes lèvres un joli sourire peint.

Même la voix tremblante, même en hésitant, même en improvisant, même si c'était décousu, Nanoki n'avait jamais entendu de chanson aussi belle, aussi intense. Les chansons de Clarisse pouvaient lui faire ressentir tant, mais celle-ci, sa dernière, atteignait l'apogée.

Ses larmes coulaient en réponse à ce texte, à sa voix, à l'amour pour cette petite sœur qu'elle ne connaissait pas, et pourtant, savoir que la concernée n'entendrait jamais ses derniers mots lui fendait le cœur. Et en même temps, elle ressentait le courage que la chanson venait de donner à Clarisse. Car malgré les larmes salées qui dévalaient, son sourire illuminait la pièce.

À l'instant même où sa voix s'éteingnit, un trou se forma sous ses pieds. L'écran apparut.

Clarisse se tenait assise sur ses chevilles, une corde autour de son cou. Elle ne sanglotait plus. Elle était prête.

Un son strident retentit, pire encore que celui du micro, la forçant à se boucher les oreilles, et des cailloux se jetèrent sur elle. Puis le son se fondit dans le silence et tout ne semblait être qu'un mirage, troublé par les marques sur sa peau.

Sans lui laisser le temps de réfléchir, la corde la souleva jusqu'à ce que ses pieds ne touchent plus le sol. Elle l'agrippa, son instinct de survie achernée à la desserrer, en vain, les yeux exorbités. Ses bras finirent par retomber, à la limite de l'inconscience.

On la libéra. Ses pieds retrouvèrent le sol. Elle toussa violemment entre deux grandes inspirations. Le son et les cailloux revirent. Disparurent. La corde la souleva. La laissa tomber.

Son. Coups. Etranglement. Brève liberté.

Encore et encore. Clarisse frôlait la mort, le corps recouvert des coups des cailloux, marques rouges à liquides carmins, pour finalement y échapper. Encore et encore. Jusqu'à l'épuiser. Encore et encore. Jusqu'à ce qu'elle n'ait plus la force de se couvrir les oreilles ou essayer de se délivrer. Encore et...

Ses pieds quittèrent de nouveau le sol, mais cette fois ci, ni le son, ni les cailloux cessèrent. Au contraire, tout s'emplifiait.

Du sang s'écoulait de ses oreilles, des trous percèrent son crâne, puis... tout cessa.

Le corps de Clarisse se balançait légèrement. Son expression loin du courage et de la sérénité de plus tôt, affichait à présent et pour toujours, une terreur pure.

Chapitre 25

Shiro éclata d'un rire sanglant, les mains sur le ventre.

— Il n'y a vraiment rien de mieux qu'une bonne exécution ! Hé, faites pas cette tête-là. Elle l'a mérité pour avoir commis un crime. Nous ne faisons que suivre la loi du Talion.

Nanoki lui lança un regard noir. Comment pouvait-il sortir de telles inepties ?

Shiro fit mine de trembler, un air faussement apeuré. Puis il pouffa à nouveau de rire, comme s'il se retenait depuis longtemps.

— Franchement... Vous ne détestez pas votre camarade pour avoir enlevé la vie d'une autre ? Nous ne faisons que la venger. Clarisse est morte de la même manière que Célia. Elle a juste... souffert un peu plus.

— Te fous pas d'nous ! C'est vous les responsables ! Si je dois détester une personne pour enlever des vies, c'est bien toi, sale robot de merde !

Randy vociféra à leur casser les oreilles, car c'était la seule façon de se défouler sans les frapper et donc sans mourir. Même en braillant, il dut serrer les poings pour se retenir.

Shiro lui offrit un sourire malicieux, les yeux plissés. Ce fut trop. Randy se jeta sur lui. Kuro attrapa le bras de Shiro, mais ce dernier la dégagea, défiant. Il ne comptait pas partir. Il comptait se laisser frapper.

Mais à la surprise générale, Randy ne le toucha pas. Il se laissa tomber à côté et abattit son poing contre le trône, le faisant vibrer.

Le robot soupira, déçu, avant de disparaître.

Cela signifiait pour les autres qu'il était temps de partir eux aussi. Comme la dernière fois, tous se dirigèrent vers leur chambre. Tous sauf un. Randy.

Il demeurait devant le bâtiment, en transe. D'un pas lent, il s'apprêtait à se rendre au gymnase, mais se figea net, les ongles enfoncés dans les paumes. Il se dirigea finalement au réfectoire.

Nanoki le suivit. Son comportement l'intriguait trop. Pourquoi il se montrait tant affecté par la mort de Célia ? Lors de ses observations, même si Célia tentait de lui parler, lui s'en fichait. Leur seule véritable conversation semblait être celle dans la cour. Et Randy avait précisé qu'il voulait réfléchir à ce sujet.

Au réfectoire, Randy s'assit à une petite table et plaça sa tête entre ses mains, plongé dans une profonde réflexion. Il jeta à peine un regard à la karatéka quand elle avança vers lui à petit pas.

— Célia avait tout compris. Pas étonnant pour une actrice, j'imagine...

Compris ? Compris quoi ? À quel sujet ?

Une seconde, elle s'imagina que Célia lui avait raconté quelque chose d'important sur leur situation, mais l'évidence la rattrapa. Cela concernait directement et personnellement Randy.

Elle s'assit à ses côtés en oreille patiente. Sa curiosité la rendait agitée, cependant elle se força à ne pas le montrer.

Le laisser parler à son rythme lui donnerait une meilleure chance d'en savoir davantage.

— Elle a vu à travers moi. Tu sais, j'étais pas comme ça quand j'étais gamin. Plus calme, plus sensible, plus gentil. Trop gentil. On se servait de moi. Et je m'en rendais même pas compte. J'étais tout naïf et manipulable et je me sentais heureux que les autres viennent me parler, même s'ils me demandaient un service. Je me disais qu'ils me faisaient confiance et que je devais pas les décevoir. Que comme ça ils deviendraient mes amis. Je voulais avoir plein d'amis à l'époque...

Happé par les souvenirs, son regard se perdit dans le vague. Il semblait revivre les événements en même temps qu'il les racontait.

— J'ai ouvert les yeux quand je les ai rencontrés. Mon groupe de potes. Ils voulaient m'aider pour que je me fasse plus marcher dessus, qu'on arrête de se servir de moi comme un chien bien obéissant. C'est des bons, tu sais. Même s'ils font souvent les cons. Et j'étais contre leur pratique de voler dans des magasins, de déclencher des bagarres de rues... Je les vends pas très bien là, mais c'était vraiment des bons gars. Ils sont un peu cons mais pas inconscients, même s'ils font un peu de la merde parfois. Et puis ça date, ça, c'était surtout au lycée. Ils ont commencé à se calmer. Tu sais, l'un d'eux, y'a à peine quelques mois, nous disait qu'il voulait reprendre l'entreprise de son père. Un magasin de jouets. C'est vraiment un gosse celui-là...

Un sourire triste se dessina sur ses lèvres alors que ses yeux brillaient.

— Je voulais devenir comme eux. Je voulais en avoir rien à foutre comme eux et vivre ma vie au jour le jour. Le plus drôle, c'est que quand je me suis battu pour la première fois, ils se sont inquiétés et m'ont fait la morale. On a quelques années d'écart, j'étais au collège quand ils étaient au lycée, du coup, ils m'ont toujours vu comme leur petit frère à protéger. Je crois que ça les a pas mal aidés à prendre en maturité et à réaliser des choses sur leur propre comportement. Ils voulaient pas être une mauvaise influence. Mais les gens changent pas du jour au lendemain, donc au lieu de grosses conneries, ils faisaient surtout des petits trucs pour faire chier, pour faire rire. Sauf le gars de l'entreprise de jouets. C'était toujours le plus sérieux et le plus raisonnable. C'est lui qui m'a trouvé, tu sais...

Il ferma les yeux et attendit, laissant les larmes humidifier ses joues comme il profiterait du soleil sur sa peau.

— Célia m'a dit que je portais une carapace et que je devais l'abandonner. Je m'en étais pas vraiment rendu compte avant. Mais j'essayais tellement d'être comme mes potes que j'ai commencé à oublier qui je suis. Tu crois que le vrai moi c'est ce p'tit gars sensible, naïf, manipulable et trop gentil ?

Nanoki pensait qu'il s'agissait d'une question rhétorique, mais à l'expression sincère qu'il lui jeta, elle comprit qu'il attendait d'elle une réponse. Elle déglutit discrètement, s'étant plus attendu à écouter qu'à parler.

— Je ne peux pas répondre à ta place. Ce dont je suis sûre par contre, c'est que tu ne peux plus redevenir comme avant. Tu as changé, tu as ouvert les yeux. Peu importe comment tu évolueras, tu seras une personne différente. Je crois pas vraiment aux grands changements de caractère. Les gens ne changent pas, ils évoluent. Que ce soit pour devenir une meilleure version d'eux-même, ou une pire. À toi de voir la direction que tu veux emprunter.

Randy cala à nouveau sa tête dans ses mains. Si longtemps qu'elle se crut oubliée.

— Merci... Je ne sais pas pourquoi t'es restée tout ce temps à m'écouter, ni pourquoi t'as pris la peine de me répondre... Mais merci... Je pensais pas mais... Ça fait du bien de parler.

Par curiosité...

Elle se retint de l'avouer.

Cette fois, il n'y avait plus de doute que la discussion s'achevait. Elle le quitta pour retrouver sa chambre, rassasiée.

Nanoki s'écroula sur son lit. Au même instant, son nez la piqua et ses yeux s'humidifèrent. Elle comprit que ce n'était pas que de la curiosité. Elle cherchait à retarder le moment où elle serait seule avec ses pensées.

Il y a quelques jours seulement, elle adorait la solitude, quand cela lui permettait de lire ou de s'entraîner en paix. Mais là, elle n'avait la force pour aucune des deux activités.

Alors elle serra son oreiller contre sa poitrine. Ses larmes dévalèrent sur ses joues jusqu'au tissu humide.

Comment garder espoir après quatre morts ? Combien de temps tiendrait-elle ? Malgré ses bons réflexes, et si elle se faisait tuer ? Et si *elle* craquait et finissait par tuer quelqu'un ?

Ses pensées macabres la plongèrent dans un cauchemar.

***

— Non !

Nanoki se réveilla en sursaut. La respiration saccadée et le cœur battant la chamade, elle tenta d'ancrer son esprit dans la réalité. Mais c'était comme si le poids du monde pesait sur ses épaules, avant de pénétrer sa peau, comprimer chacun de ses organes.

De l'air... besoin... de respirer...

Elle se précipita dehors, claquant la porte derrière elle. Le vent lui gifla le visage et un soupir de bien-être s'échappa de ses lèvres. L'air accepta de remplir ses poumons, ses muscles se détendirent peu à peu. Tête levée vers le ciel, elle prit de grandes inspirations.

Après un temps, elle se sentit mieux. Cependant, malgré le fait qu'il était 4 heures du matin, elle ne voulait pas retourner dans sa chambre. Elle étouffait trop dedans.

Elle décida alors de se balader pour se changer les idées. Sans destination, sans chemin, juste marcher entre les arbres.

Néanmoins, le hasard la mena dans une cour non déserte. Sur un banc, Randy était assis au-dessus du dossier, les pieds là où il aurait dû poser les fesses, les coudes sur les cuisses et le regard rivé sur le sol.

Il leva la tête vers elle quand elle ouvrit le portail.

— Qu'est-ce que tu fais là ?

— Cauchemars, répondit-elle en prenant place à ses côtés.

Elle imita son activité — fixer le sol — et aucun des deux ne parla de longues minutes.

— Tu sais, te parler, ça m'a beaucoup aidé. Je me suis rendu compte à quel point ça faisait du bien et à quel point j'en avais besoin. Je sais toujours pas pourquoi t'as fait ça, mais je voulais encore te remercier. Maintenant j'ai envie d'apprendre à connaître le vrai moi. C'est plutôt marrant dit comme ça.

— T'as déjà progressé. Tu as dit plus d'une phrase sans insulter ou crier, elle se moqua.

— Ouais ouais, ça va... Je suis pas aidé par le contexte non plus. Quand je suis tendu ou énervé, mon premier réflexe c'est... bah comme tu l'as dit, insulter et crier. Et puis, t'as vu les autres ? C'est pas des gens avec qui j'irais faire ami-ami.

— Pas faux.

Le silence régna. Nanoki voulait parler, mais savait pas quoi dire. Alors elle laissa échapper la première chose qui lui vint.

— Hey... Vu que t'as été honnête avec moi, tu veux que je fasse pareil ?

— Comment ça ? T'as des choses à cacher ?

— Tu sais pourquoi je t'ai écouté tout à l'heure ? Pourquoi je suis venue au lieu d'aller dans ma chambre comme tout le monde ?

Intrigué, il se redressa, l'incitant à continuer.

— En fait, je suis une personne assez curieuse. Je pense qu'on est tous comme ça, mais je me vois comme la protagoniste du monde, et les autres, les personnages secondaires, et les figurants. Du coup, je ne connais que mes propres pensées, sans alternance de point de vue. Et ça me frustre pas mal de pas savoir, de me dire qu'untel est le protagoniste de sa vie, et qu'il lui arrive peut-être des trucs de fous. Alors j'ai envie de savoir, de ne pas être juste la protagoniste mais l'auteur de l'histoire qui connait tout. Ça, c'est la raison consciente. Et la raison inconsciente, c'est que je déteste être dans ma chambre. Être seule avec moi-même ça me fait peur. Je crois que ma curiosité vient aussi de mon besoin de distraction. Tant que je suis occupée avec la vie des autres, je pense pas à la mienne.

— Je vois... Merci de m'avoir dit la vérité.

— Alors ? Tu es déçu que je ne sois pas une sainte ?

Il souffla, le coin de ses lèvres tressaillit en un sourire.

— Non, pas vraiment. Et puis, au fond, qu'importe pourquoi t'as fait ça tant que tu comptes pas aller le raconter à tout le monde et te foutre de ma gueule. T'as l'air d'être le type de personne qui respecte les secrets des autres. Je veux dire, malgré ta curiosité, t'as déchiré ton mobile.

C'était pas vraiment par respect envers Daphné...

— Pour moi, ce qui m'importe le plus, c'est d'avoir pu parler à quelqu'un sur qui je peux faire confiance sur le sujet. Et puis, t'as quand même répondu à la question bizarre que je t'ai posée.

— Tu me fais confiance ? T'avais pas dit que tu n'étais plus naïf ?

— Quoi ? T'es en train de me dire que t'es pas une personne de confiance ? J'ai du mal à croire les personnes qui le disent ouvertement.

— Dans une situation comme celle-là, moi-même je ne sais pas si je peux me faire confiance.

Chapitre 26

— Au fait... Depuis le début, tu nies avoir découvert ta capacité... C'était faux, pas vrai ?

— Ah... je suis si grillé que ça ? Je croyais que le menteur et l'analyste étaient les seuls à l'avoir deviné...

— T'as jamais été crédible. En plus, pour quelqu'un qui a eu une réaction aussi vive, t'as jamais enlevé ton tablier.

— C'est pas faux... Je suis fleuriste. Y'a que ma famille qui est au courant. J'en ai jamais parlé à personne d'autre. Mes proches ont honte qu'un « délinquant » comme ils disent, ait cette capacité. Ils mentent aux autres en disant que je l'ai pas encore découverte, alors j'ai toujours fait pareil.

Son air mélancolique se transforma en grimace à ces souvenirs.

— C'est dommage, c'est bien d'être fleuriste. Je sais que ma mère aimait les fleurs. Même si papa a tout jeté...

Elle murmura cette dernière phrase ; cependant, cela n'empêcha pas Randy de l'entendre. Il écarquilla les yeux.

— Est-ce que ta mère est...

— Pose pas de question.

Sa voix sortit plus sèche qu'elle ne le souhaitait. Elle n'aimait pas parler de ses parents. Les seuls au courant étaient sa meilleure amie et le maître de son club de karaté en qui elle accordait sa pleine confiance.

— Désolé...

Nanoki ne répondit pas, mais se rendit compte que son cœur battait la chamade.

Ils restèrent silencieux, plongés dans leurs pensées, jusqu'à ce que le soleil se lève.

— On est vraiment restés ici autant de temps ?

— Faut croire...

Ils s'étirèrent et elle le quitta pour se dégourdir les jambes en attendant l'annonce qui leur permettrait d'accéder au réfectoire.

Plantée devant la porte, elle se questionna toutefois. Pourquoi le réfectoire leur était-il interdit la nuit, au juste ? Était-ce une idiotie comme Shiro aimait en faire ? Peut-être que l'un d'eux, possiblement Daphné, comptait parmi les mangeurs nocturnes — quoique elle devait passer sa nuit à dormir — et cela ne constituait qu'un moyen de l'en empêcher ? D'un autre côté, rien ne les interdisait de ramener de la nourriture dans leur chambre, ce qui rendait l'idée inutile.

— Qu'est-ce que tu fais ! s'écria Randy alors qu'elle posait sa main sur la poignée.

Sans un regard vers lui, elle raffermit sa poigne et ouvrit la porte, la poussant pour lui permettre de voir l'intérieur sans entrer. Car après tout, la règle interdisait bien d'y pénétrer en période de nuit, pas de voir l'intérieur.

Ce qui s'y trouvait la surprit tant que Randy arriva à son niveau.

— Qu'est-ce que...

Shiro et Kuro, branchés au centre de la pièce par des fils sortant du sol.

C'était donc pour cela que la règle indiquait que l'endroit leur appartenait. Ils se chargeaient la nuit, et le moindre mauvais geste les débrancherait.

Shiro ouvrit les yeux, puis un sourire se dessina sur ses lèvres. Elle sursauta, s'étant imaginé qu'ils étaient complètement éteints.

— Tiens, tiens. Une petite curieuse. Non, deux petits curieux. Alors, surpris ?

— C'est quoi ce délire ?

— Tu n'as jamais vu de fils, mon petit Randy ?

Shiro les retira un à un, avant de s'étirer comme l'avait fait le duo plus tôt, comme s'il en avait besoin après un moment sans bouger. Était-ce le cas ? Kuro l'imita bientôt.

— Bien ! La période de nuit est terminée !

Sa voix vibra contre son poignet. Le robot leur fit une révérence avant de disparaître. Sa jumelle eut l'air plus gênée, le dos à demi tourné pour regarder les fils retourner dans le sol.

Une fois Randy et Nanoki seuls, les deux s'échangèrent un regard circonspect.

— Eh bah... Ça fait un mystère de résolu, j'imagine ?

Elle acquiesça distraitement, assise à sa place habituelle. Encore une fois, il lui fallut attendre. Elle épia les autres un à un, mais rien n'attira son attention. Exceptée Noémie qui marmonna quelque chose. Malheureusement, trop bas pour l'entendre.

Daphné la rejoignit bientôt avec un paquet de nourriture sur les bras. Plus le temps passait, plus elle mangeait. Nanoki faisait plutôt l'inverse. La nausée lui monta à la simple pensée.

— Toi, t'as fait un cauchemar, affirma-t-elle en ouvrant un paquet de céréales.

— Ça se voit tant que ça ?

— Tu t'es pas regardé dans un miroir depuis combien de temps ? Les cernes sous tes yeux sont tellement énormes que tu pourrais t'en servir de poches pour y mettre des cookies. T'en veux d'ailleurs ?

— Ça ira, merci.

Épuisée maintenant que le groupe l'entourait, elle se laissa glisser le long de sa chaise jusqu'à ce que sa tête repose sur le dossier. La position s'avéra inconfortable, et pourtant, elle sombra aussitôt dans le sommeil.

Sa sieste ne dura pas longtemps, à peine le temps d'un petit déjeuner, à cause de l'arrivée — ou du retour ? — des robots.

— Salut les copains ! On vous apporte votre récompense pour avoir survécu !

Nanoki serra les poings. Elle rêvait d'enchainer sur eux toutes les techniques de karaté qu'elle connaissait jusqu'à ce qu'il n'en reste que des tas de ferrailles.

Les « récompensées » furent Daphné, Jessica, Gaël ainsi qu'Eden.

Quand les robots partirent, elle se rendit compte qu'elle était crispée au point de garder des traces de sang sous ses doigts. Elle les essuya dans l'intérieur de ses manches et suivit le groupe.

Malgré tout, l'espoir de trouver un indice, même maigre, demeurait. Malheureusement, son cerveau regorgeait d'idées de potentielles armes en fonction des capacités et des victimes qui pourraient en souffrir. Une part d'elle préférait ne pas savoir, mais la curiosité l'emportait toujours.

Elle imaginait Daphné trouver des somnifères, Gaël un appareil photo qui servirait de jumelle pour observer sa victime de loin, Jessica un spray aussi froid que du gel, et Eden, des ciseaux énormes.

Aux colonnes, Nanoki resta en premières loges. La rêveuse laissa tomber sa clé plusieurs fois avant de parvenir à la tourner dans la serrure. Un immense oreiller.

— Hein ?

Daphné serra l'objet avec la même perplexité.

Eden tenait un kit de couture. Les yeux brillants, il ouvrit la boîte. Une rangée d'aiguilles semblables à des brochettes la remplissait. Il aurait dû s'attendre à ce que ce ne soit pas un jeu, mais il afficha tout de même une moue déçue et chercha du réconfort chez Soen.

Gaël pointait vers elle un appareil photo, un grand sourire aux lèvres. Au son du clic, elle se protégea aussitôt le visage, car *elle* n'avait pas oublié que cela devait servir à tuer. Le flash fut si intense que, sans son réflexe, elle aurait pu dire adieu à sa vue. Même ainsi, elle dut papillonner des yeux de longues secondes avant que le monde apparaisse clairement.

— Mince, je suis désolé ! J'oublie tout le reste dès qu'il s'agit de photo. Ça m'a semblé tellement incroyable de retrouver un appareil que je voulais me dire qu'il pouvait être utilisé normalement. Dommage que ce soit que le flash qui fonctionne... De toute façon, avec une telle lumière, j'aurais eu que des photos toutes blanches.

Ses yeux brillèrent et, en d'autres circonstances — s'il n'avait pas manqué de l'aveugler par exemple — elle lui aurait tapoté l'épaule pour le consoler. Il jeta l'objet dans la colonne et retrouva Kaïs, qui contre toute attente, l'attira contre son torse, une main sur son dos, l'autre derrière sa tête nichée dans son cou.

La vision l'étonna au point qu'elle en oublia de longues secondes Jessica qui découvrait sa récompense. Cette dernière récupéra des patins à glace qu'elle serra aussitôt contre son cœur. Pourtant, comparé aux autres, elle n'avait aucun moyen de pratiquer sa capacité. À moins que les robots aient caché une patinoire en plus d'un débarras.

— Aïe !

Jessica lâcha les patins, une entaille profonde aux mains dont du sang s'écoulait. Aaron réagit en premier. En une course rapide, il effectua l'aller-retour de sa chambre à ici en revenant avec une trousse de soin. Il fit asseoir Jessica et s'occupa de ses blessures.

À force de s'occuper des blessés, on pourrait le croire infirmier au lieu de leader. À l'évidence, les vrais leaders ne se contentaient pas de donner des ordres. Un soulagement.

***

De nouveau, Nanoki quitta sa chambre au milieu de la nuit suite à un cauchemar. Celui-ci concernait le maître de son club, qui apparaissait dans la forêt en tant que nouveau participant et se faisait aussitôt tuer par l'un d'eux derrière un arbre. Elle assistait à ses derniers instants quand un sursaut la réveilla.

Elle se rendit directement dans la cour. Randy était de nouveau présent.

Est-ce que c'est parce que Célia est morte ici ou il venait déjà avant ça ?

— C'est marrant que tu sois là, je pensais à toi justement.

Elle haussa un sourcil en prenant place de la même manière que la veille.

— Vraiment ? Tu n'imaginais pas un plan de meurtre, j'espère ? Sinon, je peux te rappeler notre combat.

Derrière sa plaisanterie se cachait une vérité. Certes, ils avaient parlé, s'étaient confiés l'un à l'autre cependant, cela n'effaçait pas leur situation. Personne ne savait qu'ils papotaient la nuit, personne ne se douterait du coupable s'il se décidait à la tuer maintenant.

— Non, j'ai eu ma dose. J'ai encore mal aux fesses rien qu'en repensant à toutes mes chutes. Plus sérieusement... Je sais que je dois faire confiance à personne ici et tout, mais j'sais pas... Y'a un truc chez toi qui me donne l'impression que je suis en sécurité quand t'es là.

— On me l'a souvent dit.

— Ah ouais ? Pas étonnant en vrai. T'as fait quelque chose en particulier ? Aussi héroïque que sauver Célia quand Eden a...

— Oui, mais parfois, on me dit que c'est ce que je dégage.

Randy pencha la tête sur le côté, intrigué.

— Et... t'as des exemples en tête ?

— Hm... Battre les brutes de mon collège qui embêtaient tous les sixièmes ?

— En mode héroïne ?

Un sourire se dessina sur ses lèvres en souvenir.

— Héroïne je ne sais pas, mais j'ai défendu et vengé une personne qui m'est chère.

— Je suis tout ouïe.

Elle espérait cette réponse. Même si elle essayait de ne pas trop penser à ses proches de peur de finir par craquer, ils lui manquaient terriblement, alors l'occasion de parler de sa meilleure amie la rendait heureuse.

Elle prenait un chemin qu'elle ne connaissait que très peu pour faire un détour vers un parc tout juste nettoyé. Alors qu'elle allait tourner, elle se cacha aussitôt derrière le mur en entendant des rires moqueurs. Elle laissa dépasser sa tête. Quelques mètres devant, sa meilleure amie, entourée d'un groupe de garçons qui s'amusaient à tirer ses courts cheveux châtains.

Cette dernière lui révéla plus tard les avoir coupés dans l'espoir de leur échapper plus facilement, elle qui les avait autrefois si longs, et rêvait de les laisser pousser autant que possible.

Sur le moment, Nanoki fut paralysée. Son esprit lui hurlait d'agir, mais ses pieds restaient scotchés au sol, refusant de répondre à ses ordres.

Les rires de la bande continuaient de la hanter encore des années plus tard.

Elle ne parvint à se libérer de sa propre emprise que lorsque, lassés pour la journée, les garçons s'en allèrent. Sa meilleure amie s'écroula. Elle s'appuya contre le mur, les jambes à sa poitrine, les joues humides de larmes.

Nanoki se jeta sur elle pour la serrer avec force, s'excusant un nombre incalculable de fois.

Après la culpabilité, un nouveau sentiment naquit en elle. Une envie de justice. Elle se souvint alors d'un club de karaté non loin de chez elle où il restait encore des places — il en restait toujours chaque année, comme l'indiquait les affiches en recherche de nouveaux membres. Elle martela le clavier de son ordinateur et trouva rapidement leur site. Sans même prendre le temps d'en parler à son oncle, elle appela le maître du club.

Dès son premier cours, elle apprenait les mouvements avec une facilité étonnante, soutenue par sa détermination. Ainsi, après une semaine seulement, elle battit tous les membres, sauf son maître, déjà persuadée qu'elle faisait partie des capacitaires, respectant son idée de ne jamais se battre contre eux. Le savoir la rassurait grandement. Elle aurait pu d'ores et déjà passer le test pour s'en assurer, mais la confiance de son maître lui suffisait pour son objectif.

Dès le lendemain, elle ne quitta pas sa meilleure amie, malgré ses supplications et sa nervosité de l'impliquer.

— Regardez les gars, elle flippe tellement qu'elle a ramené une copine en renfort. Ça nous fait un nouveau jouet. Elle est plutôt mignonne en plus, l'asiatique.

La colère s'intensifia aussitôt, bien qu'elle ne pensait pas cela possible au vu de la haine qu'elle leur portait. C'était rare que les gens l'appellent par son origine, et ce ton-là l'insupportait. À ses yeux, celle qu'ils visaient était sa mère morte en couche, lui léguant ses traits pour seul héritage.

— Me regarde pas comme ça, tu fais peur ! Enfin, si t'étais pas en train de te faire dessus !

Les amis de celui qui s'apparentait être le chef éclatèrent de rire. Nanoki n'attendit pas plus et lui envoya son pied dans l'estomac. Le souffle coupé, il plaqua ses mains contre son ventre. Ses amis se jetèrent sur elle dans un juron.

Derrière elle, sa meilleure amie sanglotait, et cela lui donna la force de ne jamais flancher. Se prendre des coups lui importait peu à cet instant, si cela lui permettait de rendre le double. Empi uchi. Hiza geri. Shuto uchi. Gyaku tsuki. Elle enchainait tout ce qu'elle connaissait, à s'en faire mal aux poings et aux pieds sous la force des coups.

Essoufflée, elle cessa une fois le groupe à terre, à demi inconscient. Loin de respecter les règles du karaté, elle les avait frappés n'importe comment, les laissant avec une côte cassée, le nez en sang complètement tordu, et même un œil sûrement crevé pour l'un d'eux.

Le chef, qu'elle avait un peu plus épargné que les autres, tentait de se relever. Elle le plaqua sur le ventre dans une clé de bras, claire sur le fait qu'elle n'hésiterait pas à le lui tordre.

— T'es complètement folle, arrête !

Elle tourna son bras d'un seul coup, ce qui lui arracha un cri de douleur. Elle enfonça un tissu déchiré dans sa bouche pour l'empêcher de faire trop de bruit le temps de son cri, même si l'endroit était désert.

— D'accord, c'est bon ! Je t'en supplie, arrête ! On a compris la leçon ! On embêtera plus ta pote ! Et on te dénoncera pas, promis, on est désolés ! Mais je t'en supplie, lâche-moi, j'ai trop mal...

— Ni personne d'autre ?

— Personne ! Je le jure sur ma vie !

Chapitre 27

— C'est incroyable ! Et ils l'ont tous respecté ?

Sa bouche s'ouvrit pour répondre, avant de se refermer, soudain peu sûr.

— C'est étrange, je ne m'en souviens pas... J'ai l'impression que oui... Et en même temps que non... Dans tous les cas, la rumeur a circulé qu'ils avaient peur de me recroiser, et on me considérait comme une personne avec qui on ne risquait rien à ses côtés. Honnêtement, j'aurais jamais fait tout ça pour quelqu'un que je ne connais pas. Aujourd'hui, oui, parce que je sais que c'est pas capacité, alors tant qu'à l'avoir, autant aider les autres si nécessaire. Mais je crois que ce qui a joué, c'est le fait d'être souvent accompagné. J'avais pas envie en soit d'être une héroïne ou quoi, mais tu sais ce que c'est, quand on te colle un statut et qu'on attend un comportement de ta part, ça te met la pression et tu finis par le faire.

Elle se souvenait de ces personnes qui couraient lui demander de l'aide. Il suffisait d'ajouter sa fierté de karatéka capacitaire, et cela devenait impossible de refuser. Jusqu'à en devenir un réflexe.

— C'est dingue comme histoire... À côté, ma découverte à moi est trop nulle...

— Dis toujours. Ça m'en fera une de plus dans ma collection.

Sa lèvre supérieure tressaillit d'amusement. Si chacun souhaitait toujours raconter son expérience, ceux qui écoutent s'en laissaient, voire s'en agaçaient. Surtout avec une grande famille ou beaucoup d'amis et de connaissances. Et c'était assez mal vu de demander à la personne de se taire, exception faite si on connaît l'histoire par cœur.

— En fait, mes parents ont une boutique de fleurs. C'est aussi pour ça qu'ils ont jamais assumé ma capacité, ils voulaient pas que je ruine leur image. Bref, du coup, je discutais d'un truc avec ma mère pendant qu'elle gérait l'ouverture, et je sais pas trop pourquoi, j'ai eu envie de m'occuper les mains. Alors j'ai pris quelques fleurs un peu à l'instinct et à la fin, paf, j'avais fait une composition. Je me souviens du choc de ma mère. J'avais pas trop compris sur le coup. Elle a pas voulu m'en parler, sauf je l'ai grillé en train de chercher des infos sur cette capacité. J'y croyais pas, j'ai juste fait le test par curiosité.

Elle hochait la tête au fur et à mesure de son discours. Sa voix sonnait tellement désinvolte qu'elle demeura interdite, trop habituée à l'enthousiasme. Surtout, elle eut l'impression qu'essayer de le flatter serait malvenu. Alors elle se contenta d'un silence respectueux.

Une fois assez de temps passée, elle reprit la parole.

— Dis, tu penses que ça existe des gens qui, jusqu'à leur mort, ne connaissent jamais leur capacité ? Ou même des gens qui n'en ont pas ?

Il cligna des yeux, pris au dépourvu.

— Euh... Si une personne meurt jeune, je suppose que y a de grandes chances qu'elle le sait pas... Mais je crois que j'ai entendu parler d'une machine qui pourrait apparemment donner trois possibilités de capacité histoire d'orienter. Et ils font un prix aux défunts. Après, je sais pas si c'est fiable, et j'imagine que c'est méga cher.

— Ah ouais, ça me dit un truc... Mais c'est pas encore officiellement dans le commerce, si ? Je crois qu'ils sont juste en phase de test. Enfin, de ce que j'ai entendu.

— Peut-être, j'avais pas trop fait gaffe...

— Ce serait bizarre que quelqu'un puisse ne pas en avoir. Mais ne pas savoir, t'imagine ? Quand j'y pense, avant de vouloir aider ma meilleure amie, je n'avais jamais fait de sport de combat. Juste ce qu'il y avait dans le programme scolaire, mais c'est tout. D'ailleurs, si j'ai choisi le karaté, c'est juste parce que c'était pas loin de chez moi et que je voyais toujours des annonces sur mon chemin.

Y songer dessina un sourire au coin de ses lèvres. Tous les paramètres qui rentraient en jeu rendaient la chose incroyable. Avec un choix, une pensée, un environnement différent, et peut-être qu'elle aurait mis encore des décennies pour découvrir sa capacité ou bien...

Certaines personnes y parvenaient, car il s'agissait d'une activité ou d'une action qu'ils aimaient et pratiquaient régulièrement. Et c'était encore plus simple pour celles mentales comme les analystes.

La discussion s'arrêta là. Randy bâilla, déclara qu'il partait dormir. Seule, Nanoki n'eut d'autres choix que de l'imiter, peu sereine de rester à l'extérieur sans compagnie.

À l'instant même où la porte se referma derrière elle, un immense vide l'envahit. Elle pensait s'y être habituée, cependant, chaque fois s'avérait plus intense que la précédente.

S'habituait-elle déjà à ne plus être seule la nuit ? Ou bien parler du passé lui rappelait que le monde extérieur demeurait hors de sa portée.

Elle se laissa glisser le long de la porte, les larmes dévalant ses joues. Des sanglots s'y mêlèrent, incapable de les retenir plus longtemps.

Son esprit s'emmêla, se noua. Tout devint flou, à la fois bruyant et trop calme, lumineux et sombre. Elle essaya d'imaginer une foule, mais seule une cacophonie étourdit ses oreilles. Une vague l'emportait. Ses écumes brouillaient ses sens. Son sel glissait dans sa gorge. Ou bien venait-elle d'avaler une de ses larmes ?

Un autre son surpassa le reste. Clair, aigu, proche. Une fois les neurones reconnectés, elle reconnut la sonnette.

Nanoki se hâta d'essuyer ses larmes afin de voir à travers le judas. Randy. Pourquoi revenait-il ? Regrettait-il d'être parti et il venait lui demander d'y retourner ? Et pourquoi semblait-il inquiet ? Ou alors nerveux ? Prévoyait-il la tuer ?

Par précaution, elle entrouvrit la porte.

— Qu'est-ce que tu veux ?

— En fait, je trouvais que tu avais l'air... Tu as pleuré ?

Il en oublia sa phrase à la vue de ses yeux rouges.

— Tu... tu veux en parler ? Je peux t'écouter si tu veux, tu l'as bien fait pour moi après tout.

— Pas besoin de te sentir redevable. Je t'ai dit que mon intention n'était pas d'être une sainte.

Elle s'apprêtait à refermer, mais Randy cala son pied à temps. Il grimaça, ne s'attendant pas à une telle force. Nanoki elle-même s'en étonna. Depuis quand était-elle si tendue ?

— je sais, et je t'ai dit que j'en avais rien à foutre de tes intentions parce que ça m'a aidé. Je vais pas te forcer à me parler, accepte juste que je sois dispo si tu veux, merde !

— J'ai rien à te dire ! Tu t'attends à quoi, sérieux ? Peut-être que toi ça t'a aidé parce que ça concerne directement ta façon d'être. Mais qu'est-ce que ça va changer de te dire que je déteste être seule avec mes pensées toutes plus sombres les unes que les autres ? Qu'est-ce que ça va changer de te dire que ça me fait flipper et que tous les jours, j'appréhende la période de nuit ? Rien ! Absolument rien ! Une peur ne s'envole pas miraculeusement juste parce qu'on en a parlé !

Elle claqua la porte le plus fort possible, forçant Randy à retirer son pied. Elle verrouilla la serrure et jeta un œil au judas. Il était toujours là, à souffrir du coup porté.

Il avait pas à mettre son pied là…

Mais elle regrettait déjà son geste. Quitte à être rude, elle aurait dû le pousser plutôt que *ça*.

Un soupir lui échappa.

Le reste de la nuit fut interminable. Elle n'essayait plus de dormir, allongée en étoile de mer, les yeux rivés sur le plafond. Les événements se répétaient mentalement, inlassablement.

Nanoki espérait que Randy ne la détesterait pas trop et continuerait de fréquenter la cour. Il y avait bien Daphné qui lui faisait assez confiance pour rester seule avec elle. Sauf que cette dernière refuserait de se priver de sommeil. Sans compter qu'elle restait peut-être amère pour son manque d'intervention pendant le procès.

Sur cette affaire, Nanoki peinait à vraiment s'en vouloir.

Quand c'était moi la suspecte elle m'avait défendu…

Quelle confiance Daphné lui accordait ? Ce n'était pas comme si elle pouvait poser la question. En d'autres circonstances, oui, mais ici, cela raviverait la méfiance.

Au matin, elle fut de nouveau la première au réfectoire après avoir séché les larmes qui avaient coulé. Voir l'endroit vide lui procurait un étrange sentiment. La majorité d'entre eux restait ici toute la journée ; raison pour laquelle elle associait ce lieu à la sécurité.

Randy pénétra peu de temps après elle, en boitant. Entre son épaule et son pied, il n'était décidément pas chanceux. Même si le premier allait mieux depuis assez longtemps pour qu'elle ne l'ait pas remarqué. Et que le deuxième était de sa faute. Elle s'excuserait.

Le fleuriste s'appuya sur sa table.

— Viens à l'heure habituelle, d'accord ?

Sans attendre sa réponse, il lui tourna le dos.

— Au fait, tu avais faux hier.

— Pardon ?

— Je t'en dirai plus si tu viens.

Il reprit sa marche boiteuse jusqu'à sa chaise où il se laissa choir dans un soupir de soulagement.

Il a retenu que j'étais curieuse et fait exprès de m'intriguer… Il est doué cet idiot…

Sur quel sujet avait-elle faux ?

Elle se questionna toute la journée, sous le regard perplexe de Daphné qui la jugeait ouvertement. Même les bêtises de Soen ne parvenaient à la distraire.

L'heure habituelle… Elle sortait de sa chambre après un cauchemar. La première fois vers 4 heures, et la deuxième aux alentours de 2 heures. C'était à se demander s'il rejoignait sa chambre le soir où s'il filait directement vers la cour.

À la fois curieuse et impatiente, elle s'y rendit à 1 heure.

Bingo.

Il sourit à sa vue.

Et lui qui ne voulait pas faire ami-ami...

— Alors ? Tu as dit que j'avais faux ? C'était une technique pour m'amadouer ?

— Non, je suis sérieux à ce sujet. Tu avais faux quand tu disais que m'en parler n'allait rien changer.

Nanoki haussa un sourcil, las.

— Tu vas me sortir une recette de grand-mère contre la peur ? Pas que je doute de l'efficacité de tes conseils, mais c'est inuti...

Alors qu'elle commençait à se lever, Randy la retint par le poignet d'une prise ferme et douce.

— Je t'ai déjà presque arraché le pied, tu veux que je fasse pareil avec ta main.

Il la lâcha aussitôt.

— C'était pas nécessaire d'en arriver jusque-là... Ça fait vraiment mal, tu sais ?

— J'ai cru comprendre.

Elle accepta de se rasseoir. Randy sourit, satisfait.

— C'est pas une recette de grand-mère que je te propose. Je peux rien faire quand t'es dans ta chambre.

— Alors pourquoi tu as dit que...

— Laisse-moi finir. C'est très simple ce que je te propose, tu vas voir. Si le problème est simplement d'être dans ta chambre parce que tu es seule, alors tu n'es pas obligé d'y aller.

Le silence s'étira, lui confirmant la fin de son discours. Elle ne plaçait pas d'espoir, pourtant la réponse la décevait.

— Merci beaucoup petit génie… Sérieusement, tu crois que je n'y ai pas pensé ? Je l'aurais déjà fait si c'était pas aussi risqué.

— Pourtant, tu es bien sorti ces derniers jours.

— La première fois, je prenais juste l'air au début. Et après, je voulais voir si tu étais encore là.

— Et tu ne trouves pas ça risqué d'être seule avec moi ?

Les yeux plissés, elle le dévisageait.

— Avec toi, je sais que personne ne m'attaquera parce que tu serais un témoin. Et si c'est ce que tu demandes, je n'ai pas peur que *tu* m'attaques. Je pense que je n'ai pas besoin d'expliquer.

Un geste de menton vers son pied enflé dessina une grimace sur son visage.

— Mais *seule* dehors, je devrais être tout le temps sur mes gardes. Et ça me demande plus d'énergie que ça en a l'air.

— Donc si je suis là, t'es tranquille ? Parfait, problème réglé. Je peux passer la nuit dehors. Je préfère dormir au réfectoire quand tout le monde est là de toute façon.

Elle ne l'avait même pas remarqué…

— Donc ça t'arrange aussi ? Pourtant, la première nuit, tu étais dehors et tu n'avais aucun moyen de savoir que quelqu'un allait te rejoindre. D'ailleurs, maintenant que tu sais pourquoi je sors, et si tu me donnais tes raisons à toi ?

— Oh, c'est juste que je me sens pas en sécurité dans une chambre donnée par nos bourreaux. De façon générale, je n'aime pas dormir dans une chambre qui n'est pas à moi. Je viens ici presque toutes les nuits depuis qu'on est arrivé. Je sais que c'est risqué, que je suis la cible parfaite et que c'est un miracle que je sois encore vivant. C'est pour ça que je suis content que tu viennes. Comme je te l'ai dit, je me sens vraiment en sécurité avec toi.

Le sol devint soudain très intéressant.

— C'est toujours le cas après ce que je t'ai fait ?

Il grimaça un instant, avant de hocher la tête.

— Alors, tu es déçue que je fasse pas ça par pure gentillesse ?

— Non, au contraire, ça me rassure que tu aies tes propres raisons. L'inverse aurait été suspect.

— C'est une bonne idée, tu trouves pas ? On est tous les deux gagnants dans cette histoire comme ça.

— Très bien. Laisse-moi juste te rappeler une chose si jamais il te viendrait une idée débile... Le pied enflé, c'était pas volontaire, sinon j'aurais fait pire.

Il acquiesça d'un air solennel. Elle laissa planer le silence et finit par ajouter.

— Et je suis désolée. J'aurais pas dû m'emporter contre toi alors que t'as rien fait.

— T'inquiètes, je suis souvent sur les nerfs, moi aussi, je sais ce que c'est.

Chapitre 28

Le manque de sommeil commençait à se faire sentir. Nanoki ne portait pas de maquillage, active comme elle était, la transpiration rendait les couches sur sa peau désagréable. Pourtant, face à son miroir, elle regrettait de ne rien trouver dans les placards pour cacher ses cernes. Sa seule solution restait d'appliquer un tissu humide sous ses yeux. Au moins, cela la réveillait bien.

Nanoki quitta sa chambre. Cependant, elle n'eut pas le temps de faire plus de deux pas qu'une main l'empoigna et la força à courir. Si son cerveau ne réagissait pas assez vite pour reconnaître la personne, son corps la plaquait au sol.

— Aïe ! Lâche-moi ! Je veux juste te parler !

— Gaël ?

Les autres autours la dévisageaient sans oser trop bouger. Elle se releva, imitée par Gaël.

— J'aimerais m'excuser, mais comprends que j'ai de bonnes raisons de ne pas me laisser faire quand on me saisit comme ça.

— Je suis désolé, je n'ai pas vraiment réfléchi. J'avais peur que tu arrives trop rapidement au réfectoire.

Elle croisa les bras, prête à l'écouter, autant qu'elle l'était de le frapper.

— Allons un peu plus loin, c'est personnel.

Il s'installa contre un arbre à quelques mètres des chambres. La scène causée lui assurait qu'il ne pourrait rien tenter sans être le suspect numéro un, alors elle s'assit à côté.

— Je sais que ce que je vais te dire va te paraître bizarre, que c'est plutôt naïf avec notre situation, que ce serait plus prudent de ne rien faire, ou même que je suis fou…

— Pourquoi tu veux me parler si tu te réponds tout seul ?

— Pour avoir un avis extérieur. J'ai bien demandé à Daphné, mais… bref, je pense que c'est mieux d'avoir un deuxième avis.

Nanoki se redressa, intriguée.

— J'espère que ça vaut un minimum le coup pour rentabiliser ton bras.

Il se frottait toujours le poignet rougi.

— En fait, voilà, je suis amoureux de Kaïs. Je l'étais déjà avant d'arriver ici et je crois qu'on flirtait ensemble. Je sais que ce n'est pas la meilleure ambiance pour une romance, mais… j'ai peur qu'on reste coincé ici toute la vie, ou de mourir bientôt, alors je voudrais qu'il se passe quelque chose entre nous. Je souhaiterais ne pas avoir de regret…

— Je comprends toujours pas pourquoi tu es venu me parler alors que tu te répond tout seul.

— J'aimerais avoir ton avis, t'en penses quoi toi ? Est-ce que c'est une si mauvaise idée de tenter quelque chose ?

Nanoki soupira. Elle ne s'attendait pas à une histoire de cœur.

— Et t'as dit quoi Daphné.

— Je ne préfère pas que tu sois influencé par son opinion.

— Je ne sais pas, écoute... J'imagine que t'as tes chances avec lui vu qu'il te câline malgré sa paranoïa.

— Et donc ?

— Et donc tu fais ce que tu veux.

— C'est tout ?

— Je suis karatéka, pas conseillère amoureuse. D'ailleurs, c'est plutôt moi qui devrais dire, « c'est tout » j'ai cru que t'allais me tuer, puis j'ai failli te tordre le bras pour *ça*.

Elle se leva, imitée par Gaël.

— Maintenant que tu as eu mon avis, je peux y aller ?

À contrecœur, il hocha la tête. Nanoki n'attendit pas plus, elle rejoignit le réfectoire, et Daphné qui s'empiffrait. D'ailleurs, pour la quantité qu'elle consommait, elle maigrissait depuis le début de leur situation.

— T'as été longue, aujourd'hui.

— J'ai eu un petit contre-temps. Oh ?

Étrange pair, Randy discutait avec Jessica. C'était donc ainsi qu'il ne faisait pas ami-ami.

— J'ai envie de faire du karaté.

— Cool, je te regarderai.

C'est ce qu'elles firent après le petit-déjeuner de la rêveuse. Nanoki passa toute la matinée à s'entraîner, ainsi qu'une partie de l'après-midi. Vers 18 heures, Soen et Eden les rejoignirent.

— Hé ! Hé ! Nanoki ! Ça te dit de cuisiner avec nous ?

— Vous ? Cuisiner ?

— Oui, on a dit aux autres qu'on s'occupait du dîner, mais étrangement, ils ont pas confiance. Ils accepteront seulement si une troisième personne minimum est avec nous. Alors tu viens ? Tu viens ? On va préparer une pizza géante !

— T'as bien dit pizza ? s'écria Daphné. J'ai bien entendu que si vous cuisinez, on aura de la pizza ?

La rêveuse courait vers eux, des étoiles plein les yeux, alors que de la salive coulait sur sa lèvre.

— Nanoki, accepte ! Et je viens avec vous !

La karatéka ne put retenir un rire. L'enthousiasme de Daphné ainsi que la fatigue du sport, réussissaient à donner l'impression qu'il s'agissait d'un quotidien normal avec de la bonne nourriture entre amis.

— Ok. Laissez-moi dix minutes et je vous rejoins dans la cuisine.

— Trop bien ! Allez, viens, Daphnénounette, je savais qu'on allait te convaincre.

— Hein ? Mais vous m'avez rien demandé.

Soen et Eden pouffèrent de rire face à Daphné perplexe.

Nanoki ne les suivait pas dans leur joie. Elle peinait à manger le minimum pour ne pas faire de malaise, alors elle ne se fichait du plat dans son assiette. Au fond, elle enviait les autres. Elle semblait la seule avec cette difficulté.

Après sa douche, elle retrouva le trio en cuisine. Afin de satisfaire tout le monde, la pizza géante contenait plusieurs goûts. Il ne s'agissait d'ailleurs pas exactement d'une pizza géante, par manque de place dans le four, cependant, ils assemblaient chaque morceau sur le plus grand plat au fur et à mesure, qui donnait l'illusion.

Tout le monde piocha des morceaux un peu partout, sauf Gaël et Kaïs qui se contentaient de grignoter. À la première occasion de lui parler seul, elle alla le voir.

— Vous ne mangez pas ?

— Pas maintenant. Kaïs m'a proposé de passer la nuit avec lui, donc on s'est déjà préparé des petits trucs. Même si tout est excellent.

— Cool pour toi. Je crois.

— D'ailleurs...

Il rougit et s'approcha de son oreille.

— Est-ce que tu crois qu'on peut trouver quelque chose pour se protéger ?

Nanoki s'empourpra à son tour en bondissant en arrière. Était-ce normal de penser à *ça* quand on savait qu'on risquait de mourir à tout moment, ou au contraire était-ce étrange ?

— J'en sais rien ! Demande à Kuro ou Shiro, ils doivent savoir eux !

Aussi déconcertant était-ce de poser une telle question à leurs bourreaux.

— En parlant d'eux, ils vont pas nous voir ? Parce que ce serait vraiment bizarre...

Sur ce coup-là, elle partageait son avis.

— Non, si on peut se fier à ce qu'ils nous disent, les caméras dans les chambres s'éteignent dès qu'il est question de préserver l'intimité.

Sa phrase achevée, une voix émana de leur bracelet.

— Je ne vais pas venir pour ça, mais tu trouveras ce que tu cherches dans le placard de la salle de bain. La personne qui a demandé se reconnaîtra.

Du front au menton, en passant par les oreilles, Gaël devint aussi rouge qu'un personnage de cartoon.

Un brouhaha d'interrogations fusa, à la recherche de qui avait demandé quoi. Nanoki choisit ce moment pour abandonner le photographe et revenir à Daphné.

— Tu sais quelque chose sur ce qui se trouve dans le placard ?

— Aucune idée. Je l'ai ouvert que pour prendre des serviettes, j'ai jamais fait attention au reste.

Si l'information finissait par se savoir, ce ne serait pas par elle.

Une fois les questionnements tassés, la soirée conserva son animation habituelle. Ce jour-là, Nanoki ne craignait pas de constater la vitesse de son déroulement. Elle avait un étonnant fleuriste. Et maintenant que leur arrangement était officiel, elle ne passa pas par la case chambre, mais s'installa directement dans la cour avec lui.

— Donc toi, ta technique pour ne pas faire ami-ami « parce que ce serait stupide », c'est de sympathiser avec Jessica ?

— Tu perds pas de temps... Mais c'est pas parce que je parle aux gens que je veux devenir leur *best friend forever* !

Sa voix vira aiguë sur ces derniers mots, les mains collées sur les joues, tête penchée sur le côté, un faux sourire niais au visage. Nanoki secoua la tête en levant les yeux au ciel, mais ne put empêcher ses lèvres de se relever.

Un rire sincère s'échappa de leur gorge. Elle se stoppa aussitôt. Elle venait de rire ? Un vrai rire sincère à cause de la tête marrante de Randy ? Parce qu'elle l'avait trouvé *drôle* ? Depuis combien de temps n'était-ce pas arrivé ?

Elle ignora l'appel de Randy et fit défiler ses souvenirs du présent au passé. La bagarre contre les harceleurs, sa rencontre avec sa meilleure amie, et puis...

— Non... Ce n'est pas possible... Ça ne peut pas être vrai...

Le vide s'empara d'elle. Plus rien ne l'atteignait. Ni couleur, ni son, ni sensation, ni pensée.

Chapitre 29

— Nanoki ? Est-ce que tu m'entends ? Nanoki !

La voix, bien qu'un peu brouillée, lui parvint telle une lumière dans l'obscurité. Elle tendit le bras, et ce mouvement la ramena à elle. Le banc soutenait son dos. Non, elle était allongée dessus.

Concentre-toi, Nanoki...

Elle ferma fort les yeux en se convainquant que tout irait mieux une fois rouvert.

Penché vers elle, Randy la surveillait, mi-inquiet, mi soulagé.

— Tout va bien ? Qu'est-ce qui t'es arrivé ? Tu peux parler ?

— Je...

Sa voix était grasse, au point que cette seule syllabe la força à tousser. Randy l'aida aussitôt à se redresser, lui tapotant le dos.

— Je vais bien... je crois... Qu'est-ce qu'il s'est passé ? Je me souviens juste qu'on parlait et après, c'est le trou noir.

— J'en sais rien ! T'avais l'air en transe, tu réagissais pas quand je t'appelais. Puis d'un coup, tu t'es levé et t'as commencé à dire des trucs bizarres, avant de t'évanouir.

— Je me souviens de rien...

Avec le discours de Randy, elle essaya de se remémorer l'événement. Mais elle ne parvint qu'à se donner mal à la tête.

— Attends, je vais te chercher de l'eau. Ah, mince, le réfectoire est fermé, c'est vrai… Je peux pas te laisser ici et aller dans ma chambre, j'ai même pas de verre pour transporter l'eau.

— Ça va… Ça commence à passer.

Bientôt, ses pensées redevinrent plus claires. Une réflexion la frappa.

Il ne m'a pas tué.

Nanoki venait de se montrer vulnérable, évanouie et incapable de réagir, et il ne l'avait pas tué. Cela aurait été l'occasion parfaite. Les autres ne leur avaient pas assez prêté attention pour se rendre compte qu'ils déviaient du chemin pour la cour au lieu des chambres. Personne ne devinerait qu'il était le coupable. Et si un meurtre survenait au milieu de la nuit, aucun n'aurait d'alibi, à l'exception de Gaël et Kaïs.

— Pourquoi tu m'as pas tué ?

— Quoi ? Qu'est-ce que tu racontes ?

— Ne fais pas l'innocent. T'as pas envie de sortir d'ici ?

— Bien sûr que si ! Mais pas… pas comme ça ! Je me suis bagarré quelques fois, mais je veux avoir du sang sur les mains ! Putain… t'es vraiment sérieuse, là ? Tu veux dire que toi, tu m'aurais tué si j'avais été à ta place ?

— N'inverse pas la situation, j'ai le droit de m'inquiéter, non ? Je me suis évanouie et j'aurais très bien pu ne jamais me réveiller si tu l'avais décidé. Depuis que je fais du somnambulisme, ça me terrifie d'avoir si peu de contrôle sur moi-même.

Randy s'adoucit. Il glissa lentement vers elle et posa sa paume sur sa main.

— Je suis désolé. Même si en théorie, on a juste un accord, j'ai pas envie que tu penses du mal de moi.

— Moi aussi, je suis désolée... je crois ? Je sais pas trop ce que je ressens là, je... je crois que j'ai juste besoin de... de je sais même pas quoi d'ailleurs...

Elle passa sa main le long de son visage. Randy s'éloigna un peu pour lui laisser de l'espace. Son talon se secouait de haut en bas, crissant sur les cailloux. Étonnamment, ce son était agréable, la maintenait dans la réalité. Elle se permit même de fermer les yeux, ses mèches de cheveux en rideau entre eux.

***

Si Clarisse, en tant que chanteuse, pouvait chanter sans que ce soit étrange, ou encore Soen qui passait inaperçu, venant d'une autre personne, c'était insolite. Surtout quand cette même personne trottinait joyeusement.

— Qu'est-ce que...

Randy dévisageait Gaël, l'air de se demander s'il manquait de sommeil.

— Tu ne rêves pas, il est bien en train de chanter comme s'il se réveillait dans un conte de fées.

Curieuse, elle s'approcha de lui.

— J'imagine que ta nuit s'est bien passée ?

— T'imagines bien ! Je te raconte après le petit-déjeuner !

Il pouffa, au point de cracher.

— Pardon, je suis un peu trop excité ce matin.

Il s'essuya le menton.

Excité était un euphémisme. Il tenait à peine en place, tremblant presque.

— Je peux manger avec vous ?

Sans attendre de réponse, il s'assit à leur table. Daphné ne s'en étonna pas en arrivant, bien qu'elle se permit une taquinerie.

— Kaïs en a déjà marre de toi ?

— Haha, très drôle. Il prend une douche. Il devrait pas tarder, d'ailleurs. Ça vous dérange pas s'il mange avec nous ? Lui, il est d'accord ! Il m'a promis de ne pas trop vous dévisager et de ne pas hurler si vous lui adressez la parole.

Daphné et Nanoki pensaient la même chose, qui se lisait sur leur visage.

— C'est bon, vous moquez pas, c'est pas facile pour lui, vous savez. Je sais qu'il a la réputation d'être quelqu'un... de particulier du fait de sa paranoïa... Mais dans le passé, il a vécu des choses difficiles. Du *stalking*, un enlèvement pour ses organes dont il a été sauvé de justesse. Le pire, c'est que c'était géré par un de ses plus proches amis de l'époque. J'ai en partie aidé à le sauver, alors il me fait confiance, mais à part moi... Il a même longtemps refusé de voir un psy, de peur que grâce à ses études, il utilise ses failles contre lui. Ça faisait que quelques mois qu'il avait acceptés des rendez-vous en visio. Il fait partie de ceux qui ont des réactions traumatiques violentes, ça lui a souvent valu des remarques, alors soyez gentilles avec lui, s'il vous plaît.

Sa bouche resta figée, entrouverte, interdite. Nanoki n'avait pas imaginé que Kaïs avait pu subit tout cela. Son cœur se serra, de tristesse et de culpabilité.

— Je suis désolée... ça a dû être horrible pour lui...

Un sourire triste se dessina sur le visage de Gaël.

— C'est peut-être difficile à croire, mais le plus dur est passé. Avant, il refusait toute eau ou nourriture qu'il n'avait pas acheté et cuisiné, parce que cet ami-traître l'avait drogué. Et même là, je devais le rassurer en mangeant avant lui en goûteur. Il a failli arrêter sa carrière de mannequin, de peur que la célébrité augmente ses détracteurs. La seule raison qui l'a poussé à continuer, c'est parce qu'on avait un contrat tous les deux. Il a placé en moi toute la confiance qu'il refusait d'accorder aux autres. Et heureusement, il serait devenu fou sans ça et il aurait sûrement fini par faire une bêtise... Bref, je veux pas trop entrer dans les détails. Il m'a autorisé à vous en parler un peu, mais le reste, ce sera de lui s'il en a envie un jour.

— Putain... lâcha Daphné. Franchement, fais-lui un gros câlin de ma part. Précise pas forcément que c'est de ma part, après...

Sa remarque détendit l'atmosphère et Gaël gloussa. En déglutissant, il avala sa salive de travers et toussa. De plus en plus fort. Nanoki sauta sur ses pieds, mais la crise passa.

— Ça va, ça va...

Kaïs arriva à ce moment, et malgré sa promesse, il jeta un regard noir aux deux filles.

— Qu'est-ce que vous lui avez fait !

— Calme-toi, j'ai juste avalé de travers, elles sont pas allées trifouiller ma gorge !

Grâce au débrief de Gaël, aucune d'elles ne fit de remarque, et elles essayèrent de ne pas le rendre nerveux. Chose peu évidente quand Nanoki passait son temps à regarder autour et Daphné qui râlait.

— Tu sais, tu devrais essayer la thérapie des rêveurs. Tu créer un rêve lucide pour affronter tes peurs tout en gardant le contrôle. On appelle aussi ça une thérapie par exposition douce. Je peux t'apprendre si tu veux.

La proposition rendit Kaïs muet, l'air surpris.

— Je... je sais pas... T'en penses quoi, toi ?

— Je trouve que c'est une super idée ! s'exclama Gaël. Tu pourrais lui noter toutes les informations nécessaires, comme ça, on s'entraînera tous les deux.

Daphné acquiesça, fière d'elle. Tellement fière qu'elle mangea peu pour retourner dans sa chambre s'atteler à la tâche.

Kaïs sembla le prendre au sérieux, car avec Gaël, ils y passèrent un long moment.

***

— Depuis combien de temps vous n'avez pas vu Gaël et Kaïs ? questionna Noémie, en plein petit déjeuner.

Et à bien y réfléchir, en plusieurs jours, Nanoki ne les avait pas vus.

— Je crois avoir vu Kaïs se faire un peu de réserve d'eau et de nourriture, répondit Jessica.

— Et pas Gaël ? S'ils sont ensemble, ce serait plus logique que ce soit lui qui vienne, répliqua Eden.

—Peut-être que la thérapie l'aide ! proposa Daphné.

Aux regards incompréhensifs qu'on lui jeta, elle dut leur expliquer la conversation d'il y a quelques jours.

— J'ai un mauvais pressentiment, allons voir, asséna Aaron.

Il ne l'ordonnait pas, et pourtant, chacun d'eux le suivit. Le leader toqua à la porte de Kaïs. Ce dernier leur ouvrit, tout groggy. Il devait avoir beaucoup pour son entraînement, ce qui fit tiquer la rêveuse.

— Vous voulez quoi ?

Kaïs essayait de ne pas se montrer aussi vif que d'habitude, il essayait très fort même. Cependant, son regard noir subsistait, et sa main serrait la porte, prêt à la refermer à tout instant.

— Ça fait des jours qu'on a vu ni toi, ni Gaël. Il est avec toi ? l'interrogea doucement Nanoki.

Elle pencha la tête pour voir l'intérieur de sa chambre, mais rien ne lui sauta aux yeux.

— Je lui ai demandé de me laisser seul il y a environ trois jours.

— Et quand tu es passé prendre tes réserves, tu lui as apporté quelque chose ?

La voix d'Aaron, imitant Nanoki, se faisait basse, comme s'il s'adressait à un animal blessé.

— Non, je voulais lui montrer mes progrès avant de le voir. Pourquoi ?

Nanoki sentit un frisson lui parcourir l'échine. Elle se précipita à la chambre de Gaël pour la marteler. S'il n'était pas sorti pendant au moins trois jours, dans quel état se présentait-il ?

— Bouge.

Randy la poussa presque avant de s'accroupir devant la serrure dans l'intention de l'examiner.

— Eden, donne moi deux de tes aiguilles.

Le concerné hocha la tête et sprinta vers les colonnes. En moins d'une minute, il lui fourra le kit dans les mains. Randy, en professionnel, récupéra le nécessaire.

Clic.

Kaïs frappa la porte qui cogna le mur.

— Gaël !

Mort. Aucun doute la dessus. Même sans être analyste, sa pâleur, ses joues creusées, les cils immobiles et la panique de Kaïs qui devait ne sentir aucun pouls, disaient tout. Le pauvre tenait son amant contre lui, une main soulevant sa nuque et sa tête pendante, l'autre sur sa joue, essuyant une trace de vomit.

Léo et Aaron entrèrent à sa suite. Cela donna aux autres l'impulsion de bouger.

L'intérieur empestait le sucre, bien que certains ne semblaient pas le sentir.

— De l'opium, affirma Léo.

— C'est... c'est un empoisonnement ? bafouilla Daphné.

La scène de leur premier jour se rejoua. La visite de la salle d'alchimie, la remarque de l'analyste, la constatation de la présence de poison en ces lieux... Poisons qu'elle avait presque oubliés jusque-là.

— Il a quelque chose dans la main...

Kaïs, tremblant, leur montra le poing fermé de Gaël autour d'une fiole. L'une de celles de la salle d'alchimie. Sa transparence permettait de constater que son contenu avait diminué de plus de la moitié.

— C'est un suicide ? osa murmurer Jessica.

— Qui sait ?

Shiro chantonna ses mots juste derrière l'oreille de la patineuse. Cette dernière hurla avant de s'évanouir.

— Mais ça va pas apparaître comme ça, espèce de taré ! cria Randy.

Le robot lui lança un sourire éclatant, amusé de la situation. Il enjamba le corps de Jessica pour se pencher au-dessus du cadavre.

— Quelle belle mort ! J'en suis tout émoustillé ! J'ai hâte de vous voir au procès ! N'oubliez pas de lire le dossier, mes chers petits.

Et dans un éclat de rire, il disparut.

Nom de la victime : Gaël

Lieu de découverte du corps : Chambre de Gaël

Cause de la mort : Empoisonnement.

Voilà les maigres informations qu'on leur laissait. Qu'ils possédaient déjà, en somme. C'était comme si, plus il y avait de morts, et moins d'indices ils gagneraient. Pourquoi ? Les robots ne devaient-ils pas rester impartiaux ? Ou il s'agissait véritablement des seules informations qui ne compromettait pas trop le coupable ?

Et puis merde, à quoi ça rime tout ça ?

Nanoki tourna le dos au cadavre et se dirigea vers la sortie, rattrapé par Randy.

— Où tu vas ?

— Dans la salle de chimie.

Elle s'en alla avant d'entendre les sanglots de Kaïs.

Jamais elle n'aurait cru avoir besoin de remettre les pieds ici. Pourquoi serait-elle venue dans une pièce remplie de poisons ?

Pourtant, étrangement, elle préférait la froideur de la salle à celle pleine d'émotions de la chambre de Gaël.

L'affaire de Célia aussi, le suicide faisait partie des hypothèses. La mise en scène poussait à le croire. Mais si c'était facile de faire pendre un mort, on ne pouvait pas enfermer une fiole dans une main. Gaël la serrait bien trop pour qu'on la lui ait donné après coup. D'autant plus que la chambre était verrouillée.

— Dis, c'est possible de crocheter une serrure pour la verrouiller ?

— J'ai essayé des dizaines de fois, et... pas vraiment.

Ou alors tu mens parce que tu es le coupable.

La pensée la traversa, tel un réflexe, mais elle n'y croyait pas vraiment. Même quand le hasard lui offrait la meilleure occasion pour la tuer et il ne le saisissait pas, sans en avoir l'idée. Alors elle l'imaginait mal organiser tout un plan de meurtre. Elle savait que cela ne voulait rien dire, et elle n'était pas sûre de pouvoir se fier à son instinct. Elle choisit toutefois de le faire.

— Il manque des flacons.

— Ouais... Un d'opium, un de cyanure d'hydrogène, et un de colchique.

— Deux d'opiums.

— Deux ?

Randy la dévisagea avant de coller son front à la vitre.

— Ah ouais, bien vu. L'espace est plus grand que les deux autres.

Pourquoi trois fioles différentes ? Une nouvelle question à mettre de côté pour le procès. Elle photographia l'étagère, concentrée afin que ce ne soit pas flou. Elle se rassura de la présence de Léo qui venait photographier aussi les indices.

Le regarder faire lui donna un pincement au cœur. Elle avait partagé plusieurs conversations et repas avec Gaël. Le contexte devrait les empêcher de lier des amitiés, et sans aller jusqu'à attribuer ce terme, des rapprochements se produisaient. Avec Daphné, avec Soen et Eden, avec Gaël, et même un peu Kaïs, avec Randy, avec Jessica. Ce n'était plus qu'un meurtre. Elle perdait aussi une personne qu'elle avait appris à connaître.

Nanoki ravala ses larmes.

Son bracelet vibra.

Le procès.

— Putain.

Randy souffla tout haut ce qu'elle criait tout bas.

— J'espère vraiment qu'on commence le procès parce qu'on a assez de preuves...

Moi aussi...

Les colonnes se déplacèrent à leur arrivée. Elle manqua de bousculer Kaïs, encore plus agité que d'habitude.

Nanoki porta automatiquement son regard vers les portraits. Ceux de Clarisse et Gaël les attendaient. Pour une fois, Kaïs arborait un air sérieux, déterminé à trouver le coupable.

— On a de nombreux points à démanteler. Premièrement, quand est-il mort ? Et avec quel poison ? Le colchique est un poison lent, donc en théorie, il pourrait être empoisonné depuis plusieurs jours en fonction de la dose. Quant au cyanure, il agit en quelques secondes ou minutes. L'opium, ce qui m'intrigue, c'est que même si l'odeur persiste dans la chambre, je me demande si le terme correct ne devrait pas être overdose, au lieu d'empoisonnement, sauf si c'est généralisé pour ne pas nous donner la réponse.

Concentré, la tablette dans les mains avec toutes les photos, Kaïs s'avérait impressionnant quand il y mettait du sien. Nanoki manqua presque de l'écouter.

— Le point le plus important pour moi est sa chambre verrouillée. Si l'odeur d'opium était là avant qu'il meure, ce serait étrange qu'il n'ait rien fait ou dit à ce sujet. Donc tout pousse à croire qu'il l'a lui-même consommé, ajouta Léo.

— Mais pourquoi ? geignit Jessica, au bord des larmes.

En avait-il eu assez de tout cela ? Il se montrait si défaitiste quant à la possibilité de s'en sortir, avant son rendez-vous avec Kaïs.

Ne pas avoir de regret...

Planifiait-il déjà sa mort lors de leur conversation ? S'agissait-il de la raison qui le poussait à vivre une aventure avec Kaïs avant ?

— Peut-être qu'il était juste malade et a pris de l'opium pour se sentir mieux ? tenta Randy.

— Qui aurait cette idée, sérieux ? répliqua Daphné.

— Hé, la ferme, toi. Je te rappelle qu'on a aucun médicament ici. Donc s'il souffrait, il a dû se dire qu'il prenait ça ou rien. Je sais que c'est possible parce que j'ai un oncle qui s'est blessé en rando. Il avait perdu ses affaires et avait rien d'autre, donc il prit de l'opium qui poussait là.

— On s'en fout de ta vie ! chanta Soen.

— En vérité, cela se tient, confirma Léo. Et de toute façon, le plus probable est bien une ingestion consciente.

Nous n'avons trouvé aucune trace de nourriture ou de boisson dans laquelle l'opium aurait pu être dissimulé.

Nanoki se gratta la nuque, réfléchissant. Si la piste du suicide ne tenait pas alors il s'agissait d'un mauvais dosage ou une overdose à force d'en prendre. Mais dans ce cas, pourquoi ne pas avoir demandé de l'aide ? Surtout à Aaron qui prouvait jour après jour qu'il maîtrisait ce genre de situation.

— Ok, et donc, grand génie, il était malade de quoi ? cracha Daphné.

La rêveuse continuait de le provoquer, comme ce jour-là dans la salle de chimie.

— Peut-être d'un poison. Du colchique par exemple. Il aurait été empoisonné, souffrirait, pourrait penser à une simple intoxication alimentaire, et prendrait de l'opium dans l'espoir de se soulager comme c'est tout ce que nous avons. Mais contrairement à une intoxication, la douleur persiste, il consomme de plus en plus d'opium, même s'il réalise, il est déjà trop tard, les effets secondaires l'empêchent de bouger et de nous prévenir.

Son scénario les rend silencieux. Nanoki ne trouvait rien à redire. Puis une chose vint.

— Mais dans ce cas, le coupable c'est Gaël ou l'empoisonneur au colchique ? Et comment on peut le trouver s'il a été empoisonné il y a plusieurs jours ?

Jessica sanglota. Cette affaire, au premier abord, se montrait simple comparée aux autres, mais au final, s'avérait trop complexe. Le problème s'appuyait sur un de leur plus grand défaut : la mémoire humaine. Et le sourire amusé de Shiro leur annonçait qu'il n'indiquerait rien.

— Je pense que l'hypothèse la mieux fondé est que le coupable est l'empoisonneur au colchique. Cependant, je te rejoins sur ce point, cela nous complique la tâche. Nous mangeons tous les jours à peu près les mêmes repas, en dehors du petit-déjeuner où chacun se sert, reconnut Aaron, songeur.

Un tilt bondit dans sa tête à son discours.

— Il y a bien un repas qu'il n'a partagé qu'à moitié avec nous. Il y a quelques jours, lui et Kaïs ont mangé seuls dans sa chambre. Et le lendemain, je trouvais qu'il tremblait et salivait beaucoup. Sur le moment, j'ai pensé que c'était juste de l'excitation, mais maintenant avec tout ce qu'on sait...

— Qu'est-ce que tu insinues ? On juste mangé ensemble ! Et on a cuisiné ensemble ! Je ne l'aurais jamais tué ! Je l'aimais !

Chapitre 30

— C'est le seul en qui j'ai confiance, comment j'aurais pu lui faire ça !

Soen pouffa de rire et se leva pour le prendre par les épaules.

— Alors, petit Kaïs, quand tu pleurais tout à l'heure, c'était parce que tu réalisais que tu l'avais tué, pas vrai ? Toi, t'as juste glissé ton petit poison, et il est mort plus tard. Dans ta petite tête, c'est presque comme si t'étais pas vraiment responsable, hein ?

— Qu'est-ce que... lâche-moi...

Mais il venait de perdre toute conviction.

— On a notre coupable alors, asséna Daphné.

Les autres acquiescèrent et le vote commença. Seul Kaïs inculpa Nanoki, en vain, face à la majorité.

Cette fois-ci, nulle angoisse ne l'inquiéta, nul doute ne l'habita. Le coupable, clair comme de l'eau de roche, apparut à l'écran sans un regard pour le confirmer. Prenait-elle en confiance au fil des procès ? L'idée lui déplaisait tout en la rassurant.

— Pourquoi tu l'as tué ? l'interrogea Eden.

— Je n'avais pas le choix ! Il comptait profiter de mon amour pour me tuer !

— Ah, si c'est ça, alors !

L'exclamation de Soen lui valut bien des regards noirs.

— Je t'ordonne de nous raconter tous les détails.

Kaïs grogna, mais incapable de résister, il sortit un carnet de la poche intérieure de sa veste en cuir.

— J'ai trouvé ça dans sa chambre. J'avais pas prévu de fouiller, sauf que sa porte était entrouverte, alors je voulais trouver sa clé, histoire de la verrouiller, au cas où. Je n'aurais pas même pas lu son journal s'il n'avait pas marqué en gros « plan de meurtre ».

Il ouvrit le carnet et leur lit à voix haute.

J'en ai marre de cette prison, marre de côtoyer les mêmes personnes, marre de ne plus voir ma famille, marre de voir le sang couler, marre de tout. Alors, même si je n'en ai pas envie, je vais me salir les mains.

Je vais tuer Kaïs Achour pendant son sommeil en l'étranglant. Je sais que même moi, il ne me laisserait pas approcher les mains de son cou, mais une fois qu'il dort, il a le sommeil profond.

Je regrette déjà d'avoir parlé à Nanoki de la soirée, à ce moment-là, je ne savais pas encore que j'allais le faire.

Mais j'ai une idée. Après mon crime, je vais me réfugier chez Nanoki en prétendant qu'il a tenté de me tuer et que je l'ai assommé avant de m'enfuir. Je laisserai la porte grande ouverte, je n'aurais qu'à raconter plus tard que je n'avais pas les idées claires sous le choc, et que quelqu'un en a profité pour rentrer.

Je sais que c'est stupide d'écrire mon plan dans un journal donné par Kuro et Shiro. Peut-être qu'au fond, j'espère que quelqu'un m'arrêtera. Mais ça n'arrivera pas.

Je dois sortir d'ici ou je vais péter un câble et alors là, je ne sais pas ce que je deviendrais.

Shiro pouffait dans son coin durant toute la lecture, jusqu'à éclater de rire, la tête renversée.

— Pourquoi tu ris, enfoiré !

— Oh, c'est si drôle ! Je savais que ça marcherait avec toi, mon petit Kaïs. Gaël n'a jamais écrit tout ça. On ne sait pas s'il avait prévu de tuer quelqu'un, on ne lit pas dans les pensées, mais c'est moi qui ai écrit ce texte et entrouvert la porte. Comprenez-moi, c'est le premier couple de la tuerie, je devais pimenter les choses avec un mobile personnel.

La mâchoire de Kaïs tomba. Il balbutia un moment avant de parvenir à former des mots.

— Mais... C'est son écriture... Je la reconnaîtrais entre mille !

— Enfin, on est des robots, imiter une écriture, c'est un jeu d'enfant, pas vrai, Kuro ?

— Ne me mêle pas à tes jeux.

Le silence s'installa. Le choc de Kaïs paraissait si énorme, qu'aucun d'eux n'osa lui parler.

— J'avais pas dormi de la nuit... J'ai eu trop peur d'utiliser un poison rapide et d'être accusé...

— Attends, ça n'a aucun sens ! s'exclama Daphné. Le lendemain de votre soirée, tu étais avec lui comme d'habitude !

Il serra les dents.

— Ça fait des années que je lui accorde toute ma confiance, qu'il est mon tout. Même avec... ce faux message, même si j'ai eu peur de m'endormir, une part de moi n'arrivais pas à m'éloigner... J'avais l'impression que je ne valais rien sans lui, et que j'étais en danger. C'est pour ça que je voulais autant m'entraîner à ta thérapie.

Nanoki ne savait quoi ressentir. Gaël s'avérait innocent, cependant, cela ne changeait pas les sentiments de Kaïs.

— Comment tu l'as tué, au final ? Pourquoi ces trois poisons ? l'interrogea Noémie.

— Je comprends pas plus que vous. J'ai juste pris de l'opium et du colchique. Je voulais les mélanger pour qu'il se doute de rien. Même si on a cuisiné ensemble, il a pas observé tous mes gestes. Je lui ai préparé son encas préféré, des macarons. Et j'ai glissé le poison dans ceux au thé, que je lui laissais parce que je ne suis pas très thé.

— Donc on avait raison, la deuxième fiole d'opium servait à soulager sa douleur, mais le cyanure d'hydrogène ? questionna Randy, le front ridé de concentration.

Kaïs secoua la tête en réponse. Noémie leur montra une fiole vide.

— J'ai trouvé ceci au fond du lavabo. J'imagine que sous la douleur, il a voulu mettre fin à ses jours, avant de renoncer et de le vider.

— Ça ne figure pas parmi les photos, constata Aaron.

Noémie adopta son mutisme habituel.

— Maintenant que tu connais la vérité, tu regrettes ? résonna la petite voix de Jessica

— Bien sûr que je regrette... Je regrette de ne pas avoir été plus convaincant ! Gaël est mort pour rien ! Il aurait préféré me voir libre plutôt qu'exécuté !

Son aveu lui valut des regards noirs et de dégoûts. Il n'eut pas le temps d'y répondre qu'un trou l'absorba. Le cœur de Nanoki s'accéléra.

Sur l'écran, Kaïs apparut, attaché à un lit d'hôpital par des chaînes épaisses, les yeux bandés.

Un robot humanoïde dont le côté droit ressemblait à Shiro et la gauche et Kuro, s'approcha de sa victime, les bras chargés de seringues. Une commode émergea du sol afin de lui permettre de se décharger.

Une par une, le robot enfonça les aiguilles dans le corps de Kaïs, qui gémit d'abord de surprise, puis de douleur. Des spasmes le traversèrent, avant qu'il ne se mette à convulser. Ses doigts se tordaient dans tous les sens, craquaient. Ses membres se secouaient contre ses liens. Les cliquètements résonnaient aussi fort que ses hurlements.

Le robot sourit et ralentit, mais uniquement pour planter les seringues avec encore plus de force, telles des lames.

Du sang coula de la bouche et des yeux de Kaïs, imbibant le tissu, sans oublier les plaies causées par la brutalité des injections. Sur ces dernières, des particules de diverses couleurs s'y mélangeaient.

Il cessa de crier et de gigoter. Sa mâchoire, décrochée, pendait en un hurlement silencieux. Ses seuls mouvements venaient du robot qui persistait dans sa torture, avant de réaliser que cela ne servait plus à rien.

Il s'arrêta, tête penchée, comme un enfant perplexe de voir son jouet cesser de fonctionner.

Les jambes de Nanoki lâchèrent, mais elle sentit à peine le sol. Des tremblements la secouèrent alors qu'elle explosait d'un rire incontrôlé.

***

Son estomac lui faisait encore mal. Elle ne comprenait toujours pas ce qui lui avait pris, mais elle se sentait mieux, plus légère. Pas au point de se débarrasser de toute la tension qui l'habitait, cependant, cette sorte de crise l'en avait débarrassé d'une partie. Qu'elle soit infime ou grande, dans tous les cas, le soulagement l'emportait.

Nanoki se doucha, avant de se rendre au réfectoire, presque vide. Randy l'approcha d'un air hésitant.

— Est-ce que... tu vas bien ? Je voulais te parler tout à l'heure, mais... pour être honnête, tu faisais vraiment flipper.

— Je ne sais pas ce qu'il s'est passé...

— Bon, t'as l'air normal, donc... tranquille.

Après une dernière incertitude, il s'assit face à elle.

— Je faisais aussi peur pour que tu tires cette tête ?

— J'ai pas peur ! C'est juste que c'était super bizarre... M'enfin, j'imagine que ça doit être un genre de mécanisme de protection du cerveau, ou un truc du style...

— Efficace, en effet, ironisa-t-elle.

Son ventre gargouilla. Le son fut si inattendu que Randy pouffa de rire.

— Tu vois, je crois que c'est la première fois que j'entends ton corps te demander de manger, c'est que ton cerveau t'a aidé !

Elle se gratta l'arrière du crâne, peu sûre de quoi en penser, puis, constatant qu'elle avait *vraiment* faim, elle s'éclipsa pour se réchauffer des restes de pizzas.

Chaque gargouillis qui lui échappait manquait de la faire sursauter. Tant de temps s'écoulait sans réellement ressentir la faim, que se souvenir de ce besoin primaire l'étonnait.

— Ça m'inquiète, quand même... elle avoua une fois de retour.

— De quoi ?

— Moi… Tu crois… que je suis en train de devenir insensible ? Que je deviens comme… Shiro ?

— Oula ! T'as de la marge avant de vriller autant ! On parle pas de n'importe qui ! Et puis sérieusement, y a pas une loi qui dit que l'humain est capable de s'habituer à tout ? Pour être honnête, je trouve plus horrible de voir des cadavres et d'assister à des tortures que de savoir que des gens sont morts. Je dis pas non plus que ça me fait rien, mais si on les voyait pas, ce serait juste comme apprendre qu'un camarade de classe avec qui j'ai jamais parlé est parti. C'est bizarre parce que tu l'as côtoyé, un peu triste quand même, on parle d'un mort, mais c'est pas déchirant.

— Mais si on en vient à s'habituer à ces tortures ? J'ai l'impression… d'avoir moins ressenti de chose pour l'exécution de Kaïs que celle de Timéo.

Randy haussa les épaules.

— C'est normal. La première fois, il y avait le choc en plus. À force, même inconsciemment, on se prépare, on se braque, on s'attend à quelque chose de tellement affreux que la réalité parait pas si horrible.

Interdite, Nanoki le dévisagea. Si elle se basait sur sa première impression, de tous, c'était l'un de ceux dont elle attendait le moins de compréhension, et, il fallait se l'avouer, le moins d'intelligence émotionnelle.

— Je te trouve vachement conscient, en vrai.

— Hein ?

— C'est peut-être juste des préjugés, mais je t'ai toujours cru impulsif, irréfléchi, et tout… Et là, tu me parles comme si t'étais mon psy.

— Hé ! Impulsif, je veux bien, mais irréfléchi, t'abuse ! C'est vrai que j'ai eu des moments où j'ai pas eu l'air très fute-fute, mais bon... Je te rappelle que quand je me suis réveillé, vous étiez tous autour de moi. C'est qu'après que j'ai appris que vous, vous vous êtes réveillés par duos, étalés un peu partout.

— Je te le concède, tu fais partie de ceux qui ont eu un réveil plutôt violent.

— Merci.

Un cri les interrompit. Par réflexe, Nanoki se tendit, avant de réaliser que le sentiment paraissait joyeux.

— Nanoki, mais tu manges ! s'exclama Daphné.

Sa chaise grinça quand elle s'y laissa tomber, les yeux grands ouverts.

— Euh... Oui ? C'est logique, on doit manger pour survivre.

La rêveuse roula des yeux.

— Je te parle pas de survie, mais d'appétit ! Ça se voit à ton visage que tu as faim !

Presque émue, elle tapota son ventre pour la féliciter, ce qui lui valut un geste de recul.

— Calme-toi, ça devient bizarre.

— Comprends-moi ! Je te vois manger alors que depuis le début t'es à *ça* de vomir juste en voyant de la nourriture, ça me fait quelque chose !

En face, Randy pouffait de rire en silence, au contraire de Nanoki qui ne savait pas quoi dire.

— Tu exagères...

— Pour une fois qu'il se passe quelque chose de positif, laisse-moi me réjouir !

Comprenant alors, aussi insolite cela paraissait, elle l'autorisa à s'émerveiller, refusant de lui retirer ce petit instant de bonheur.

D'autant plus que les deux robots firent bientôt leur apparition, enlevant tout sourire, sauf celui de Soen.

— Coucou ! On espère que vous allez bien ! Oh, suis-je bête, vous ne pouvez que bien aller. Après tout, on vient vous apporter votre récompense.

Leurs bourreaux distribuèrent les clés à Léo, Soen, Noémie, ainsi que la karatéka elle-même, avant de disparaître.

Comme une routine...

— Et si... on oubliait les clés ? Si on n'ouvre pas les colonnes ? C'est pas grand-chose, mais ça fera toujours des armes en moins... proposa Jessica, les mains bandées contre son cœur.

— Mais non ! Je veux savoir ce que j'ai eu, moi ! C'est pas parce que t'as ouvert le tien que tu peux empêcher les autres ! T'es pas d'accord Eden ?

Se remémorant sa déception à la découverte de sa récompense, il détourna le regard.

— Je sais pas trop...

— Oh, allez ! C'est mon objet !

Sans lui laisser le temps de répliquer, Soen empoigna son ami et partit en courant.

— J'aimais bien l'idée, moi... On pourrait pas faire comme elle a dit ? tenta Randy.

— On ne peut pas. Il y a toujours une possibilité qu'on y trouve un indice.

— Léo a raison, approuva Noémie.

Nanoki sursauta à sa voix, si rare qu'elle s'oubliait.

Jessica et Randy demeuraient mitigés, mais la majorité, et surtout ceux qui possédaient leurs clés, l'emportait. En ce qui concernait la karatéka, elle devait admettre que sa curiosité dictait sa conduite.

Devant les colonnes, Soen tournoyait, un tissu noir dans les bras, riant avec Eden.

— Essaie-la, essaie-la !

Le menteur n'attendit pas plus, il ôta sa veste qu'il tendit à Eden, puis enfila la cape, sans oublier la capuche.

— Alors, elle me va bien ?

— On ne voit pas ton visage avec la capuche... souffla Anaïs, las.

Tiens, elle est là, elle ?

Nanoki n'y prêtait plus attention. Elle l'apercevait bien quelques fois au réfectoire ou dans la cuisine, et évidemment, elle se présentait aux procès, cependant, elle n'y parlait pas. C'était presque si elle n'y rêvassait pas, comme si elle se fichait de mourir ou survivre.

— Je t'ordonne de l'enlever immédiatement !

Soen obéit, dépité. Il lança un dernier regard vers Aaron, qui croisa les bras, lui indiquant de ranger la cape.

— Boude pas, mon petit Soen ! On voyait pas ta beauté de toute façon !

— Ouais, t'as raison ! Ce serait dommage de se priver !

Il posa, alors qu'Eden mimait de le prendre en photo. Le mannequin et le photographe...

— Arrêtez vos conneries... cracha Daphné.

Chapitre 31

Léo ouvrit sa colonne.

— Qu'est-ce que... Quel est le rapport avec moi ?

Il tenait un masque blanc, dont l'expression du visage neutre procurait un sentiment de malaise. Nanoki devinait aisément le lien entre les deux.

— C'est toi l'analyste, mon pote, lança Randy avec un mépris non dissimulé.

Le concerné plissa les yeux, sans répondre à la pique, et glissa l'objet sous son bras avec l'intention d'y réfléchir plus tard.

D'un point de vue d'un meurtre, comparé au reste, son utilité demeurait inconnue. Le masque cachait le visage, certes, mais leurs vêtements les identifiaient. L'idée de le porter dénudé lui traversa l'esprit, cependant, elle préféra éviter d'imaginer l'un d'eux dans son plus simple appareil. De toute façon, elle devait obliger son cerveau à cesser de penser en premier à la mort. Difficile quand il s'agissait de l'utilité de leur soi-disant récompense.

Nanoki s'approcha de sa propre colonne, le cœur entre quatre murs.

Le *clic* résonna à ses oreilles, un bruit de cymbales éclatant. Elle plongea une main hésitante dans le trou, comme s'il pouvait y avoir un serpent. À cause de l'image, elle manqua de crier au contact d'une chose longue. Elle serra les dents, le saisit d'une poigne ferme et le souleva. Une ceinture noire. Et qui semblait assez solide pour étrangler un éléphant.

Un frisson désagréable la parcourut et elle jeta aussitôt l'objet, détournant son attention vers Noémie qui tenait des pièces de monnaie vieilles d'au moins plusieurs siècles. Pour la première fois, ses yeux quittèrent leur neutralité, remplacés par une brillance qui illumina son visage. Son sourire naquit, s'étira. Sa beauté se faisait encore plus évidente ainsi.

— Attends, attends, attends... Voir des gens mourir, ça te fais rien, mais ces trucs te rendent heureuse ? Est-ce que tu te foutrais pas un peu de notre gueule ? cracha Anaïs.

La concernée parut ne pas l'entendre, obnubilée par son nouveau trésor. Jusqu'à ce qu'une main gifle les siennes et fit voler ce qu'elles contenaient.

Noémie se décomposa. Elle s'agenouilla pour récupérer les pièces, ignorant sa peau devenue rouge dû à l'agression. Un soupir lui échappa une fois son précieux contre son cœur. Son visage retrouva son impassibilité quand elle fit face à Anaïs dont le front se ridait de colère.

— Je suis désolée, je n'ai pas du tout écouté ce que tu disais. Ce n'est pas contre toi, je suis toujours comme ça quand je découvre de nouvelles pièces à ajouter à ma collection.

À défaut de l'avoir écouté, elle la dévisagea pour comprendre ce qu'elle ressentait.

— Je suppose que tu m'en veux de paraître insensible face à la mort de nos camarades, mais de me montrer heureuse grâce à ces pièces que tu qualifierais d'inutiles.

Nanoki buvait ses paroles. Ils l'entendaient si rarement, et si peu longtemps, et pourtant, sa voix était magnifique.

— Je ne sais pas pourquoi, mais la seule chose qui est capable de faire extérioriser mes émotions, c'est ma capacité. Ça ne veut pas dire que je ne ressens rien d'autre. Je n'arrive juste pas à le montrer, et ce n'est pas faute d'avoir essayé.

Puis, sans réellement se recroqueviller, elle adopta une posture plus fermée, signe qu'elle ne reparlerait pas avant de juger important de le faire.

Anaïs ne répondit rien, se contentant de la dévisager avec froideur de longues secondes, sans jamais croiser son regard. Finalement, elle abandonna et partit dans sa chambre en grandes enjambées.

— Même si je comprends sa façon d'être, je la trouve rude, marmonna Daphné.

— Ce n'est pas comme si on était ami. Surtout elle qui s'isole depuis le début.

Les récompenses ayant été regardées, le groupe se dispersa, une partie dans sa chambre, l'autre au réfectoire. Le moins décidé à bouger fut Randy, qui dessinait des formes au sol du bout de sa chaussure.

— J'aurais bien aimé frapper un *punching ball* pour me défouler un peu... Mais pas moyen que j'aille en chercher un au débarras...

Nanoki pencha la tête sur le côté, intriguée. Elle ne se souvenait de rien d'autre que les poupées.

— Comment t'as eu le courage de regarder ?

— J'en ai percuté un. Ils sont à côté de la porte.

— Je vais t'en ramener un, lui dit Noémie.

Son intervention les étonna, les maintenant bouche bée un moment.

— T'es sérieuse ?

Elle acquiesça avant de le dépasser vers le gymnase. Randy la suivit après une brève hésitation.

— Je veux voir ça ! Tu viens avec nous Nanoki ? proposa Soen.

La karatéka interrogea Daphné du regard, reçu par un haussement d'épaules.

Arrivées, Nanoki et Daphné s'assirent sur le dernier palier des gradins, contre le mur. Soen suivit Noémie dans le débarras, tandis que Randy et Eden attendaient, adossé à la barrière qui séparait les gradins du terrain.

— Hé ! On a besoin d'un coup de main pour monter les escaliers !

Ils trottinèrent jusqu'à eux afin de voir comment ils se débrouillaient. Soen tiraient la tige métallique, Noémie essayait de soulever la base remplie d'eau à chaque marche. Randy et Nanoki l'aidèrent à porter le plus lourd, Eden prétendit aider avec Soen.

— Quelle bonne âme je suis d'avoir aidé un non-capacitaire comme toi ! Franchement, tu devrais me remercier à genoux ! lança Soen.

— Dans tes rêves, gamin...

— Tiens, en parlant de capacité, c'est pas très gentil de la dire à certains et pas à nous.

— Quoi ? Mais comment tu...

— Mais je t'en veux pas Randynet, c'est pas très charismatique de faire des bouquets. Pas avec ta tête en tout cas !

Le concerné tiqua, puis s'agenouilla face au menteur pour être à sa hauteur, comme s'il parlait à un enfant.

— Écoute, j'en ai rien à foutre que tu connaisses ma capacité. Tu peux le dire à tout le monde si t'as que ça à faire de ta vie, j'm'en branle. Mais je t'interdis d'insulter ma capacité. Et je peux t'assurer que si tu te moques de ça encore une fois, t'arriveras plus à te reconnaître dans le miroir.

— Oui papa Randy. Bon Eden, tu viens ? On va s'installer dans les gradins ! La grande perche est trop méchante avec moi.

— Allons loin de la méchante perche. Mon pauvre chou tout traumatisé…

Soen acquiesça d'un hochement de tête en reniflant, les bras enroulés autour de celui d'Eden. Daphné soupira tellement fort qu'ils l'entendirent.

— Vous en avez mis du temps à monter ce truc. C'est aussi lourd que ça ?

— Tu le saurais si tu avais levé le petit doigt pour nous aider.

— J'ai aucune force. Je vous aurais plus gênée qu'autre chose, donc ça servait à rien de bouger. Parfois, l'intelligence, c'est reconnaître nos incapacités.

Elle leva l'index d'un air presque supérieur.

Pendant que Randy tapait avec énergie, le duo de zigotos commentaient chacun de ses mouvements, en criant bien fort, obligeant Daphné à se boucher les oreilles. Nanoki, elle, n'en était pas dérangée, habituée avec ses prestations et combats qui provoquaient des exclamations.

La lourde porte du gymnase s'ouvrit. Aaron pénétra, un sourcil haussé. Il vint à leur niveau et s'accroupit.

— Il est vraiment allé au débarras pour prendre un punching ball ?

— En fait, Noémie a fait un rituel démoniaque pour qu'ils prennent possession de son corps le temps d'en récupérer un, lança Daphné d'un sérieux absolu.

Nanoki manqua de s'étouffer avec sa salive, ce qui lui valut des regards noirs des deux complotistes. Aaron, très intéressé, la poussa pour s'asseoir à côté de Daphné et discuter.

— Bon, je vais au réfectoire.

— Ouais, je te rejoindrai.

Au réfectoire, elle y aida Jessica et Noémie à préparer le dîner. Le moment était calme, ponctué de simples instructions par-ci par-là. Jusqu'à ce que la curiosité de Nanoki l'emporte.

— Donc, t'es un collectionneuse ?

— C'est ça.

— Et tu collectionnes quoi ?

— Un peu de tout. Je collectionne les pièces de monnaie ancienne comme tu l'as remarqué, mais aussi des objets du quotidien : des parfums, des baumes à lèvres, du thé... J'ai aussi des cartes postales, des poupées, des mugs, des briquets, des marque-pages, des coquillages, des plumes, des magnets...

Et elle continua encore, assez longtemps pour lui faire regretter d'avoir posé la question. Elle finit par la couper.

— Euh, attends... Avec tout ça, comment tu te repères ?

— C'est simple, il suffit de ranger par catégories. Les collections du quotidien et utilisables sont dans leur placard, et le reste est dans ma pièce à collection, celle que j'ai évoquée quand nous ouvrions le débarras la première fois.

— Whoaw...

Noémie le prit comme de l'admiration à la lueur de fierté qui s'alluma dans son regard, bien que l'admiration n'était qu'une infime partie de ce que Nanoki ressentait. C'est plus un « whoaw » vertigineux et de « je ne pourrais jamais faire ça ».

Le dîner fut servi et tous mangèrent. Sauf Aaron et Daphné qui n'arrivaient toujours pas. La karatéka se persuadait qu'Aaron, leader qu'il était, maîtrisait la situation, et que dans le pire des cas, Daphné ne manquerait jamais un repas. Pourtant, l'heure passait, sans qu'ils se présentent.

Trente minutes avant l'annonce de la période de nuit, les deux arrivèrent finalement. La rêveuse frappa sans force Nanoki.

— T'aurais plus me prévenir que tu étais parti ! Je comptais sur toi pour me rappeler l'heure !

— Je l'ai fait. Tu m'as répondu que tu me rejoindrais. Et pour l'heure, je pensais que ton estomac s'en occuperait.

— J'ai... j'ai dit ça ? elle balbutia, calmée. Faut croire que je vois pas le temps passer quand je parle de théorie du complot. T'avais l'air soûlé, je comprends pas pourquoi, c'est le sujet le plus passionnant qui existe !

Nanoki roula des yeux, mais préféra ne pas entrer dans le débat.

— Allez, mange, si tu veux pas te coucher le ventre vide.

L'idée la pétrifia, avant qu'elle ne se mette à tout engloutir comme si on risquait de voler sa part.

***

Nanoki resta avec Randy, Daphné, ainsi que Jessica. Il y a peu, elle n'aurait jamais imaginé un tel groupe.

Pas loin, Anaïs dévisageait Noémie qui jouait ses pièces.

— C'était pas trop dur d'être patineuse artistique ? T'as l'air plutôt timide.

— Ma mère m'encourageait toujours. Elle me répétait que ce qui comptait, c'était ce que j'allais montrer, pas les autres.

— Cool, tu devais bien t'amuser alors !

— Peut-être...

Son manque de conviction les étonna. Surtout Nanoki et Daphné, témoins d'un autre discours.

— Je ne sais pas si j'aime le patinage artistique en vérité. Je le faisais parce que ma mère le voulait. Je me souviens de sa réaction quand elle a appris que c'était ma capacité « Enfin ! Je l'ai fait ! ».

— Wow, elle a même pas essayé de cacher qu'elle se servait de toi pour vivre son rêve.

Randy cogna les côtes de Daphné.

— Le tact, putain...

— Et tu lui en as voulu ?

— Non, je l'ai félicité.

Elle prit une pause, comme si ses prochaines phrases détermineraient toute sa vie.

— Maintenant que j'ai passé autant de temps loin d'elle, que j'ai discuté avec d'autres personnes, alors qu'elle m'avait toujours interdit les bavardages... Je remets tout ça en question. J'ai parfois des doutes, mais avant, je me disais juste que je suis jeune, que j'ai le temps… Et puis, savoir qu'à cause de… tout ça… je risque de mourir chaque jour, je me demande si j'ai pas gâché ma vie.

Avant que Nanoki n'eût le temps de lui répondre, un frisson lui parcourut l'échine. Elle reconnaissait cette sensation entre mille. Comme si tout était scripté, Shiro et Kuro apparurent à cet instant.

La karatéka sauta sur ses pieds, déterminée à quitter le réfectoire avant que la bombe soit lancée.

— Tut tut tut ! Où crois-tu aller ma petite Nanoki ?

— Ce que vous allez dire ne m'intéresse pas.

— Mais ce genre d'annonce doit être entendu par tout le monde.

— Il n'y a aucun règlement à ce sujet. Nous avons déjà brûlé un mobile sans qu'il ne se passe rien.

Elle courut, se précipita, bras en avant, prête à attraper la poignée. Jamais la distance entre les tables et la porte ne lui avait paru plus longue. Ses jambes élancées se balançaient à chaque bond. Pourtant, elle se croyait dans un rêve, à devoir fuir sans contrôler sa vitesse, flottant, molle.

Sa main agrippa la poignée, l'abaissa, poussa la porte.

— Vous ne pourrez pas utiliser votre capacité tant qu'il n'y a pas de meurtre.

Chapitre 32

— Comment ça ? questionna froidement Léo.

— Grâce à votre bracelet, nous pouvons vous empêcher de pratiquer, de faire référence ou même de penser à votre capacité. Le ou les survivants du procès pourront la retrouver. Vous avez une minute pour lui dire potentiellement adieu.

Nanoki écarquilla les yeux au point d'en avoir mal. Elle refusait d'y croire. Leur implanter des cauchemars était une chose, déjà incroyable, mais selon les connaissances de leur geôlier, pas impossible. En revanche, les empêcher d'y penser ?

La rêveuse ne pouvait plus rêver, le menteur ne pouvait plus mentir, l'analyste ne pouvait plus analyser, le leader ne pouvait plus mener. Noémie ne sourirait plus.

On pourrait penser que Randy, Jessica, Nanoki et Noémie se retrouvaient chanceux, leur capacité étant une capacité et non une caractéristique. Cependant, pour Nanoki, effacer le karaté revenait à effacer une partie de sa vie.

Cela modifierait-il ses souvenirs ? Affecterait ceux de sa meilleure amie ?

— La minute est écoulée !

Au début, elle crut ne rien ressentir de particulier. Jusqu'à ce qu'une larme dévale sa joue, bientôt rejoint par une autre et d'autres encore. Son corps trembla, en proie à des sanglots. Elle entendit à peine les pièces de Noémie rouler par terre.

Impossible de trouver le nom de sa capacité, de se souvenir de ses entraînements. Les membres de son club apparaissaient vaguement à son esprit. Et surtout, le jour où elle avait sauvé sa meilleure amie... Rien que des cris cachés par un voile noir.

Elle le sentait. Ses réflexes, perdus. Ces réflexes qui lui avaient permis de sauver la vie d'Eden. Ces réflexes qui manquaient de tordre le bras de Gaël. Cette force qui broyait presque les os du pied de Randy entre la porte et l'encadrement.

— Que se passera-t-il si on essaie quand même d'utiliser notre capacité ? demanda Noémie.

— Oh, ma petite Noémie, c'est une question idiote que tu nous poses. Tu es aussi perturbée que ça ? Tu as bien remarqué que tu n'éprouves plus aucun intérêt pour tes petits trucs.

Il éclata de rire. La collectionneuse baissa le regard, voulut se baisser pour ramasser les pièces, mais une barrière invisible la bloquait, comme si le désintérêt s'avérait si puissant que sa main ne parvenait à se résoudre à l'attraper, de la même manière que l'instinct de survie nous force à nous débattre la tête sous l'eau.

Un brouhaha remplit le réfectoire au départ des deux robots. Ils ne réalisaient pas, ne le voulaient pas.

— C-calmez-vous... s'il vous plait... tenta Aaron.

Personne ne l'écouta. Nanoki ne l'aurait même pas entendu s'il n'était pas en face d'elle.

— Gardons notre sang-froid, intervint Noémie qui retrouvait son visage impassible. Ils veulent nous faire paniquer pour qu'on tue quelqu'un. Je sais que c'est dur d'être privé si soudainement d'une chose qui fait partie de notre quotidien. Que ce soit parce que ça nous caractérise ou parce qu'on adore ça.

Le calme revint peu à peu au fil de ses mots. Tout le monde se suspendait à ses lèvres.

— On doit le faire. On doit surmonter ça. Je ne sais pas vous, mais moi, si je retrouve ma capacité parce que j'aurais tué quelqu'un, j'aurais un goût amer en faisant ce qui me faisait me sentir vivante.

— Elle a raison ! approuva Jessica.

— Comment peux-tu être aussi calme ? l'interrogea Aaron.

Il parlait d'une si petite voix qu'elle ressemblait plus à une brise, quand d'habitude, il s'agissait d'une claque.

— Je ne suis pas calme. Si je le pouvais, je m'enfermerais dans ma chambre pour pleurer et me laisser mourir. Mais je ne peux pas faire la première chose, et l'instigateur triompherait de la deuxième. Est-ce que c'est ce que vous voulez ? Obéir à la volonté de notre bourreau ?

Nanoki réfléchit à ses mots. Elle avait appris sa capacité afin de défendre une personne chère à son cœur. Comment se sentirait-elle si elle tuait ?

— Ils ne peuvent pas nous empêcher d'utiliser notre capacité pour l'éternité, fit Soen. Si on ne tue personne pendant un moment, ils vont finir par nous la rendre, pas vrai ?

C'était la première fois que ce dernier se montrait aussi vulnérable. Un menteur qui ne pouvait mentir...

C'était ça ! Nanoki se concentrerait totalement sur ça ! Ainsi, elle ne penserait pas trop à sa capacité perdue et ne se laisserait pas tenté par un meurtre.

Aller, mon petit Soen, montre moi ce que tu caches...

— Tu peux toujours espérer, le gosse, y a peu de chances que ça arrive. Mais te connaissant, je suis sûr que tu aimerais voir un meurtre arriver sans bouger le petit doigt.

— Non ! Pourquoi je souhaiterais quelque chose d'aussi horrible !

À peine ses mots sortis, il se couvrit la bouche de ses mains. Nanokis sourit intérieurement.

— Alors c'est ça que tu nous cachais ? Tu passais ton temps à rire, mais en vrai, t'étais atteint par tous ces meurtres, hein ?

— Évidemment que je...

Il plaque à nouveau ses mains contre sa bouche.

— Et bien ? Tu as une phobie de la vérité ou quoi ?

— J'ai pas envie d'en parler, alors s'il te plaît, laisse-moi tranquille.

Bien décidée à en apprendre plus, elle passa un bras autour de ses épaules.

— Comme si j'allais laisser passer ma chance. À trop mentir, forcément, j'ai envie de savoir qui tu es vraiment. C'est quoi le problème ? Tu as peur ?

— Oui !

Il ouvrit de grands yeux brillants. Sans attendre, il poussa Nanoki pour s'enfuir du réfectoire en courant.

Quel égoïste ! Il ne pense même pas au fait que c'était la seule idée que j'avais pour m'occuper l'esprit... La prochaine fois, il ne m'échappera pas.

En relevant la tête, Nanoki constata que seuls Randy et Jessica demeuraient dans la pièce.

— Ça doit être facile pour toi, Jessica, non ? Tu venais de nous dire que tu n'étais pas sûre d'aimer ce que tu faisais.

— Je ne sais pas comment je me sens par rapport à ça... Avec mes souvenirs perturbés, je me rends compte que j'ai consacré toute ma vie à ça. Tout ce qui me reste, c'est des visions de moi dans ma chambre au réveil ou avant de dormir, ou bien à l'école. J'ai l'impression de ne rien avoir vécu.

Jessica lâcha un profond soupir, puis partit à son tour, déprimée.

— Bon, il reste quelques heures avant l'horaire de nuit, on fait quoi ?

—Tu... tu comptes retourner dans ta chambre après ?

Randy haussa les épaules.

— Honnêtement, c'est le mobile qui me fait le plus peur. J'ai pas vraiment envie de rester dehors, même accompagné. Tout le monde est en train de devenir fou.

— Moi aussi, j'ai peur. Depuis le début, j'étais rassurée grâce à ma capacité, mais là... si quelqu'un m'attaque, je peux rien faire. Je sais que je vais paraître folle de demander ça, mais, ça te dérange si on reste ensemble ?

Ils comprenaient la différence entre cette nuit et les autres. Raison pour laquelle Randy prit le temps de réfléchir, *d'hésiter*.

— Franchement, même si t'as l'air timbré, je crois que je serais plus rassuré qu'on soit ensemble.

Elle ne retint pas son soupir de soulagement.

Un silence gênant s'installa, et Nanoki le combla de la première chose qui lui vint à l'esprit en manquant de marcher sur les pièces.

— Je trouve que... Noémie parle plus ces derniers jours, pas toi ?

— C'est vrai. J'étais surtout étonné de sa franchise et qu'elle se mette à nu.

— Et toi, d'ailleurs ? Tu as l'air... bien.

Un sourire triste se peignit sur son visage.

— Je ne dirais pas que ça me fait rien. Je me sens triste pour une autre raison... Je me rends compte à quel point j'ai si peu pratiqué ma capacité... J'avais tellement honte... Et maintenant je regrette.

— Tu avais honte d'être fleuriste ou... en l'étant, toi parmi tant d'autres, tu déshonorais les plantes ?

— Hmph... tu lis un peu trop bien en moi. Un peu des deux, en fonction du contexte. Pourtant, je sais que j'ai toujours aimé ça, je crois... Mais c'était comme... salir.

Randy inséra sa clé dans la serrure de sa chambre. Tous deux y pénétrèrent.

Le silence ne devait régner. Peu importe le sujet de conversation, même aussi banal que la météo, il fallait parler, parler, parler, parler, ne jamais cesser, ne jamais se taire, et si l'un buvait, l'autre continuait.

Ce fut avec un grand étonnement qu'ils s'endormirent. Au matin, Nanoki s'en retrouva confuse. Et le corps douloureux. Elle s'était endormie à demie assise la tête en arrière, et dans la nuit, le poids des jambes de Randy s'installa sur son ventre malgré son assurance de ne pas bouger dans son sommeil.

Peu avant l'annonce, elle le quitta pour prendre une douche rapide. Mais sur le chemin vers le réfectoire, un cri strident retentit.

Chapitre 33

Le sang de Nanoki se glaça et elle se précipita vers la source du bruit. À quelques mètres du réfectoire, Jessica pointait d'un doigt tremblant la cour.

Allongés à même le sol, inertes, Noémie ainsi qu'Eden.

— Eden !

Soen se rua vers lui. Il s'apprêtait à le tourner sur le dos quand une voix le stoppa.

— Ne le touche pas ! vociféra Anaïs.

Ce dernier sursauta tant le ton était brusque, alors que la jeune femme sortait sa tablette pour photographier la scène.

— On est sur une scène de crime. Avant de toucher à quoi que ce soit, on doit prendre des photos. C'est bon, tu peux y aller maintenant.

Il grogna, mais ne répliqua pas. À la place, il s'agenouilla et prit Eden dans ses bras. Du sang séché colorait son front. Il plaça ses doigts sur sa carotide.

— Il est vivant...

Nanoki relâcha un souffle et s'approcha. Ce fut à ce moment qu'elle remarqua un nouveau corps, avant caché par l'angle. Daphné.

Son cœur rata un battement, et l'espace d'un instant, elle espéra avoir mal vu. Cependant, à chaque clignement de paupières, le cadavre reparaissait.

Pour la première fois depuis longtemps — trop longtemps — la nausée lui monta. Toutes ses journées se déroulaient en sa compagnie, Daphné, cette petite rêveuse agaçante, surtout à leur rencontre. Et pourtant, pourtant, elle s'en rendait particulièrement compte à présent, elle s'y était attachée en dépit de tout. Ils vivaient la pire situation pour se faire des amis, et peut-être ce mot vibrait trop fort dans la description de leur relation, mais le cœur écoutait peu la raison. Comment ne pas finir par apprécier la compagnie de gens qui partageait notre quotidien ?

Malgré la première impression, de moins en moins de raison de la détester survenaient. Elle se souvenait encore de ce rire qui lui échappait simplement en la voyant *manger*, à ces moments de bonheur qu'elles s'autorisaient.

Maintenant elle était morte. Partit. Loin.

De petits et lents pas la guidèrent auprès d'elle. Son expression semblait presque paisible. Avec le peu de sang visible, la blessure pourrait paraître bénigne. Sauf que son pouls ne battait pas.

L'aiguille du kit de couture d'Eden jonchait à quelques centimètres, de même que l'oreiller de Daphné près de Noémie.

Derrière, Eden reprenait conscience. La douleur le traversa d'abord, suivit par la terreur quand il vit les deux cadavres.

— Qu'est-ce qu'il s'est passé ? s'enquit Nanoki.

— Je... je ne sais pas... Je me souviens... coup à la tête... noir complet...

— Le brusque pas comme ça, Nanoki. Viens, on va te nettoyer le visage.

Soen passa le bras du blessé par-dessus ses épaules et le soutint d'une main sur sa taille. Eden s'accrochait à lui comme si sa vie en dépendait. Ils s'éloignaient déjà quand Shiro et Kuro apparurent.

— On sait, le dossier a été mis à jour, vous pouvez vous casser, les coupa Anaïs.

— Oh, tu nous en veux toujours pour ton frère ? Pauvre petite...

Shiro éclata de rire, puis tendit sa joue en provocation. Elle serra les poings à en trembler, mais résista à l'envie de le frapper, jusqu'à ce qu'il se lasse et disparaisse. Anaïs se défoula en balançant son pied dans le banc.

Nanoki vérifia le dossier, l'esprit perturbé.

Noms des victimes : Noémie, Daphné, Eden

Cause de la mort de Noémie : Hémorragie cérébrale

Cause de la mort de Daphné : Hémorragie interne suite à une perforation du poumon

Eden a reçu un coup à la tête.

Néomie s'est fait perforer le cœur.

Les informations semblaient plus nombreuses comparées à avant, bien que ce n'était qu'une illusion due au plus grand nombre de victimes.

Ils photographièrent en silence tout ce qu'ils pouvaient, jusqu'au retour de Soen et Eden. Le blessé avait meilleure mine : le teint plus lumineux, et les jambes fortes.

— Tu t'souviens maintenant ? le questionna Randy.

— Je vais vous dire tout ce que je sais. Hier, après l'horaire de nuit, j'arrivais pas à dormir, donc je suis sorti pour marcher et essayer de me calmer. Mais quand j'ai vu Noémie assise toute seule sur un banc... j'ai craqué. C'était le moment parfait et la cible parfaite... Donc je suis allé récupérer l'oreiller dans la colonne de Daphné, pensant que ça lui offrirait une mort rapide, sans trop de douleur.

Le souffle de Nanoki se suspendit. Était-il réellement en train de tout confesser ?

— Mais au dernier moment, je me suis ravisé. J'y arrivais pas, j'étais complètement paralysé. Puis j'ai reçu un coup à la tête. Je... Je crois que j'avais laissé tomber l'oreiller et que quelqu'un l'avait récupéré pour me frapper.

— Qu'est-ce qui nous prouve que tu dis la vérité ? Que tu es innocent ? l'interrogea Anaïs.

— Je ne sais pas s'il y a des preuves. En attendant, je suppose que c'est ma parole contre la vôtre.

— Le dossier confirme qu'il était inconscient, fit remarquer Aaron.

— Le dossier dit qu'il a eu un coup sur la tête, il aurait pu s'évanouir après les avoir tué, souleva Nanoki.

— Coupable ! s'écria Léo.

Soen leur jeta un regard noir qui signifiait qu'il les aurait frappés s'il ne tenait pas Eden.

— Ça n'a aucun sens ! Comment tu expliques son coup à la tête alors ? En plus, il aurait pas avoué s'il était coupable !

— Innocent !

— Tu connais la psychologie inversée ? Et pour sa blessure, rien ne dit qu'il ne se l'ai pas infligé, rétorqua Anaïs.

— Coupable ?

— Ferme-la, Léo. Et vous tous d'ailleurs. On débattra pendant le procès.

Cependant, comme pour donner tort, ou raison selon le point de vue, à Randy, la voix de Shiro émana de leur bracelet, annonçant la fin de l'enquête.

Nanoki jura dans sa barbe.

— Tu sais ce qui est suspect, aussi ? Toi, Anaïs. Vous trouvez pas ça bizarre qu'après n'avoir jamais participé aux procès, elle devient soudainement active ?

— Tu crois que j'ai le choix ? Je me suis rendu compte à quel point c'était stupide de ne pas m'impliquer et de trop avoir confiance en vous quand j'ai vu que Léo devenait complètement stupide ! Aaron n'oserait pas nous interrompre si on parle, même s'il connaît le nom du coupable. Randy réfléchit à temps partiel, Jessica n'a jamais été utile. Et toi, Nanoki, tu lances des théories dans le tas pour que les autres débattent et réfléchissent à ta place !

Nanoki resta bouche bée devant ce flot de reproches. De choc, puis de colère. Comment osait-elle ? Au moins, Nanoki essayait, alors qu'Anaïs commençait à peine à s'y mettre, et juste à cause du blocage de leur capacité qui limitait certains d'entre eux.

— Finalement, je préférais quand elle la fermait... grogna Randy.

— On devrait y aller, je crois... proposa Jessica.

Tous demeuraient piqués au vif, et ce fut d'une humeur particulière qu'ils rejoignirent la salle des procès. De nouveaux cadres se remarquaient par leur nombre. Celui de Kaïs, de Noémie, ainsi que de Daphné.

Sans attendre, Nanoki s'assit pour débuter le procès.

— Les plus suspects sont Eden et Anaïs.

— J'sais pas... p't'être que quelqu'un a vu Eden et l'a assommé pour l'empêcher de tuer Noémie, sauf qu'il pensait qu'Eden était mort, a paniqué et a tué Noémie pour pas qu'il y ait de témoins, et... Ouais, mais ça explique pas la mort de Daphné.

— C'est une théorie intéressante, constata Anaïs avec une surprise sans honte. Mais c'est sûr qu'en se fiant au témoignage d'Eden, ce n'est pas évident d'expliquer ce que fait Daphné dans l'histoire.

Le plus étrange était la présence de Daphné à l'extérieur durant la période de nuit. Pourquoi prendre ce risque ? En temps normal, elle aurait pu faire un rêve étrange, mais elle ne pouvait plus rêver... Etait-ce justement pour cela ? Dormir ne l'importait pas sans rêves ?

— Daphné a vu le coupable donc il l'a tué et surveillé pour qu'elle ne bouge pas ! Je suis un génie ! lança Léo.

— C'est impossible, si Daphné l'avait vu, ça aurait été de l'extérieur de la cour.

— Peut-être qu'il l'a porté dedans parce qu'il savait qu'Eden savait et voulait rendre son témoignage incohérent, proposa Jessica.

— C'est... un bon raisonnement... Elle n'était pas très forte, donc... C'est possible...

Anaïs baissa la tête, sourcils froncés, un soupçon d'émotions, peut-être du regret ou de la honte pour ce qu'elle avait dit, constatant sa faute.

— Même en étant faible, elle a dû se débattre et crier, non ? Même si le coupable lui couvrait la bouche, il faut être assez fort pour la traîner.

— Les personnes les plus fortes ici sont Nanoki, Randy et Aaron. Léo aurait pu le faire, mais avec sa stupidité, on peut l'éliminer.

— Randy et moi avons un alibi commun. On ne voulait pas rester seuls, donc on a passé la nuit ensemble.

— Et vous ne vous êtes jamais séparés ? demanda Aaron d'une petite voix.

Nanoki secoua la tête.

— Uniquement quelques minutes avant l'annonce.

— Je peux vous assurer qu'il faisait nuit quand je me suis fait frapper.

Les têtes se tournèrent donc vers Aaron qui bougeait les bras dans tous les sens.

— J-j'ai rien fait ! Je n'ai pas tant de force que ça, vous savez ?

— C'est vrai que même si je n'aurais pas trop de doutes d'habitude, je ne sais pas s'il aurait pu faire ça dans son état. À mon avis, Daphné aurait juste eu à lui ordonner de la lâcher pour qu'il obéisse, supposa Jessica.

— C-c'est pas vrai ! Enfin, je veux dire...

— Donc tu avoues ? C'est toi qui les as tués ?

Aaron ouvrit de grands yeux et bégaya. Nanoki essaya de le provoquer en sortant sa tablette.

— Alors on peut voter, qu'est-ce que tu en penses, Aaron ?

— N-non ! A-attendez ! C'est pas... c'est pas ce que vous croyez ! Je vous jure que je suis innocent !

— T'as un alibi ?

— Non...

— Alors tu es coupable ! s'exclama Léo.

Anaïs se leva d'un bond de sa chaise pour se jeter sur Aaron, poing levé. Il hurla de surprise, tenta de se lever, trébucha, chuta, se couvrit le visage.

Mais qu'est-ce qu'il lui prend !

Anaïs ne le toucha pas. Elle s'arrêta à quelques centimètres de lui. Elle demeura ainsi de longues secondes durant lesquelles les autres ne savaient pas s'ils devaient réagir et surtout, à quoi pensait Anaïs.

Finalement, cette dernière se releva et retourna s'asseoir. Aaron resta au sol un peu plus longtemps, avant d'oser l'imiter.

— Qu'est-ce que c'était que ça ?

— Je pense qu'il n'aurait jamais pu tenir Daphné cinq secondes. Voire deux.

— Alors qui d'autres ?

Le silence dura. Ils vérifiaient encore une fois les photos à la recherche d'idées.

— Attendez. Noémie est morte d'une hémorragie cérébrale, donc ça veut dire qu'elle a été frappé, donc pourquoi elle a été perforé au cœur ?

— Le coupable a essayé de rendre la scène incohérente pour nous piéger. Ce qui rend possible l'hypothèse d'un allié.

— Quoi ?

Nanoki n'eut rien d'autre à dire tant l'idée semblait absurde. Un allié ? Dans leur condition ? Le dit allié mourrait au même titre que les innocents, alors à quoi bon ?

— Ça n'a aucun sens ! s'écria Randy. Qui acceptera d'être complice pour mourir après ?

Anaïs haussa les épaules.

— Qui sait ? Actuellement, je vois deux duos possibles. Randy et Nanoki, dans ce cas votre alibi commun ne sert à rien. Ainsi que Soen et Eden. Regardez comme ils sont collés l'un à l'autre, je les imagine sans mal collaborer pour permettre à l'un de s'échapper.

Soen jura et serra Eden contre lui. En plus de l'empêcher de mentir, l'absence de sa capacité le rendait aussi plus sincère sans omission.

— Justement, ces deux-là sont tellement proches que j'imagine mal Soen accepter de frapper Eden juste dans le but de l'innocenter. En plus collaborer avec quelqu'un qui ne peut plus mentir, c'est con. Et me concernant, je ne serais jamais complice ! Je n'ai ni envie de tuer, ni envie de mourir pour sauver quelqu'un ! Avec Nanoki, on traîne juste ensemble pour pas être seuls, et on se ferait même pas assez confiance.

— C'est sûr. L'idée ne m'a jamais traversé l'esprit, mais même dans l'hypothèse, je ne me serais alliée avec personne comme ça, je ne vous connais pas assez.

Le haussement d'épaules d'Anaïs mit Nanoki en rage. Cela donnait l'impression que cette dernière théorisait juste pour faire passer le temps sans même y croire.

— Bien, dans ce cas, il ne reste qu'une possibilité.

Anaïs paraissait presque satisfaite.

— Je ne croyais pas spécialement à cette dernière idée, mais je voulais qu'on passe par tout comme ça, ce que je m'apprête à dire vous semblera plus crédible, surtout que ça ne va pas te plaire, Nanoki.

— Quoi ? Qu'est-ce que tu racontes ?

— Je pensais à un meurtre-suicide.

Chapitre 34

Un mauvais pressentiment grimpa en elle, suivit de millier de questions. Nanoki dévisagea Anaïs, tentant de lire ses pensées avant qu'elle ne les formule. Comment et pourquoi cela lui déplairait à elle spécifiquement ?

— D'après ma théorie, Daphné avait aussi remarqué que Noémie était seule et voulait la cibler, sans prévoir la présence d'Eden. Elle l'a assommé dans la panique en récupérant son arme, l'oreiller, sans vérifier s'il était mort ou vivant. Avec le bruit, Noémie se retourne et découvre la scène. Daphné ne réfléchit pas et la frappe avec encore plus de force. Puis, pensant que ça ne suffisait pas, ou bien pour brouiller les pistes, elle lui plante l'aiguille en plein cœur, avant de se poignarder elle-même.

— Quoi ? s'écria Eden. Mais pourquoi s'infliger une mort aussi douloureuse ?

Anaïs prit quelques secondes de réflexion. Nanoki en profita pour reprendre ses esprits.

— Ça n'a aucun sens ! Je connais Daphné mieux que vous tous et je suis sûre qu'elle aurait trop peur de se tuer ! Elle a peur d'escaliers en métal parce qu'elle craint qu'ils s'effondrent ! Comment elle pourrait se poignarder avec une aiguille-brochette ?

— Je te rappelle que le dernier mobile bloque nos capacités, et nous perturbe tous. Tu ne peux pas savoir comment elle a pu réagir, et nous sommes loin de nous connaître assez, d'ailleurs. Si elle s'est suicidée, on peut avoir deux théories : soit elle a instantanément regretté, ou a eu peur de ne pas survivre au procès et a préféré en finir d'elle-même. Soit c'était son plan depuis le début et elle visait à tous nous emporter avec elle. Pour ce qui est de son choix de mort, elle pensait peut-être ne pas beaucoup souffrir, je doute qu'elle s'y connaisse sur le sujet.

Nanoki resta interdite. Jusqu'à ce qu'un gloussement lui échappe, transformé en un rire incontrôlable.

— Mais oui, bien sûr ! Comme si on allait croire ces absurdités ! Moi, ce que je crois, c'est que tu es trop suspecte ! Je ne crois pas à tes histoires de réalisation, de « je ne peux pas compter sur vous », c'est du n'importe quoi ! La vérité, c'est que tu es coupable, et que tu préfères accuser une morte qui ne peut plus se défendre, qu'est-ce que c'est facile ! T'avais qu'à faire semblant de t'impliquer à cause des capacités, et le tour est joué, on meurt tous, tu survis, tu t'enfuis, tu vis la belle vie !

Loin de la réaction qu'elle attendait, Anaïs se contenta de secouer la tête avec tristesse, comme on le ferait face à quelqu'un dans le déni. Nanoki bondit sur ses pieds, scrutant le regard des autres, en quête de soutiens, cependant, certains paraissaient convaincus par le discours d'Anaïs, et les autres trop hésitants pour se positionner.

— Tu vois ce que tu fais ? Je suis sûre que c'est ce que Daphné espérait, que tu la défendes.

— Foutaises ! Il y a eu plein de fois où je ne l'ai pas défendu quand elle était suspectée, comment elle pourrait être sûre que je le fasse cette fois-ci !

— Parce qu'elle est morte. Et même avec tout ce qui s'est passé, t'as toujours du mal à placer la victime en coupable.

— Je ne...

Mais elle se stoppa, soudain muette. Encore ce raisonnement, ce foutu raisonnement qu'elle peinait à croire et pourtant...

— Pourquoi elle voudrait nous tuer si elle est déjà morte ? murmura Nanoki.

Les traits d'Anaïs devinrent plus compatissants.

— Je ne sais pas... Peut-être... qu'elle pensait que c'était ça la solution pour nous sauver...

Nanoki posa ses yeux sur Randy et Jessica, puis sur Soen et Eden. Un dernier doute subsistait. Et si Anaïs mentait, les manipulait ? S'ils votaient contre Daphné pour finalement se tromper ? Randy posa une main sur la sienne.

— Je suis peut-être pas le plus fiable, mais... je crois qu'elle a raison. Daphné avait vraiment l'air bizarre hier. Enfin, on avait tous cet air, mais...

Hier...

Nanoki n'y avait pas prêté attention. Elle se focalisait tant sur le fait de se distraire, de tirer les vers du nez de Soen, qu'elle en oubliait Daphné.

— De quoi elle avait l'air ?

— Pas terrible. Je crois que de nous tous, c'est l'une de celles qui a le moins bien réagit à l'annonce du mobile. Elle était toute pâle, et absente. L'une des premières à partir si je me trompe pas.

Son cœur se serra. Le mobile les impactait chacun d'une manière différente. Peut-être que si Nanoki lui avait proposé de se joindre à elle et Randy, alors...

— Et bien ! Il semble que vous soyez prêt à voter !

Tous s'exécutèrent. Mais pour la première fois, elle se sentait déprimée en sélectionnant le coupable.

Vert. Daphné coupable.

Un long soupir lui échappa alors qu'elle éloignait sa tablette. Les autres se jetaient des regards prudents, jusqu'à ce que Jessica ose prendre la parole.

— Vu que Daphné est la coupable, qu'il y aura pas d'exécution... vous allez pas choisir l'un d'entre nous au hasard ?

— Mais non ! Les exécutions ne marchent pas comme ça ! Ce ne serait vraiment pas juste, non, non, non ! Cela dit, tu as raison sur le fait que cette fois-ci sera particulière. Vous savez, Daphné est le type de personne à s'inquiéter de ce qu'on fera de son corps une fois morte. Elle ne s'imagine que soigneusement enterrée. Donc, nous avons préparé quelque chose de spécial...

Il claqua des doigts, et un robot, le même que celui de l'exécution de Kaïs pénétra dans la salle, une grande assiette recouverte d'une cloche en main. Il la déposa au milieu de la table, souleva le couvercle et s'en alla.

L'assiette contenait de la viande. Nul besoin d'en savoir plus pour comprendre. La nausée leur monta aussitôt.

— Vous allez pas nous demander de...

— Et si, mon petit Eden ! Enfin, nous allons *te* demander de manger toute cette assiette.

Eden écarquilla les yeux, aussi blême qu'humainement possible.

— Et oui, après tout, même si tu t'es ravisé, tu étais à *ça* de tuer Noémie.

— M... mais... je ne l'ai pas fait... Alors pourquoi ?

— Parce que cette situation est particulière ! Le perpétrateur est mort, la seule punition possible est en l'occurrence de ne pas respecter ses souhaits mortuaires.

Si c'était la seule coupable, je me serais fait un plaisir de la manger devant vous, mais Eden, tu as pris une arme, t'es approché de Noémie, et a failli la tuer. Ce qui fait déjà de ça une tentative de meurtre. Certes, nous ne l'aurions pas puni dans un autre cas, ou même si tu ne t'étais pas impliqué du tout, mais bon, c'est la vie ! Allez, mange, ou on te fait manger de force.

Ce dernier déglutit bruyamment, au bord des larmes. Il tendit une main tremblante vers l'assiette pour la rapprocher. Il la fixa un moment, un long moment, la respiration forte, avant de se tourner vers Shiro.

— Est-ce que… je peux avoir des couverts ?

Le robot roula des yeux, cependant, il claqua à nouveau des doigts afin de faire revenir ce qui semblait être son serviteur, avec une fourchette et un couteau. Eden les récupéra, non sans manquer de les faire tomber. Après une grande inspiration, il découpa la viande, les larmes roulant sur ses joues.

Nanoki n'osa pas bouger d'un millimètre pendant toute la durée de cette « punition » les yeux rivés sur le pauvre Eden qui découpait le corps de Daphné, le porter à sa bouche, mâcher, puis avaler.

Elle ne saurait dire combien de temps la scène dura. Cinq minutes ? Dix ? Une heure ? Elle perdait toute notion.

Après la dernière bouchée, Eden lâcha ses couverts, le teint verdâtre, proche de vomir ou de s'évanouir. Soen dut le rattraper pour l'empêcher de s'effondrer.

— Bien ! Voilà une bonne chose de faite ! Et comme cette exécution est spéciale, on va vous donner votre récompense tout de suite ! C'est super pas vrai ? Aaron, en tant que leader, tu vas prendre la clé de nos chers défunts.

En parlant, il lui donna les clés de Kaïs, Lou, ainsi que de Timéo. Randy eut sa propre clé.

Le temps de la distribution, quelque chose se déverrouilla dans l'esprit de Nanoki. Ses souvenirs affluèrent, ses entraînements, le sauvetage de sa meilleure amie, ses réflexes. Elle se sentait amèrement heureuse.

— Allons-y, lança Aaron.

Il partit devant et les autres suivirent. Léo restait un peu en retrait, leur lançant des regards noirs, honteux de son comportement récent.

Randy commença, et leur montra un set de fléchette sous forme de roses très pointus recouvertes de pics avec un mince espace pour les tenir sans se blesser. Étonnamment, il choisit de les garder, semblant presque heureux de reconnecter, même de cette façon, avec sa capacité.

Le leader poursuivit.

— La colonne de Kaïs contient un poing américain, celle de Timéo est vide.

Anaïs s'en approcha tout de même à la recherche d'un minuscule objet qui pourrait lui rappeler son frère. Rien.

— Hm.

Aaron tint un carnet dans ses mains.

— Le carnet de Lou.

— Il peut s'agir d'un faux, à l'instar de l'histoire de Gaël.

Shiro apparut derrière Léo, un bras sur son épaule, comme sur un accoudoir.

— Ce carnet est totalement et parfaitement authentique ! Ce qui est dedans a été écrit par Lou en personne ! Avec Kuro, on a décidé que les trouvailles de la chercheuse feraient le cadeau parfait de la récompense ultime pour vous féliciter d'avoir survécu jusqu'ici.

— Lou avait peut-être découvert quelque chose finalement ! s'exclama Jessica.

— Ce serait cohérent si on se fit au terme « récompense ultime » mais ne nous faisons pas trop d'espoirs. Je doute qu'ils nous donnent des informations cruciales, fit Léo. Ce serait même déjà être un nouveau mobile.

Ils hochèrent la tête en déglutissant. Après ce qu'ils venaient d'endurer, l'idée d'un nouveau mobile ne plaisait pas.

D'un accord commun, ils s'installèrent à la grande table du réfectoire.

— Je vais vous le lire.

Aaron se racla la gorge, puis ouvrit le journal. De loin, on apercevait déjà l'écriture soignée de Lou.

J'ai trouvé comment entrer dans le débarras. C'est rare de voir des choses aussi horribles. Il était rempli de poupées de cire ensanglantées pendues. J'ai à peine fait attention à ce qu'il y avait d'autres, mais je crois qu'il y a des cordes, des punching balls, des ballons de divers sports, des carnets, des stylos. Ils ont prévu tout un stock pour qu'on ne s'ennuie pas. Merci de penser à nos activités. Je me serais bien passé des poupées par contre. Et du règlement sur les meurtres.

Je pourrais en parler aux autres, mais je ne vais pas le faire. Personne ne voudrait voir cette horreur. De toute façon, j'y reviendrais pour vérifier s'il contient des indices ou moyens de sortir.

Sinon, j'ai trouvé mon premier suspect. Quelqu'un qui pourrait être l'instigateur. Timéo. Au début, je le suspectais sans raison particulière, je me fiais juste à mon instinct. Et l'instinct d'une chercheuse ne ment jamais. Alors j'ai décidé de le suivre.

Aaron cessa de lire à ces mots.

— Continue de lire, on en parlera après, lui ordonna Léo.

Ce n'est pas évidemment de le surveiller comme il est tout le temps avec sa sœur, mais il y a de courts moments où il s'en éloigne pour pleurer sous le comptoir de la cuisine. Anaïs n'est jamais bien loin, donc je suis obligée de me faire discrète, ce qui m'empêche de comprendre ce qu'il marmonne. Ce pourrait simplement être de la peur au vu de notre situation, mais à défaut d'avoir d'autres pistes, je vais suivre celle-ci.

Ma deuxième suspecte est Anaïs. Pourquoi ? Parce qu'elle est sa sœur. Ils restent tout le temps ensemble alors ça me paraîtrait étrange que seuls l'un d'eux soit l'instigateur, surtout que si je me fis à ce que je pense, Timéo le serait contre son gré. Ils font tout ensemble, ils dorment ensemble, ils mangent ensemble, ils vont sur le toit ensemble (même si Anaïs descend toujours avant pour prendre de l'eau) et je suis presque sûre qu'ils vont aux toilettes et à la douche ensemble.

C'est vrai qu'il pourrait s'agir d'une ruse de l'instigateur, peut-être que ce que je vais faire est complètement débile, surtout que je suis en train de l'écrire et que nous ne savons pas de quelle façon les robots nous observent. Mais je suis prête à prendre le risque. À cause du mobile, je n'ai pas beaucoup de temps. Je ne veux pas vivre ça. Et je ne veux pas que les autres le subissent à cause de mon incompétence.

Malheureusement, je n'ai pas de preuve concrète. Si j'en parle aux autres, ce sera ma parole contre la leur. On ne se fait pas assez confiance pour qu'ils me croient.

J'ai énormément réfléchi et il ne me reste qu'une chose à faire : tuer Timéo quand il sera seul. Ensuite, je vais coincer Anaïs pour qu'elle crache le morceau. C'est le seul moyen de tout arrêter.

Il est hors de question de rester ici plus longtemps. Je me sens désolée de faire ça à ce pauvre Timéo, je suis persuadée qu'il est obligé par sa sœur. Je ferais en sorte qu'il ne souffre pas.

Tout le monde, j'espère que mon plan va marcher. Je garderai ce carnet dans mon sac à main comme tout le temps, alors si j'échoue et que je meurs, je vous le laisse pour témoigner à ma place. J'espère que même si je suis incapable de vous convaincre de mon vivant, je le ferai avec ma mort.

Aaron défila les pages jusqu'à la fin, mais c'était tout ce qu'il y avait.

Les pièces du puzzle s'emboîtaient dans la tête de Nanoki avec la force d'un ouragan.

— Alors les instigateurs étaient parmi nous ? Timéo n'est peut-être pas vraiment mort dans ce cas. Après tout, on le voyait à travers un écran, ça aurait pu être trafiqué ! s'exclama Jessica.

Anaïs n'était pas dans la pièce.

— Je pense que tu as faux, répliqua Soen.

Anaïs, la potentielle deuxième ou première instigatrice.

— Pendant le procès, j'avais un sentiment étrange vis-à-vis d'eux. Ma capacité est un peu perturbée pendant les enquêtes et les procès, et ce sont les seuls pour qui j'ai eu ce sentiment. Ce n'est pas le même que j'ai quand quelqu'un ment, mais... bref, j'imagine que ça explique.

Anaïs, absente en ce moment en particulier.

— Et je crois qu'on s'est trompé de coupable.

Léo, qui commençait à comprendre, poursuivit.

— Oui. Anaïs a tué Lou et a demandé, ordonné ou menacé Timéo qu'il se fasse passer pour le coupable et soit exécuté à sa place.

Anaïs, responsable de tous leurs malheurs. L'instigatrice.

Chapitre 35

Des applaudissements retentirent dans la pièce. Anaïs venait de passer la porte, accompagnée de Shiro et Kuro.

— Bravo ! Bravo à tous ! Vous avez enfin compris !

Nanoki prit son *kamae*, prête à se défendre. Cependant, Anaïs ne bougea pas, mains sur les hanches, un sourire aux lèvres.

— C'est vrai, je suis l'instigatrice et j'ai demandé à mon frère d'être mon partenaire afin de me servir d'alibi et de le sacrifier si nécessaire.

— Mais quelle tarée ! Comment t'as pu tuer ton propre frère ! s'écria Randy.

— Je ne l'ai pas tué. Est-ce que mes mains sont pleines de sang ? Non, tu vois ?

Elle semblait presque joueuse dans sa façon de montrer ses paumes. Puis elle sortit un objet de sa poche. Tous s'attendaient à une arme, mais il s'agissait d'une télécommande.

— Un poison va être déversé dans votre corps. On se retrouve de l'autre côté !

Alertée, Nanoki se jeta sur elle, mais une douleur atroce la coupa dans son élan. Elle s'étala au sol, pliée en deux. Chacun de ses membres hurlait, se débattait, se déchirait. C'était comme être arraché à son existence même.

Peu à peu, elle perdit conscience de ce qui l'entourait, effacé un à un. La seule chose qui lui parvenait avant de perdre connaissance fut le rire amusé d'Anaïs.

***

Nanoki ouvrit les paupières. L'obscurité régnait autour d'elle. Pas un filet de lumière. Elle essaya de bouger, sans succès. Des liens maintenaient ses poignets et ses chevilles à une chaise, bien que son corps engourdi le sentait à peine.

Quand la lumière s'alluma, elle dut fermer les yeux, trop aveuglée. Cette lueur, bien que faible, lui paraissait aussi brûler que le soleil lui-même, à la seule différence qu'elle finit par s'y habituer.

Les chaises formaient un cercle, semblable à un rituel, les retenant tous. Même ceux censés être morts.

Les souvenirs affluaient. Elle comprit pourquoi l'image de sa meilleure amie lui apparaissait si floue. Parce que Daphné lui ressemblait. Peut-être pas en caractère, mais physiquement, son visage rond, ses grands yeux, sa silhouette un peu ronde. C'était la raison pour laquelle, après avoir tué sa meilleure amie parmi tant d'autres personnes, après s'être retrouvé en prison, elle s'était rapprochée de Daphné.

À bien y penser, outre cette raison, leur lien s'avérait amusant. Une rêveuse qui planifiait tous ses meurtres en rêve. Une somnambule qui tuait des gens lors de ses crises. Pas depuis toujours, mais depuis cette fameuse bagarre pour sauver sa meilleure amie. Quand ce groupe avait tenté de se venger, de l'assommer, la séquestrer. Le déclencheur de tout.

— J'annonce, mes amis, les gagnants de cette tuerie sont Aaron, Eden, Jessica, Léo, Nanoki et Soen ! La moitié d'entre vous a réussi ! Je suis si fière, vous n'imaginez même pas.

Un sourire sincère ornait son visage alors qu'elle applaudissait. Sourire qu'elle perdit en se tournant vers les autres avec un air triste. *Sincèrement* triste.

— Désolée pour les autres, mais ceux qui ont tué ou qui ont été tués ont perdu. Quelle tristesse, moi qui vous faisais confiance... Mais il semblerait que vous ne soyez pas aptes à rejoindre mon monde parfait. Et oui, je sais que les petits nouveaux qui viennent de rentrer le monde réel, ça doit vous faire bizarre de récupérer vos souvenirs. Les souvenirs de votre vie de criminel.

Ses souvenirs étaient si clairs que Nanoki ne comprenait pas comment Anaïs, simple mangaka, avait pu construire cette machine qui les altérait. C'était étrange de penser qu'après avoir créé des liens avec eux tous, tout fut effacé pour leur donner l'impression qu'ils ne se connaissaient pas. Aussi étrange que le fait que leur compagnie calmait sa violence durant ses crises de somnambulisme plus efficacement que toutes les séances psy ou médicaments qu'on pouvait lui donner. À tel point qu'elle était heureuse d'avoir été accusé de certains meurtre de sang froid et mis en prison au lieu d'un autre établissement.

Si elle avait su qu'Anaïs, quand elle parlait d'un monde parfait, pur, de l'aider à le mettre en place, il s'agissait en fait de les enfermer dans un bunker à devoir s'entretuer à cause d'une mémoire altérée... jamais elle n'aurait accepté de s'évader avec elle.

— Mais même si je vous trouvais trop pur pour la prison, il fallait bien que je vous teste pour m'assurer que vous puissiez vivre dans mon utopie.

— Tu n'es qu'une garce ! vociféra Jessica.

— Quelle mauvaise foi ! Je ne vous ai forcé à rien ! Les mobiles servaient de tentation parce qu'on ne peut pas tester la pureté sans tentations. Je comptais vous laisser un mois par mobile, et libérer les survivants à la fin. Vous auriez tous pu survivre si vous aviez résisté.

— Ce n'est pas de la tentation ! Tu nous as poussés à bout ! C'était de la torture psychologique !

Intéressée, Anaïs s'approcha de Noémie qui exprimait un nouveau sentiment : de la haine. La mangaka souleva son menton de l'index avec un sourire.

— Et bien, je dois avouer que je me sens fière de t'avoir fait perdre ton sang-froid, Miss Sans Expression. Mais dis moi, comment veux-tu tester la gourmandise d'un enfant en ne lui donnant qu'un bonbon ? Sans compter que ce n'était pas la seule évaluation. Je voulais aussi voir votre plan de meurtre, votre sang-froid.

Anaïs s'éloigna pour rejoindre le centre, comme s'il s'agissait d'une conférence.

— Bien les amis ! Il est temps de passer à l'exécution finale !

— Quoi ? Célia ne comprend pas et ne veut pas !

— Ma chère petite. Lorsqu'un enfant se comporte bien et a de bonnes notes à l'école, tu lui donnes un jouet, un repas spécial pour le récompenser. Mais quand il fait une bêtise, il finit au coin. Les survivants sont récompensés, et les morts sont punis.

— Ça n'a aucun sens de punir quelqu'un parce qu'il s'est fait tuer ! s'écria Gaël.

Anaïs, du même air que si elle se tenait face à un enfant, lui prit les joues.

— Ne t'inquiète pas mon petit Gaël. Je vous laisserais vous réincarner pour avoir une deuxième chance. Dans cette vie, considérez que votre chance a été écoulée. C'est triste, je sais, mais je vous rassure, vous n'allez pas souffrir.

Elle reprit sa télécommande et s'approcha de Lou avec, pour la première fois, un sourire cruel. En quelques secondes, la chercheuse s'affaissa sur sa chaise, inerte, empoisonnée. Timéo, juste à côté, blêmit, et ouvrit ses grands yeux à l'intention de sa jumelle.

— Ne... ne fais pas ça... Je t'en prie... Je suis innocent du début à la fin ! J'ai été accusé pour la mort de nos parents alors que c'était un accident ! Je t'ai soutenu ! Je voulais pas que Lou meure... Je voulais pas... Ça faisait tellement mal...

Anaïs lui sourit tendrement et posa sa main sur sa joue afin d'essuyer les larmes qui coulaient. Elle lui embrassa le front avec tout l'amour fraternel du monde.

— Je t'aime sincèrement, n'en doute pas et ne l'oublie pas. Je te suis extrêmement reconnaissante de toute l'aide que tu m'as offerte. Mais tu es trop pur pour ce monde. Laisse-moi l'arranger. Peu importe le temps que ça me prendra, je te promets qu'un jour, nous vivrons heureux.

Et il s'affaissa à son tour, mais lui, son bracelet s'illumina, et sa sœur tritura la grosse machine à côté, comme si elle cherchait à l'enfermer dans la simulation de nouveau. Durant ce temps, tous ceux morts par l'un des participants devinrent inertes.

Quant aux tueurs, elle les fit souffrir. Dans la simulation, ils ressentaient chaque sensation, et chacun d'eux connaissaient la douleur de leur exécution. Mais aux yeux d'Anaïs, ce n'était pas assez. Elle frappa Clarisse, serra ses membres avec des cordes jusqu'à couper sa circulation sanguine, et elle la laissa subir le temps de s'occuper des autres.

Elle enfonça sa main entre les lèvres de Kaïs pour le forcer à vomir, encore et encore, jusqu'à ce qu'il s'étouffe.

Arrivée à Daphné, les mains nettoyées, elle prit des lames fines, et les enfonça dans son corps, lentement, en prenant soin de ne toucher aucun point vital. Elle la remplit le plus possible, puis l'abandonna nonchalamment à sa mort lente.

Nanoki en oublia de ressentir. La violence de la scène l'atteignait, mais de loin, si loin qu'elle paraissait la voir au travers d'un écran minuscule posé à plusieurs mètres d'elle. C'était à peine si elle entendait leurs gémissements ou cris. Criaient-ils ? Daphné, sûrement. Clarisse devait sangloter. Elle l'imaginait bien, pourtant, son esprit ne se fatiguait pas à se concentrer. Il y a à peine quelques heures, elle n'aurait pas cru qu'on lui la décrive si insensible. Auparavant, elle ne supportait pas qu'on fasse du mal à Daphné à cause de sa ressemblance avec sa meilleure amie.

À présent, elle était si fatiguée... Elle en avait marre, son cœur avait trop ressenti ces dernières semaines. Ou peut-être s'agissait-il d'un effet secondaire de la simulation ? Sa curiosité habituelle n'apparaissait pas. Et loin d'observer les autres, garder les yeux figés sur le mur sale semblait presque satisfaisant.

Anaïs récupéra une pince et saisit une des mains d'Eden.

— Qu'est-ce que tu fais ! Je n'ai tué personne !

— Oui, mais tu as essayé et ça, ce n'est pas bien. Je ne peux pas laisser ça impuni, sinon tu vas penser que ce n'est pas grave si tu as simplement changé d'avis.

— Non ! J'ai retenu la leçon ! Je le jure !

Elle arracha le premier ongle. Son hurlement atteignit Nanoki. Un soupir d'agacement lui échappa. Le brouillard lui plaisait bien mieux. Était-ce parce qu'il était juste à côté d'elle ? Pourquoi fallait-il qu'il crie si fort ? Voilà que son mur perdait de son attrait par sa faute. Elle venait de perdre son état de transe et ses tympans lui faisaient mal.

— Arrête ! C'est bon, il a compris !

Anaïs sourit aux paroles de Soen, mais ne se stoppa pas. Un à un, les ongles tombèrent.

Faites le taire…

— Je… j'ai menti toute ma vie ! J'ai manipulé des gens pour les tuer ! C'est plus grave que ça, non ?

Eden, le talon d'achille de Soen. Il pouvait dire ce qu'il veut, il craquait dès qu'il s'agissait du petit bleu. Bleu qu'il n'avait presque plus maintenant qu'elle y pensait. Hors de la simulation, ses racines brunes avaient poussé, ne conservant que quelques reflets bleus à ses pointes. Il paraissait terne ainsi. En prison, déjà, il regrettait sa coloration.

Soen continuait par tous les moyens de convaincre leur geôlière. Mais il fallut qu'il ne reste à sa victime que deux ongles pour l'arrêter.

— Soen, vraiment, je suis impressionnée ! Je ne te savais pas si pur, je suis toute émue ! Tu sais quoi ? J'accepte de stopper ici. Mais tu n'as pas intérêt à me décevoir, Soen. Ni toi, Eden.

En chantonnant, absolument ravi de ce revirement inattendu, Anaïs banda les doigts ensanglantés du blessé, comme une douce infirmière. Rôle qui parut énerver Jessica qui se retenait de l'insulter, mais la peur l'en empêchait. Le plus étonnant restait Aaron et Randy qui sanglotaient en silence. Sans compter Léo qui, dans le même état de transe qu'elle plus tôt, fixait le sol.

Il ne lui restait qu'une question.

— Que vas-tu faire de nous ?

Epilogue

Nanoki ouvrit les yeux sur le toit du réfectoire, Shiro et Kuro à genoux devant elle.

— Maîtresse, avez-vous de nouvelles idées de mobiles ou comptez-vous reprendre celles d'Anaïs ?

— Combien de temps j'ai ?

— Environ cinq jours, maitresse.

La karatéka laissa son regard vaguer sur le lever du soleil. Les quinze autres se réveilleraient d'ici une demi-heure, le temps d'être sûr que les souvenirs sélectionnés soient effacés.

— J'y réfléchirai. Si d'ici cinq jours je n'ai rien trouvé, utilisez les cauchemars.

— Bien, maîtresse.

Shiro disparut en premier.

— Vous vous souvenez comment leur effacer la mémoire si vous vous faites tuer, maîtresse ?

— Je connais le processus par cœur, ne t'en fais pas. Tu peux y aller, maintenant.

— Bien, maîtresse.

Kuro la quitta à son tour.

Nanoki s'assit en tailleur près du bord et observa la vue en attendant que les participants de cette nouvelle tuerie se réveillent. Elle se demandait si les nouveaux robots d'Anaïs l'observaient déjà, Kayron et Shaybin, les protagonistes de sa nouvelle série de mangas sur les tueries « Capacité à tuer », ressemblant à leurs prototypes, Kuro et Shiro, les anciens protagonistes.

— C'est l'heure, je vais me présenter à eux.

Bonus 1

— C'est vraiment une belle scène, vous ne trouvez pas ? Et si on la remettait ? Franchement, je ne m'en lasserai jamais...

— Va te faire foutre.

Anaïs explosa de rire sous le regard froid de Lou. À côté, Timéo tentait de s'écraser sur sa chaise, l'air de vouloir disparaître.

— Regarde ce que tu fais à mon pauvre frère ! Mon petit chou, ne t'inquiète pas, un jour, toutes ces impuretés n'existeront plus.

Avec douceur, elle se pencha vers lui, ses mains sur son visage, essuyant les larmes qui ruisselaient le long de ses joues. Timéo détournait le regard, tentant de contrôler les sanglots qui secouaient ses épaules.

Les traits d'Anaïs s'adoucirent en une moue compatissante, et elle fit de son mieux pour réconforter son frère, l'être qu'elle aimait plus que tout au monde.

— Je ne veux pas de tout ça... Je t'en prie... C'est pas encore trop tard, tu peux arrêter.

— Frangin, je sais que c'est difficile, mais c'est pour ton bien. Un jour, on vivra heureux ensemble, et ton innocence ne sera pas piétinée par cette humanité infâme. Tu ne risqueras plus rien. Tu as la preuve que tu ne peux pas avoir une vie normale, avec tes années passées en prison. Tu ne serais jamais sorti sans moi. Alors fais moi confiance et endure, s'il te plais. Je te promets que ça vaut le coup.

Cependant, elle pouvait dire ce qu'elle voulait, cela ne faisait qu'accentuer les sanglots de Timéo. Dépassée par la situation, elle cessa d'essayer et se contenta de le serrer dans ses bras, caressant sa tête. Cette vue lui était insupportable. Et même si elle savait pourquoi elle faisait tout cela, elle se sentait mal de le faire souffrir ainsi. Alors, afin de le calmer un temps, elle lui injecta un somnifère qui l'endormit en quelques secondes. Elle arrangea sa tête pour lui éviter toute douleur, puis se redressa.

Toute sa haine se tourna vers Lou.

— Arrête de tout remettre sur mon dos et assume ! T'es une psychopathe complètement timbrée qui fait souffrir sous couvert de bonnes intentions. Mais laisse-moi te dire un truc, et écarte bien tes oreilles : tes soi-disant bonnes intentions ne changent rien. Même si t'arrivais vraiment à créer un monde parfait, Timéo n'y sera jamais heureux. Tu crois qu'il va juste te remercier ? Pauvre conne.

La gifle fusa sans prévenir. Sa main continua de trembler comme un écho le temps de parvenir à se calmer.

— Et si on se revoit ta superbe mort ?

Lou ne put s'empêcher de frissonner, mais ne répliqua pas. Anaïs sourit, satisfaite, et se saisit de l'écran. En quelques manipulations, l'enregistrement se lança.

Lou avait profité du moment où Anaïs descendait prendre de l'eau pour attaquer Timéo. Malheureusement, la mangaka, le cœur serré par un pressentiment, remonta. À l'origine, elle voulait éviter de tuer, afin de ne pas fausser l'expérience, mais là, non seulement il s'agissait de Lou qui comptait la piéger, mais en plus, la victime était Timéo. Lui ne la tuerait pas, du moins, pas volontairement, alors elle s'en chargerait.

Elle sauta sur Lou et la tira en arrière par les cheveux. Un gémissement de surprise s'échappa de ses lèvres. Le temps qu'elle comprenne la situation, Anaïs l'assaillait déjà de coups de poing dans le ventre. Un pour lui faire comprendre à quel poing son idée était mauvais, un pour avoir choisi Timéo comme victime, un pour tenter de révéler son identité d'instigatrice, et ainsi de suite.

Haletante, alors que Lou commençait à cracher du sang, Anaïs sentit que c'était le moment de l'achever. Elle se saisit du couteau au sol et l'enfonça dans sa bouche avant de la jeter du haut du toit.

Un sourire naquit à ses lèvres à la vue de son corps écrasé, du son de ses os craquant. Elle dut se mordre la lèvre pour ne pas éclater de rire, mais c'était si satisfaisant ! Elle rêvait de la faire souffrir depuis qu'elle flirtait avec son frère en prison, et qu'elle le voyait, lui, naïf et innocent, se laisser séduire. L'image des deux s'embrassant la hantait.

Mais elle se reprit. Il fallait calmer Timéo.

BONUS 2

Eden balançait ses pieds dans le vide, les mains agrippés aux bras d'Anaïs, avec l'espoir de se détacher d'elle. Mais la haine qui l'animait l'aveuglait. C'était de sa faute pour avoir manqué de respect à son frère qui était mort avec bravoure.

Personne ne pouvait le souiller, alors qu'il avait œuvré à la construction d'un monde meilleur avec son cœur si pur.

Anaïs serra le cou d'Eden. Elle voulait qu'il ressente la même douleur que son frère, qu'il comprenne, qu'il se réveille ; Timéo était un héros, et les héros ne pouvaient pas être insultés.

De la salive coulait sur son menton alors qu'il perdait connaissance. Elle le relâcha aussitôt. Du sang recouvrait ses doigts. Sans s'en rendre compte, elle avait enfoncé ses ongles dans sa chair. L'avait-elle tué ? Elle ne le savait pas, mais elle devait réparer sa bêtise. Le test se fausserait si elle tuait quelqu'un, sans compter qu'elle retirerait sa chance de montrer sa pureté à l'un d'eux.

Elle pressa un bouton invisible de sa tablette, qu'elle seule possédait, servant à quitter la simulation sans mourir.

Comme d'habitude, un vertige la déstabilisa à son réveil, mais elle se reprit rapidement. Avec une grimace, elle se leva du lit, étirant ses bras engourdis. Il fallait vraiment qu'elle se rappelle de se mettre sur le dos pour ne pas écraser un de ses membres.

Quand le sang circula de nouveau librement en elle, s'approcha du cercle des participants, accueillis par les seuls éveillés : Timéo et Lou.

— Maintenant que Timéo n'est plus là-dedans pour prendre à ta place, tu comptes faire comme si rien ne s'était passé ? Les règles n'étaient pas censées être impartiales ? Tu l'avais pourtant assuré, sale hypocrite. Mais madame préfère tout annuler dès que ça la concerne. Même ton frère y a pas eu droit, à croire que ça t'a plu de le voir souffrir.

La gifle fusa, et Anaïs la saisit par les cheveux, rejetant sa tête en arrière, collant son front contre le sien. Le geste lui rappela le moment de sa mort et un réflexe pétrifia Lou.

— Ne redis jamais ça, bouffonne. Sinon, je te créer une simulation pour te torturer encore et encore, à tel point que la douleur s'imprégnera dans ta peau et que te réveiller n'y changera rien.

Le regard de la chercheuse vacilla. Elle savait que sa geôlière en était capable. Elle ne savait même pas pourquoi Anaïs avait accepté de la rajouter dans le plan d'évasion. Enfin si, parce que Timéo le lui avait demandé et qu'elle pouvait difficilement lui refuser quoi que ce soit.

Avant de lui laisser le temps de se redresser, elle lui cracha au visage, seule chose dont elle était capable actuellement.

Anaïs tressaillit de rage, mais se contenta de prendre un tissu pour se nettoyer. Après cela, elle régla la machine pour changer les mémoires de tout le monde, les ramenant à leur réveil. Cette fois-ci, elle s'assura qu'Aaron se réveille plus tôt, car malgré tout, elle ne se priverait pas de donner une leçon à cet insultant d'Eden. Tant qu'on l'arrêtait cette fois-ci...

Quand elle fut partie, Lou laissa échapper un profond soupir, la tête en arrière.

— Tu sais... je suis vraiment désolée.

— Quoi ?

Timéo sursauta, peu habitué aux excuses.

— Pour avoir essayé de te tuer dans la simulation. J'essayais de piéger ta sœur, et je pensais que faire une victime collatérale serait justifié par la libération de tout le monde... Je pensais que c'était pas si grave si on se connaissait pas... Mais quand j'ai retrouvé mes souvenirs... nos souvenirs ensemble... Je sais que je tarde un peu, mais c'est pas évident de trouver les bons mots pour s'excuser d'une tentative de meurtre...

Les yeux de Timéo s'humidifièrent. Ils avaient peu parlé depuis leur réveil, mais il se sentait tellement heureux à présent. Dans la simulation, à cause d'Anaïs, il ne pouvait s'approcher d'aucuns d'eux, sans compter que leur parler sans qu'ils ne se souviennent de leur amitié aurait été douloureux.

— Merci...

— Quoi ? Pourquoi tu me remercies ?

—Je ne t'en veux pas. Et je ne t'en aurais pas non plus voulu si tu m'avais tué. Tu pensais sauver tout le monde. Peu importe ce que peut dire Anaïs, moi je trouve ça beau... Et puis... je suis en partie responsable, ça aurait été un sacrifice noble au moins...

— Mon chéri... ne dis pas ça... C'est pas ta faute tout ça...

Le cœur de Timéo bondit dans sa poitrine. Cela faisait si longtemps qu'elle ne l'avait pas appelé ainsi... Un sanglot de frustration lui échappa, tant il voulait se blottir dans ses bras comme avant.

– Je t'aime...

– Moi aussi, je t'aime...

NOTE DE L'AUTRICE

Je peine à croire que je suis en train d'écrire ces mots, et que, peut-être, vous, lecteurs, soyez en train de les lire. Les gens aiment lire les notes d'auteur ? Moi oui, donc il doit bien y en avoir d'autres, mais je me demande si on est une majorité ou une minorité.

Enfin bref, je m'égare. C'est difficile de décrire l'émotion qui me traverse en ce moment, de la joie, du soulagement, et un peu de réalisation, ou plutôt de non-réalisation.

J'ai commencé à travailler sur ce livre en 2020 pendant le confinement, et je dois dire que je n'en peux plus de cette histoire. Evidemment, je n'ai pas fait que ça pendant maintenant presque six ans. Et d'ailleurs, c'est le fait d'avoir travaillé sur d'autres œuvres qui a créé ce loooong écart de temps.

Je ne sais pas si vous imaginez comme je suis heureuse de pouvoir enfin affirmer que l'écriture/réécriture et tout le blabla sur ce roman est fini. Et j'ai aussi très hâte de commencer le prochain.

Je vous remercie énormément d'avoir lu mon premier bébé édité, j'espère que ça vous aura plu, et que vous aurez envie d'en lire d'autres de moi.

En attendant, vous pouvez me suivre sur mes réseaux

- Instagram : lesliesharon_
- Tiktok : lesliesharon_
- Wattpad (pour quelques inédits) : Lay_leli
- Youtube (pour un peu plus de moi) : Lay leli

www.ingramcontent.com/pod-product-compliance
Lightning Source LLC
LaVergne TN
LVHW090550110826
845146LV00001B/89

* 9 7 9 1 0 9 8 3 4 2 6 0 8 *